Marquis de Sade / ERZÄHLUNGEN UND SCHWÄNKE

Marquis de Sade

ERZÄHLUNGEN UND SCHWÄNKE

eines provenzalischen Troubadours
aus dem XVIII. Jahrhundert

MERLIN VERLAG

INHALTSVERZEICHNIS

VORWORT

In der Schwänkesammlung „Contes et Fabliaux du XVIII. Siècle par un Troubadour provencal", die in der vorliegenden deutschen Ausgabe um nur wenige, unergiebige Stücke gekürzt wurde, erweist sich der Marquis als ein Schriftsteller, der durchaus auch auf anderen Gebieten als denen des philosophischen Romans oder der anthropologischen Analyse sein Handwerk versteht. Eine ganz unerwartete, gelöste Heiterkeit gesellt sich zu der an de Sade gewohnten Bitterkeit, verdrängt diese in vielen Geschichten vollständig oder vereinigt sich mit ihr in anderen zu gutgelauntem Sarkasmus und überlegenem Hohn.

Sade selbst hatte sich für diese Kurzgeschichtensammlung zwei weitere Titel notiert, die seine Intention sehr treffend charakterisieren: „Aus der Brieftasche eines Literaten" und „Der französische Bocaccio". Er wollte auf amüsante Weise unterhalten. Und da ihm nur zu gut bekannt war, wie mühelos man das Amüsante mit Hilfe des Pikanten bewirkt, hat er von diesem Mittel sehr ausgiebig Gebrauch gemacht. Es darf jedoch nicht unerwähnt bleiben, daß darüberhinaus in viele der Geschichten höchst persönliche Emotionen eingeflossen sind. So hatte der in einer der Geschichten arg bespöttelte Gerichtshof von Aix den Marquis wegen Päderastie – die in Frankreich bis zur Revolution mit dem Tode bestraft wurde – in absentia zum Tode verurteilt; und so war mit dem „gefoppten Präsidenten" zweifellos der Schwiegervater des Marquis, der Präsident de Montreuil gemeint, dessen Frau im wesentlichen Schuld daran war, daß de Sade viele Jahre hindurch — auch noch nach seiner schließlichen Freisprechung durch das Gericht in Aix — unrechtmäßig im Gefängnis gehalten wurde.

Gerade in Anbetracht dieser jahrelangen Haft, während der die vorliegende Sammlung entstand, erstaunt jedoch der ungezwungene, elegante Stil, durch den die meisten der Geschichten sich auszeichnen. Man hätte sich über wütendere, haßerfülltere Racheäußerungen kaum wundern dürfen. Aber so paradox das klingen mag: der Marquis war trotz seines ungestümen, aufbrausenden, leidenschaftlichen Wesens ein im Grunde friedfertiger, sich anpassender, verbindlicher Mensch. Diesem seinem Charakterzug verdanken wir einige der vermutlich boshaftesten und witzigsten Kurzgeschichten, die jemals aus einer Gefängniszelle an die Öffentlichkeit gelangt sind. Es befinden sich einige wahrhafte Perlen darunter.

DER BESTRAFTE KUPPLER

In der Blütezeit des Regence kam es in Paris zu einer abenteuerlichen Begebenheit, die wegen ihrer Ungewöhnlichkeit auch heute noch des Erzählens wert ist. Einerseits öffnet sie einen unvergleichlichen Einblick in das heimliche Lotterleben dieser Stadt, zum anderen aber klärt sie uns über drei abscheuliche Morde auf, deren Täter nie gefaßt wurde. Und vielleicht wird das Entsetzen über die Untat schwinden, wenn wir die Hintergründe aufklären, bevor von der Katastrophe selbst die Rede ist, die das Opfer sich selber zuzuschreiben hat.

Monsieur de Savari war ein betagter, von der Natur mißhandelter,

Er war ein Krüppel ohne Beine.

aber sehr witziger und unterhaltsamer Junggeselle. Die vornehmste Gesellschaft ging in seiner Wohnung in der rue des Déjeuneurs ein und aus. Er hatte angeblich den Einfall gehabt, sein Haus für Hurereien sonderlichster Art zur Verfügung zu stellen. Frauen und Mädchen – jedoch nur solche von Rang und Stand –, die im Schatten tiefster Verschwiegenheit die Freuden der Wollust ungestraft genießen wollten, trafen bei ihm eine Anzahl gleichgesinnter Männer, die bereit waren, ihnen Befriedigung zu verschaffen. Nie ergaben sich Folgen irgendeiner Art aus diesen Liebschaften des Augenblicks. Die Frauen ernteten nichts als Blumen, ohne den Dornen ausgesetzt zu sein, die solchen Unternehmungen gemeinhin anhaften, wenn sie in öffentliche Bahnen gelenkt werden. Am darauffolgenden Tag in der Gesellschaft begegneten sie ihrem Liebhaber des Vorabends wie einem wildfremden Menschen, und auch die Männer ließen sich nichts anmerken, wenn sie die eine oder die andere der anwesenden Damen besser kannten als die übrigen. So entging man den Eifersuchtsszenen des Ehemanns, den Zornesausbrüchen des Vaters, den Trennungen und den Verbannungen ins Kloster; kurzum, all die finsteren Folgen solcher Affären blieben aus. Etwas Bequemeres läßt sich kaum denken, und heutzutage wäre es gewiß gefährlich, solch einen Plan vorzutragen. In unserem Jahrhundert, in dem die Zügellosigkeit beider Geschlechter alle Grenzen gesprengt hat, könnte unbestreitbar der Gedanke auftauchen, das Vorhaben sofort in die Tat umzusetzen, wenn wir nicht zugleich auf die abenteuerliche und grausame Bestrafung jenes einfallsreichen Mannes hinweisen würden.

Monsieur de Savari — der Urheber und Verwirklicher besagter Idee — hatte, obgleich er sehr wohlhabend war, sein Hauspersonal auf einen einzigen Diener und eine Köchin eingeschränkt, da er nicht unnötig viele Zeugen seiner Machenschaften im Hause halten wollte. Eines Morgens erschien bei ihm ein Mann seiner Bekanntschaft und lud sich selber zum Essen ein.

„Ei, mit dem größten Vergnügen", erwidert Monsieur de Savari, „und um Ihnen zu beweisen, was für eine Freude Sie mir mit Ihrem Besuch bereiten, werde ich den besten Wein aus dem Keller holen lassen ..."

„Einen Augenblick!" sagt der Freund, nachdem der Diener den Auftrag entgegengenommen hat, „ich möchte doch sehen, ob La Brie uns nicht täuscht ... Ich kenne die Fässer; ich werde ihm nachgehen und beobachten, ob er auch wirklich vom besten abzapft."

„Gut, gut", erwidert der Hausherr, auf den Scherz eingehend, „wäre ich nicht in dieser elenden Verfassung, so würde ich Sie begleiten; aber ich bin Ihnen dankbar, daß wenigstens Sie nachsehen, ob dieser Spitzbube uns etwa betrügt."

Der Freund verließ das Zimmer, stieg in den Keller, ergriff ein Stemmeisen, erschlug den Diener, ging anschließend in die Küche hinauf und streckte die Köchin nieder, ja, er tötet sogar einen Hund und eine Katze, die ihm über den Weg laufen, und kehrt dann wieder in das Zimmer von Monsieur de Savari zurück, der sich in seinem hilflosen Zustand ebenso hinmorden läßt wie seine Leute. Der unerbittliche Mörder aber schreibt mit größter Seelenruhe, unbekümmert und frei von jeglichen Gewissensbissen, die Einzelheiten seiner Tat auf die leere Seite eines auf dem Tisch liegenden Buches nieder. Nichts rührt er an – nicht das mindeste. Er verläßt die Wohnung, schließt sie hinter sich ab und verschwindet.

Monsieur de Savaris Haus wurde viel zu sehr frequentiert, als daß diese Schlächterei lange hätte unentdeckt bleiben können. Man klopft, doch niemand antwortet. Da man mit Sicherheit weiß, daß der Hausherr nicht ausgegangen sein kann, bricht man die Türen auf und entdeckt den gräßlichen Zustand, in dem der Haushalt des Unseligen sich befindet. Nicht zufrieden damit, der Öffentlichkeit alle Einzelheiten seiner Tat zu überliefern, hatte der Mörder auf einer mit einem Totenkopf verzierten Standuhr, die den Sinnspruch trug: „Blicke auf und bringe deine Rechnung mit dem Leben zum Abschluß!" zusätzlich über diese Sentenz ein Blatt Papier geheftet, darauf stand zu lesen: „Denkt an sein Leben, so wird euch sein Ende nicht mehr verwundern."

Ein solches Abenteuer mußte sogleich viel Staub aufwirbeln. Alles wurde durchsucht, aber das einzige Stück, das mit jenem grausamen Ereignis in Zusammenhang stand, war der unsignierte Brief einer Frau an Herrn de Savari; er hatte folgenden Inhalt: „Wir sind verloren; mein Mann hat alles erfahren; Sie müssen Abhilfe schaffen; nur Paparel vermag ihn umzustimmen. Veranlassen Sie, daß er mit ihm spricht, sonst bleibt keine Hoffnung auf Rettung." Ein Paparel, Schatzmeister für außerordentliche Kriegsausgaben, ein liebenswürdiger und zuvorkommender Mann, wurde zitiert: Er gibt zu, de Savari gekannt zu haben; aber von den mehr als hundert Hofleuten und Stadtpersönlichkeiten, die bei Savari ein und ausgingen — allen voran der Herzog von Vendôme —, war er einer der am seltensten gesehenen Gäste.

Mehrere Personen wurden verhaftet, aber unver=
züglich wieder freigelassen. Endlich hatte man genug
in Erfahrung gebracht, um zu wissen, daß diese
Affäre unvorstellbar verästelt war und die Hälfte
aller Familienväter und Ehemänner der Stadt kom=
promittierte, zugleich aber eine Unzahl höchster Per=
sönlichkeiten an den Pranger stellte. Da waltete zum
erstenmal im Leben Klugheit statt Strenge in den
richterlichen Köpfen. Man ließ die Angelegenheit auf
sich beruhen; infolgedessen konnte der Tod dieses
Unglücklichen — der freilich allzu schuldig gewesen
war, um von ehrbaren Leuten bemitleidet zu werden
— keinen Rächer finden. Aber wenn dieser Verlust
auch die Tugend wenig bekümmerte, so ist doch zu
vermuten, daß das Laster ihn noch lange Zeit be=
trauerte; denn abgesehen von den Glücksvögeln, die
so viele Myrten bei diesem mildherzigen Kind Epi=
kurs einheimsen konnten, dürften wohl auch die
hübschen Venuspriesterinnen, die tagtäglich kamen,
um auf den Liebesaltären Weihrauch zu opfern, die
Zerstörung ihres Tempels beweint haben.

Und so ist alles relativ; ein Philosoph würde nach
der Lektüre dieser Erzählung sagen: Angenommen,
es sind von tausend etwa an diesem Abenteuer be=
teiligten Personen fünfhundert zufrieden und fünf=
hundert betrübt, so wäre die Tat gleichgültig; wenn
die Rechnung aber leider achthundert Unglückliche
ergibt, die durch diese Katastrophe aller Freuden be=
raubt wurden, und dagegen nur zweihundert auf=
weist, die davon profitieren, so hat Monsieur de Sa=

vari mehr Gutes als Schlechtes getan und der einzige Schuldige ist dann der Unselige, der ihn seinem Ressentiment hingeopfert hat; ich überlasse es Ihnen, diese Frage zu entscheiden, und werde meinerseits rasch zu einem anderen Thema übergehen.

DIE REDEKÜNSTLER DER PROVENCE

Während der Regierungszeit Ludwigs XIV. kam bekanntlich ein persischer Gesandter nach Frankreich; jener Herrscher holte mit Vorliebe Ausländer aller Nationen an seinen Hof, auf daß sie seine Größe bewunderten und einige Funken seines über die ganze Welt ausstrahlenden Ruhmes mit heimbrächten. In Marseille wurde der Gesandte auf der Durchreise glänzend empfangen, und also wollten die Herren Richter des Obersten Gerichtshofes in Aix – wo der Gesandte ebenfalls erwartet wurde – nicht zurückstehen hinter einer Stadt, über die sie sich ohne eigentlichen Grund erhaben glaubten. Infolgedessen wurde der Plan gefaßt, den Perser zunächst mit einer feierlichen Ansprache zu begrüßen. Es wäre den Herren nicht sehr schwer gefallen, auf provenzalisch eine Rede zu halten, doch hätte der Gesandte kein einziges Wort verstanden. Dieses Problem bereitete viel Kopfzerbrechen. Der Gerichtshof trat zusammen. Es bedarf nur eines geringen Vorfalls, ihn zu derlei Sitzungen zu veranlassen: ein Bauernprozeß, ein lächerlicher Skandal, namentlich aber eine Hurenaffäre, das alles sind für diese nichtsnutzigen Richter gewaltige Objekte, seit sie nicht mehr die Möglichkeit haben, Feuer und Schwert wie zu François' I. Zeiten ins Land zu tragen und die Erde mit dem Blut ihrer unseligen Bewohner zu tränken.

Sie beratschlagten also; doch wie sollte es je gelingen, die Rede zu übersetzen? Sie mochten noch so viel nachdenken, sie fanden keine Lösung. Wäre es denn auch vorstellbar, daß in einer Gesellschaft von rein zufällig mit schwarzen Röcken bekleideten Thunfischkrämern sich ein der persischen Sprache mächtiger Kollege fände, wenn nicht einmal ein einziger von ihnen richtig Französich kann? Schließlich war jedoch die Rede abgefaßt; drei berühmte Anwälte hatten sie in sechs Wochen ausgearbeitet. Und endlich tat man auch in der Umgebung oder in der Stadt selbst einen Matrosen auf, der lange im Orient gelebt hatte und Persisch fast so gut beherrschte, wie seinen Heimatdialekt. Man erklärte ihm den Sachverhalt; er übernahm die Rolle; die Rede wurde ihm vorgelegt, und er übersetzte sie im Handumdrehen. An dem entscheidenden Tag legte man ihm eine alte Präsidentenrobe an und überließ ihm die weiteste Gerichtsperücke. Gefolgt von der Richterschar schritt er dem Gesandten entgegen. Sie hatten ihre Rolle alle untereinander abgesprochen. Insbesondere hatte der Redner seiner Gefolgschaft eingeschärft, ihn keinesfalls auch nur eine Sekunde aus den Augen zu lassen und alle seine Gesten genau nachzuahmen. Mitten in dem für den Empfang vorgesehenen Gerichtssaal verharrte der Gesandte. Der Matrose verbeugte sich vor ihm, und da er es nicht sonderlich gewohnt war, eine so schöne Perücke auf dem Schädel zu tragen, fiel ihm bei der Verbeugung die Grindhaube vom Kopf und Seiner Exzellenz vor die Füße; die Herren Richter hielten sich an ihr Wort und zogen sogleich ihre Perücken vom Haupt. Sich demutsvoll verneigend streckten sie ihre unbehaarten, vielleicht auch etwas schmierigen Glatzen dem Perser entgegen. Der Matrose las seelenruhig seine Haare wieder auf, bedeckte sein Haupt und eröffnete die Rede. Er wußte sich so vollendet auszudrücken, daß der Gesandte ihn für einen Landsmann hielt und darüber in Wut geriet.

„Unseliger", brüllte er, seine Hand an den Säbel legend, „du würdest meine Sprache nicht so perfekt beherrschen, wenn du nicht ein Abtrünniger Mohammeds wärest; ich muß dein Vergehen bestrafen; du sollst es unverzüglich mit deinem Kopf bezahlen."

Der arme Matrose mochte sich verteidigen wie er wollte: Man hörte ihn gar nicht an. Er gestikulierte, er fluchte und keine seine Bewegungen ging verloren; sie alle wurden sogleich von seiner areopagischen Gefolgschaft mit Vehemenz nachvollführt. Als er schließlich keinen Ausweg mehr wußte, fiel ihm ein unwiderlegbares Mittel ein: Er knöpfte die Hose auf und hielt dem Gesandten den untrüglichen Beweis dafür vor Augen, daß er nie in seinem Leben beschnitten worden war. Auch diese Gebärde wurde alsbald nachgeahmt, und also stehen plötzlich vierzig oder fünfzig provenzalische Richter mit geöffnetem Hosenschlitz im Saal, die Vorhaut in der Hand und treten gleich dem Matrosen den Beweis an, daß sie allesamt so christlich sind wie der heilige Christophorus. Es läßt sich leicht denken, daß die von den Fenstern aus der Zeremonie beiwohnenden Damen über diese Pantomime schallend lachten. Der Gesandte ließ sich durch diese unmißverständliche Beweisführung endlich davon überzeugen, daß sein Redner unschuldig sei, daß er im übrigen aber in einer Stadt von närrischen Mannsbildern weilte. Mit einem Schulterzucken ging er von dannen. Er wird sich wohl gesagt haben: „Es wundert mich nicht, daß diese Leute ein permanentes Schafott errichtet haben. Da der Rigorismus stets mit Dummheit gepaart ist, muß er auch diesen Tieren dort unfehlbar zu eigen sein."

Diese neuartige Methode des Religionsbekenntnisses wollte man in einem Gemälde festhalten. Ein junger Maler hatte schon eine Skizze nach der Natur gefertigt; die Richterschaft aber schickte den Künstler in die Verbannung und ließ die Zeichnung verbrennen, ohne dabei gewahr zu werden, daß sie sich selber auf den Scheiterhaufen warf; denn auf der Zeichnung war niemand anderes als sie selber porträtiert.

„Wir wollen gern Dummköpfe sein", sagten die würdigen Richter; „und auch wenn wir es nicht sein wollten, so liefern wir Frankreich doch schon seit langem den Beweis dafür; aber eins wollen wir nicht, daß es der Nachwelt durch ein Gemälde überliefert werde: diese Narretei wird man vergessen; nur eines Merindol und eines Cabrière wird man gedenken. Ja, es ist um der Ehre unseres Standes willen weit besser, ein Mörder zu sein als ein Esel."

DIE PRÜDE
oder
DIE UNERWARTETE BEGEGNUNG

Monsieur de Sernenval, ein Mann von etwa vierzig Jahren, lebte von zwölf= bis fünfzehntausend Pfund Rente geruhsam in Paris. Er hatte sich von seinen früheren Geschäften zurückgezogen und gab sich, nur noch nach dem Schöffenamt trachtend, mit dem Titel eines Ehrenbürgers von Paris zufrieden.

Wenige Jahre zuvor hatte er sich mit der vierund= zwanzigjährigen Tochter eines ehemaligen Kollegen vermählt. Madame de Sernenval war unvergleichlich frisch, voll und üppig und hatte einen selten weißen Teint. Wohl war sie nicht wie die Grazien gewachsen, doch war sie appetitlich wie die Mutter der Liebe; wohl besaß sie nicht die Würde einer Königin, doch war sie insgesamt so sinnlich, hatte sie so zärtlich schmachtende Augen, einen so hübschen Mund, einen so festen und vollen Busen, ja, sie war in jeder Be= ziehung so begehrenswert, daß es in Paris kaum schönere Frauen gab, die man ihr vorgezogen hätte. Aber bei all ihren körperlichen Reizen hatte Madame de Sernenval einen sehr großen Fehler in geistiger Hinsicht ... Infolge ihrer unerträglichen Prüderie, ihrer übertriebenen Frömmigkeit und ins Lächerliche gesteigerten Schamhaftigkeit vermochte ihr Gatte sie zum Erscheinen im Kreise seiner Freunde nicht zu bewegen. Ihre Bigotterie ging so weit, daß Madame de Sernenval sich ihrem Gatten nur selten eine ganze Nacht widmen wollte, und wenn sie ihm einen kurzen Augenblick gewährte, so geschah es nur mit äußersten Reserven; sie behielt ein Hemd an, das niemals aufgeschürzt wurde. Ein mit Akribie vor die Pforten von Hymens Tempel geschobener Riegel erlaubte Annäherungen nur unter ausdrücklichem Vorbehalt jedweder unzüchtigen Berührung oder fleischlichen Verbindung. Madame de Sernenval wäre außer sich geraten, wenn man die durch ihre Bescheidenheit gesetzten Schranken hätte überschreiten wollen; und hätte der Gatte es dennoch versucht, so wäre er am Ende Gefahr gelaufen, nie wieder die Güte dieses braven und tugendhaften Weibes zu genießen. Monsieur de Sernenval verlachte alle diese Albernheiten; da er seine Frau aber anbetete, respektierte er ihre Schwächen. Nur zuweilen redete er auf sie ein und bewies ihr klipp und klar, daß eine redliche Frau ihre Pflichten nicht etwa dadurch erfülle, ihr Leben in der Kirche und in der Gesellschaft von Priestern zu verbringen. Vielmehr seien all die häuslichen Pflichten, die eine Frömmlerin zwangsläufig vernachlässige, weit wichtiger, und er sagte ihr, daß sie die Gebote des Ewigen weit besser ehren würde, wenn sie ein sittsames Leben innerhalb der Gesellschaft führte, statt sich im Kloster zu vergraben; er versicherte ihr ferner, daß bei den „Liebhabern Marias" weit größere Gefahren auf sie lauerten als bei seinen zuverlässigen Freunden, deren Gesellschaft sie sich entzöge.

„Nur weil ich dich kenne und dich so innig liebe", fügte Monsieur de Sernenval hinzu, „fühle ich mich nicht von all diesen religiösen Übungen beunruhigt. Wer gibt mir die Gewißheit, daß du dich nicht zuweilen auf einem weichen Levitenlager vergißt, statt am Fuße des Gottesaltars? Es gibt nichts gefährlicheres als diese Priesterschelme; beständig reden sie von Gott und verführen dabei unsere Frauen und Töchter; immerfort entehren und betrügen sie uns in seinem Namen. Glauben Sie mir, meine beste Freundin, ehrbar kann man überall sein; die Tugend hat weder in der Zelle des Bonzen, noch in der für das Götzenbild bestimmten Nische, sondern im Herzen einer braven Frau ihren Tempel errichtet. Die züchtigen Gesellschaften, die ich Ihnen zu bieten habe, sind nicht von solcher Art, daß sie Ihrer Tugendverehrung im Wege stünden ... Die Gesellschaft hält Sie für eine der treuesten Anhängerinnen dieses Kultes; ich glaube daran; aber was für Beweise habe ich dafür, daß Sie diesen Ruf wirklich verdienen? Weit besser würde es mich überzeugen, wenn ich Sie listigen Attacken widerstehen sähe: Nicht die Frau, die sich allen Verführungskünsten entzieht, ist erwiesenermaßen in ihrer Tugend gefestigt, sondern jene, die sich ihrer so sicher ist, daß sie furchtlos allen Anfechtungen sich auszusetzen wagt."

Madame de Sernenval erwiderte nichts darauf; denn gegen dieses Argument war tatsächlich nichts einzuwenden. Doch sie weinte — das ist bekanntlich der Ausweg aller schwachen, verführten und falschen

Frauen –, und ihrem Mann fehlte der Mut, seine Lektion fortzusetzen.

In jener Zeit kam ein alter Freund Sernenvals namens Desportes aus Nancy zu Besuch. Er wollte bei dieser Gelegenheit auch einige Geschäfte in der Hauptstadt erledigen. Desportes war ein Lebemann etwa gleichen Alters wie sein Freund. Keine der Freuden, die eine gütige Natur dem Menschen erlaubt, um ihn das Böse, das sie ihm zufügt, vergessen zu machen, keine dieser Freuden war ihm verhaßt. Sernenvals Angebot, bei ihm im Hause zu logieren, nimmt er ohne Zaudern an. Er gibt seiner Freude Ausdruck, ihn zu sehen, wundert sich aber gleichzeitig über die Strenge seines Eheweibes; denn sobald diese von der Ankunft des Fremdlings erfährt, weigert sie sich strikt, zu erscheinen, und auch an den Mahlzeiten nimmt sie nicht mehr teil. Desportes glaubt zu stören und will sich ein anderes Quartier suchen. Sernenval aber hält ihn davon ab und weiht ihn schließlich in die lächerlichen Eigenarten seiner zartfühlenden Gattin ein.

„Wir wollen ihr verzeihen", sagte der gutgläubige Ehemann, „sie macht diese Mängel durch so viele Tugenden wieder gut, daß ich nachsichtig geworden bin, und ich besitze die Kühnheit, auch dich darum zu bitten."

„Meinetwegen", erwidert Desportes. „Da ich persönlich gar nicht darunter zu leiden habe, vergebe ich ihr ohne weiteres. Die Fehler der Ehefrau eines von mir hochgeschätzten Mannes sind in meinen Augen stets nur achtenswerte Eigenschaften."

Sernenval umarmt seinen Freund und fortan widmen sie sich nur noch ihren Vergnügungen.

Seit fünfzig Jahren halten in Paris zwei oder drei Einfaltspinsel den Verkehr mit öffentlichen Dirnen unter Kontrolle; namentlich ein spanischer Gauner hat unter der letzten Regierung hunderttausend Taler pro Jahr mit seinen Inquisitionsmethoden verdient, von denen noch die Rede sein wird. In ihrer Dummheit und ihrem platten Rigorismus haben diese Leute die törichte Vorstellung, daß es zu den genialsten Einfällen der Staatslenkung, zu den sichersten Hilfsmitteln der Regierung, kurzum zu den Grundlagen der Tugend gehört, jene Geschöpfe zu einer genauen Buchführung zu veranlassen, welchem ihrer Körperteile ihr jeweiliger Galan den Vorzug gibt. Dabei setzt man voraus, daß zwischen einem Mann, der gern den Busen beschaut, und einem, der sich lieber an den verlängerten Rücken hält, genau der gleiche Unterschied besteht, wie zwischen einem braven Mann und einem Verbrecher; und somit wäre also einer, auf den (je nach der Mode) das eine oder andere zutrifft, zwangsläufig der größte Staatsfeind. Ohne diese verachtenswerten Dummheiten könnten zwei ehrenwerte Bürger — als Ehemann einer bigotten Frau der eine, und als Junggeselle der andere — billigerweise ein paar Stunden bei diesen kleinen Damen zubringen. Da aber diese absurden Niederträchtigkeiten die Gelüste des Bürgers gänzlich abkühlen, kam es Sernenval erst gar nicht in den Sinn, Desportes diese Art von Zerstreuung vorzuschlagen.

Darüber war Desportes erstaunt. In Unkenntnis der Hintergründe fragte er seinen Freund, warum er ihm sämtliche Freuden der Hauptstadt geboten, nie aber von diesem Vergnügen gesprochen habe? Sernenval weist auf die stupide Inquisition hin; Desportes aber amüsiert sich darüber und erklärt seinem Freund, er wolle unbedingt mit diesen Huren soupieren, trotz der „schwarzen" Listen, der Polizeiberichte und Verhöre und all der anderen schurkischen Spitzelmethoden, die der Polizeichef der bürgerlichen Welt Lutetias speziell für diesen Vergnügungssektor ersonnen hat.

„Hör zu", erwiderte Sernenval, „mir soll es recht sein. Als Beweis meiner philosophischen Einstellung zu diesen Dingen werde ich dich sogar selbst dort einführen. Aber mit Rücksicht auf mein Zartgefühl – das du hoffentlich nicht tadeln wirst – und auf die Verpflichtung, die ich meiner Frau gegenüber empfinde und auch nicht verleugnen kann, wirst du mir erlauben, mich deinen Vergnügungen fernzuhalten. Ich will sie dir gern vermitteln ... Aber mehr auch nicht."

Zunächst verspottet Desportes seinen Freund, doch da dieser sich auf keine Diskussion einläßt, erklärt er sich mit allem einverstanden und sie machen sich auf den Weg.

Die berühmte S. J. war die Priesterin des Tempels, den Sernenval für seinen Freund als Opferstätte auserkoren hatte.

„Wir brauchen eine zuverlässige Frau", sagte Ser=

nenval, „eine ehrliche Person; ich lege Ihnen diesen Freund ans Herz; er weilt nur für kurze Zeit in Paris und möchte ungern ein übles Geschenk in seine Hei=mat mitnehmen ... abgesehen davon, daß Sie Ihren guten Ruf dabei verlören. Sagen Sie uns aufrichtig, ob Sie das haben, wessen er bedarf, und was Sie für die Vermittlung dieses Genusses verlangen."

„Hören Sie", erwiderte die S. J., „ich sehe wohl, mit wem ich die Ehre habe zu sprechen. Leute Ihrer Sorte würde ich niemals hintergehen; ich rede als ehrliche Frau zu Ihnen, und mein Verhalten wird es Ihnen bestätigen. Ihren Wünschen kann ich dienen, voraus=gesetzt, daß Sie den angemessenen Preis dafür zah=len. Es handelt sich um eine charmante Frau, eine Person, die Sie schon bezaubern wird, wenn Sie nur ihre Stimme hören ... Mit einem Wort, wir bezeich=nen dergleichen als einen Priesterhappen. Und Sie mögen sich wohl denken, daß ich diesen Leuten als meinen besten Kunden nicht die schlechtesten Brok=ken vorsetze ... Vor drei Tagen hat mir der Bischof von M. zwanzig Louisdor dafür gezahlt, gestern gab mir der Erzbischof fünfzehn, und heute morgen hat sie mir schon wieder dreißig eingebracht, die der Koadjutor von ... bezahlte. Ihnen gebe ich sie für zehn, und das wahrhaftig nur, meine Herren, um mich Ihrer Achtung als würdig zu erweisen. Sie müs=sen sich aber genauestens an den Tag und an die Stunde halten. Die Dame steht unter dem Joch eines Ehemanns, eines eifersüchtigen Ehemanns, der nur allein für sie Augen hat. Da sie sich also nur für kurze Augenblicke von daheim wegstehlen kann, darf keine Minute der vereinbarten Zeit versäumt werden ..."

Desportes versuchte zu handeln. In ganz Lothringen zahlte man weit und breit keine zehn Louisdor für eine Hure. Doch je mehr er herunterhandeln wollte, um so heftiger wurde die Ware angepriesen. Er willigte kurzerhand ein, und das Rendezvous wurde für den darauffolgenden Tag punkt zehn Uhr morgens verabredet.

Da Sernenval nicht mit von der Partie sein wollte, war keine Rede mehr von einem Souper, und also hatte man diese Zeit gewählt. Desportes war es angenehm, die Affäre frühzeitig hinter sich zu bringen und den Rest des Tages anderen, wichtigeren Geschäften widmen zu können. Die Stunde schlägt. Unsere zwei Freunde finden sich bei ihrer charmanten Mittlerin ein; ein dämmriges und wollüstiges Boudoir birgt die Göttin, der Desportes opfern soll.

„Glückliches Kind der Liebe", sagt Sernenval, ihn in das Sanktuarium drängend, „flieg' in die wollüstigen Arme, die man dir entgegenstreckt und komme erst wieder, wenn du mir von deinen Sinnenfreuden berichten kanst. Ich freue mich über dein Glück, und meine Freude ist um so reiner, als ich keinerlei Eifersucht empfinde."

Unser Katechumene dringt ein; drei ganze Stunden reichen kaum für seinen Kult. Endlich erscheint er wieder und versichert seinem Freund, er habe in seinem ganzen Leben nichts ähnliches gesehen, und

selbst die Mutter der Liebe hätte ihm nicht so viel Freuden bereiten können.
„Sie ist also köstlich", sagt Sernenval, fast selber schon Feuer und Flamme.
„Köstlich? Ach, mir fehlt einfach das rechte Wort dafür. Diese Flut von Wonnen, in die sie mich tauchte, vermag kein Pinsel aufzuzeichnen, ja, das spüre ich sogar jetzt noch, während die Illusion vergeht. Sie besitzt ein derartig sinnliches Geschick, die von der Natur verliehene Anmut spielen zu lassen, ihre Hingabe weiß sie mit soviel Salz und Pikanterie zu würzen, daß ich noch jetzt davon trunken bin ... Oh! Mein Freund, koste selber davon, ich bitte dich. Was für Pariser Schönheiten auch immer zu deinen Bekannten zählen mögen, du wirst mir mit Sicherheit zustimmen, daß auch in deinen Augen keine von ihnen diese hier aufzuwiegen vermag."
Sernenval blieb standhaft; einer leichten Neugierde jedoch konnte er sich nicht erwehren, und so bat er die S. J., das Mädchen möchte beim Verlassen ihres Kabinetts an ihm vorübergehen ... Die Bitte wird ihm gewährt. Die beiden Freunde erheben sich, um sie besser beobachten zu können, und schon schreitet die Prinzessin stolz an ihnen vorüber ...
Gerechter Himmel, wie erschrak Sernenval, als er seine Frau erkannte! Ja, sie selber war es ... Diese prüde Person, die zu schamhaft war, einen Freund ihres Mannes zu begrüßen, besaß die Schamlosigkeit, sich in einem solchen Haus zu prostituieren.
„Elendes Frauenzimmer", rief er wütend aus ...

Aber vergeblich will er sich auf das ruchlose Geschöpf stürzen. Im gleichen Augenblick schon hatte auch sie ihn erkannt und sich aus dem Staube gemacht. Sernenval ist in einem unbeschreiblichen Zustand und will die S. J. zur Rechenschaft ziehen. Die schiebt ihre Ahnungslosigkeit als Entschuldigung vor. Sie versichert Sernenval, die junge Person habe schon seit Jahren in ihrem Hause verkehrt, also seit lange vor ihrer Eheschließung mit diesem Unglücklichen.

„Diese Schurkin!" rief der unglückliche Ehemann aus. Vergeblich suchte ihn sein Freund zu trösten . . .

„Aber nein, dieser Fall soll für mich erledigt sein. Verachtung ist alles, was ich ihr noch schulde; ihr wird sie für immer preisgegeben sein. Ich aber werde aus dieser grausamen Erfahrung die Lehre ziehen, daß man der heuchlerischen Maske einer Frau niemals trauen darf." Sernenval kam nach Hause. Seine Hure fand er nicht mehr vor. Sie hatte schon das Weite gesucht. Es rührte ihn nicht. Sein Freund wollte ihn nach diesem Geschehnis nicht mehr länger mit seiner Gegenwart belasten. Am nächsten Tag nahm er Abschied und der arme, einsame, von Scham und Schmerz durchdrungene Sernenval füllte einen ganzen Quartband mit seinen Erkenntnissen über die Heuchelei der Ehefrauen. Doch diese Niederschrift vermochte weder die Frauen zu bessern noch ist sie je von den Männern gelesen worden.

DIE BLÜTEN DER KASTANIE

Ich selbst würde dergleichen nicht unbedingt sagen, doch behauptet man – und es gibt Wissenschaftler, die uns davon zu überzeugen suchen –, daß die Kastanienblüte genau den gleichen Duft habe, wie jener fruchtbare, zur Zeugung der menschlichen Nachkommenschaft bestimmte Same, dem es der Natur gefallen hat, in den Lenden des Mannes unterzubringen. Ein junges Fräulein von ungefähr 15 Jahren – sie hatte niemals das elterliche Haus verlassen – promenierte eines Tages mit ihrer Mutter und einem gefallsüchtigen Abbé durch eine Allee von Kastanienbäumen, deren Blütengeruch die Luft in dem eben beschriebenen, zweideutigen Sinne parfümierte.

„O mein Gott, Mama, dieser eigentümliche Duft“, wendet sich die junge Person an ihre Mutter, ohne zu wissen, woher derselbe kommt, „aber riechen Sie nur, Mama ... Diesen Duft kenne ich.“

„Schweigen Sie, Mademoiselle! Bitte, sagen Sie nicht solche Dinge.“

„Aber warum denn, Mama? Ich sehe nicht ein, was für ein Unrecht ich begehe, wenn ich sage, daß mir dieser Duft nicht fremd ist; und wahrhaftig – er ist es nicht.“

„Aber Mademoiselle ...“

„Aber Mama, ich kenne ihn, ich schwöre es Ihnen! Herr Abbé, bitte sagen Sie mir doch, was ich für ein

Unrecht begehe, wenn ich Mama versichere, daß ich diesen Duft kenne."
„Gnädiges Fräulein", sagt der Abbé, zupft an seinem Jabot und gibt seiner Stimme einen flötenden Ton, „das Unrecht hat an sich gewiß keine Bedeutung, aber wir befinden uns hier unter Kastanienbäumen, und wir Naturalisten, wir stimmen der botanischen Wissenschaft darin zu, daß die Kastanienblüten ..."
„Nun was, daß die Kastanienblüten ...?"
„Nun, gnädiges Fräulein, sie duften eben, wie ..."

DIE SCHELME

Zu allen Zeiten hat es in Paris eine über die ganze Welt verbreitete Klasse von Menschen gegeben, deren einzige Tätigkeit darin besteht, auf Kosten anderer zu leben. Nichts ist raffinierter, als es die ausgepichten Machenschaften dieser Intriganten sind.

Sie erfinden alles Erdenkliche, alles nur Mögliche lassen sie sich einfallen, um das Opfer auf die eine oder andere Weise in ihre verfluchten Netze zu locken. Während das Hauptcorps in der Stadt arbeitet, schwärmen kleine Abteilungen nach rechts und links aus, verteilen sich auf die Landgebiete und machen sich vornehmlich die öffentlichen Verkehrsmittel zunutze.

Nach dieser traurigen, aber wohl begründeten Einleitung wollen wir uns der jungen Novizin zuwenden, die wir leider alsbald in solch üble Hände werden fallen sehen. Rosette de Flarville, die Tochter eines braven Bürgers in Rouen, erwirkte nach langem Betteln von ihrem Vater die Erlaubnis, den Pariser Karneval bei ihrem Onkel, dem Herrn Mathieu, einem reichen Wucherer in der rue Quincampoix zu verleben. Rosette war ein wenig dümmlich, doch volle achtzehn Jahre alt. Sie hatte ein charmantes Gesichtchen, blonde Haare, hübsche blaue Augen, einen blendenden Teint und einen unter leichtem Tüll wogenden Busen, der jeden Kenner ahnen ließ, daß das junge Mädchen zumindest ebenso viele verborgene wie sichtbare Reize zu bieten hatte ... Der Abschied war nicht ohne Tränen verlaufen: Der gute Papa trennte sich zum erstenmal von seiner Tochter; sie war zwar brav und wohlerzogen in ihrem Benehmen, auch ging sie zu einem guten Verwandten und sollte Ostern schon wieder nach Hause kommen. Das alles waren gewiß tröstliche Erwägungen. Rosette war jedoch sehr hübsch, Rosette war vertrauensselig, und sie begab sich in eine für derart unschuldige und tugendhafte Provinzschönheiten gefährliche Stadt. Indes, ausgerüstet mit allem, dessen sie bedarf, um in ihrer kleinen Sphäre zu glänzen, und außerdem versehen mit einer Anzahl von Juwelen und Geschenken für Onkel Mathieu und seine Töchter – ihre Kusinen –, bricht unsere Schöne auf. Rosette wird dem Kutscher anempfohlen, der Vater umarmt sie, der Kutscher knallt mit der Peitsche, auf beiden Seiten wird geweint. Aber wenngleich die Freundschaft der Kinder ebenso zärtlich sein dürfte wie die ihrer Eltern, so hat doch die Natur ersteren erlaubt, im Rausch der verschiedensten Freuden jene Zerstreuung zu finden, die sie unwillkürlich den Urhebern ihrer Tage entfremdet und in ihrem Herzen das zärtliche Gefühl für dieselben erkalten läßt; in der Seele der Väter und Mütter wird dieses Gefühl hingegen noch einzigartiger, glühender und zugleich ehrlicher entbrennen, sobald sie von einer gewissen verhängnisvollen Gleichgültigkeit befallen werden und den Freuden ihrer Jugend nichts mehr abgewinnen können, sobald ihnen also nur noch die vergötterten, sie sozusagen wiederbelebenden Geschöpfe bleiben.

Rosette bestätigte die allgemeine Regel. Alsbald waren ihre Tränen versiegt und sie gab sich gänzlich der Vorfreude hin, Paris kennenzulernen. Unverzüglich machte sie die Bekanntschaft der Mitreisenden, die ebenfalls in die Hauptstadt fuhren, sich dort aber besser auszukennen schienen als sie. Zuallererst erkundigte sie sich nach der rue Quincampoix.

„Das ist genau die Straße, in der ich wohne, Fräu=lein“, erwiderte ein gutaussehender Gauner, der so=wohl wegen seiner uniformartigen Kleidung, als auch wegen seiner tönenden Stimme in dieser hin= und hergeschüttelten Reisegesellschaft das große Wort führte.

„Wie, Monsieur, Sie wohnen in der rue Quincam=poix?“

„Jawohl, seit über zwanzig Jahren.“

„Oh! Wenn das der Fall ist“, sagte Rosette, „so kennen Sie doch gewiß meinen Onkel Mathieu?“

„Monsieur Mathieu ist Ihr Onkel, Mademoiselle?“

„Ja, ja, Monsieur, ich bin seine Nichte; ich bin auf dem Weg zu ihm und werde den ganzen Winter dort verbringen, zusammen mit meinen beiden Kusinen Adelaide und Sophie; die werden Sie bestimmt auch kennen?“

„Oh! Und wie, Mademoiselle! Wäre es denn vor=stellbar, daß ich Monsieur Mathieu, meinen nächsten Nachbarn und seine Fräulein Töchter nicht kennte. In die eine bin ich übrigens seit fünf Jahren verliebt.“

„In eine meiner Kusinen sind Sie verliebt? Ich wette, es ist Sophie?“

„Nicht doch, es ist Adelaide; ein reizendes Gesicht hat sie.“

„Das sagt ganz Rouen. Ich für mein Teil habe sie noch nie gesehen. Es ist die erste Reise meines Lebens in die Hauptstadt.“

„Ach! Sie kennen Ihre Kusinen gar nicht, Mademoi=selle? Wohl Herrn Mathieu dann auch nicht?“

„Du lieber Himmel, nein. In dem Jahr, als meine Mutter mich gebar, hat Monsieur Mathieu Rouen verlassen, und er ist nie wieder dorthin zurückgekehrt."

„Ein hochanständiger Mann, das kann ich Ihnen versichern. Ihr Besuch wird ihm Freude machen."

„Und ein schönes Haus hat er, nicht wahr?"

„Ja. Ein Teil ist allerdings vermietet, er bewohnt nur die erste Etage."

„Und das Erdgeschoß."

„Ja, stimmt. Und auch einige Zimmer im oberen Stockwerk, glaube ich."

„Oh! Er ist sehr reich; aber ich werde ihm keine Schande bereiten. Schauen Sie her, hundert schöne doppelte Louisdor hat mir mein Vater mitgegeben, damit ich mich nach der Mode einkleiden kann und meinen Kusinen keine Schande mache; und schöne Geschenke bringe ich ihnen auch mit. Ja, schauen Sie, die hübschen Ohrringe. Die sind mindestens ihre hundert Louisdor wert. Ja, die soll Adelaide bekommen, Ihr Liebchen; und dieses Halsband hat mindestens den gleichen Wert, das ist für Sophie bestimmt; aber ich habe noch mehr, schauen Sie, diese Goldkassette mit dem Porträt meiner Mutter. Gestern wurde es noch auf fünfzig Louisdor geschätzt. Ja, das ist für meinen Onkel Mathieu, ein Geschenk meines Vaters an ihn. Oh! Ich bin sicher, daß ich alles in allem, mit Geld und Schmuck, mehr als fünfhundert Louisdor bei mir trage."

„Dessen bedarf es gar nicht, um Ihrem Herrn Onkel

willkommen zu sein, Mademoiselle", sagte der Spitz=bube, auf die Schöne samt ihren Louisdors schielend. „Sie zu sehen wird ihm gewiß viel mehr Freude bereiten als all dieser Tand."

„Trotzdem, trotzdem. Mein Vater ist auf gute Formen bedacht. Er möchte nicht, daß wir verachtet werden, nur weil wir in der Provinz wohnen."

„Wahrhaftig, Mademoiselle, Ihre Gesellschaft ist so angenehm, daß ich mir wünschte, Sie würden Paris nie wieder verlassen, und Herr Mathieu würde Sie mit seinem Sohn vermählen."

„Mit seinem Sohn? Er hat doch gar keinen."

„Mit seinem Neffen, wollte ich sagen, dem großen jungen Mann ..."

„Charles?"

„Richtig, Charles, bei Gott, er ist mein bester Freund."

„Was, Sie haben auch Charles gekannt, Monsieur?"

„Freilich, Mademoiselle, ja, ich habe ihn gekannt und kenne ihn immer noch. Meine Reise nach Paris dient einzig dem Zweck, ihn zu besuchen."

„Sie müssen sich irren, Monsieur. Charles ist längst tot. In meiner Kindheit war ich ihm versprochen. Ich kannte ihn nicht, doch man sagte mir, er sei reizend gewesen. Er wollte unbedingt Soldat werden; er zog in den Krieg und wurde getötet."

„Doch, doch, Mademoiselle, meine Wünsche werden bestimmt in Erfüllung gehen; Sie sollten sich auf eine Überraschung gefaßt machen: Charles war nur tot geglaubt, er ist nicht tot. Vor sechs Monaten kam er zurück und er schrieb mir, daß er heiraten werde. Andererseits hat man Sie nach Paris geschickt. Es gibt keinen Zweifel mehr, Mademoiselle, die Überraschung steht vor der Tür; in vier Tagen sind Sie Charles' Gemahlin, und was Sie hier mitbringen, das sind die Hochzeitsgeschenke."

„Wahrhaftig, Monsieur, Ihre Behauptungen klingen höchst glaubwürdig; wenn ich jetzt an die Worte meines Vaters denke, möchten mir Ihre Prophezeiungen gar nicht unmöglich erscheinen ... Wie! Ich, in Paris verheiratet ... Dann wäre ich eine Pariser Dame! Oh, Monsieur, was für eine Freude! Wenn das alles so ist, müssen Sie unbedingt Adelaide heiraten. Ich werde meine Kusine günstig stimmen und dann feiern wir eine Doppelhochzeit."

In dieser Art plauderte die sanfte und gutmütige Rosette während der ganzen Fahrt mit dem Gauner. Der lockte alles aus ihr heraus und versprach sich schon im voraus ein leckeres Fest mit der so naiv sich preisgebenden Novizin: Was für ein Fang für diese Lasterbande: fünfhundert Louisdor und dazu ein hübsches Mädchen. Man sage mir, ob es irgendeinen sinnenfrohen Menschen gibt, den solch eine Beute nicht gekitzelt hätte?

Kurz vor Pontoise erklärte der Schelm: „Mademoiselle, ich habe eine gute Idee. Ich nehme mir hier ein Postpferd und eile voraus zu Ihrem Onkel, um Ihre Ankunft anzukündigen; bestimmt fahren die Ihren Ihnen entgegen, und dann kommen Sie nicht so allein in der großen Stadt an."

Sein Vorschlag fand Gefallen. Der Galan bestieg ein Pferd und ritt davon, um die Akteure seiner Komödie in das Spiel einzuweihen. Nachdem er sie unterrichtet und mit ihren Rollen vertraut gemacht hatte, führten zwei Fiaker die vermeintliche Familie nach Saint-Denis. In der Poststation stiegen sie ab, der Gauner stellt die Angehörigen vor und Rosette sieht sich Herrn Mathieu, dem großen, von der Truppe heimgekehrten Charles und ihren beiden reizenden Kusinen gegenüber; man umarmt sich; die Normannin überreicht ihre Briefe und der gute Mathieu vergießt Tränen vor Freude, als er erfährt, daß sein Bruder wohlauf ist; auch mit der Verteilung der Geschenke wird nicht bis zur Ankunft in Paris gewartet; Rosette ist allzu begierig, mit ihrem Vater zu glänzen und verteilt sie allsogleich. Erneute Umarmungen, erneute Danksagungen, dann bewegt sich der ganze Zug zum Hauptquartier unserer Gauner, das sie der Schönen als rue Quincampoix vorstellen. Sie halten vor einem ansehnlichen Haus, Mademoiselle de Flarville bekommt ihr Zimmer angewiesen, man stellt ihren Koffer dort ab und hat jetzt nur noch eines im Sinn, sich zu Tisch zu setzen. Man ist darauf bedacht, Rosette soviel Wein einzuflößen, daß ihr Sinn sich verwirrt: Da sie nur an Cider gewöhnt ist, redet man ihr ein, Champagner sei Pariser Apfelwein. Die zutrauliche Rosette tut alles, was man ihr sagt. Endlich verliert sie gänzlich den Verstand und läßt sich ohne Wiederstand splitterfasernackt ausziehen. Als unsere Buben sich vergewissert hatten, daß sie nur noch die ihr von der Natur verliehenen Reize am Leibe trug, wollten sie ihr auch diese nicht ungeschändet lassen. Die ganze Nacht hindurch vergingen sie sich an ihr nach Herzenlust. Alsdann, zufrieden damit, das arme Mädchen in jeder Beziehung voll ausgekostet, ihr den Verstand, die Ehre und das Geld geraubt zu haben, hüllten sie sie in ein paar alte Lumpen und setzten sie vor Tagesanbruch auf den Stufen von Saint-Roch ab. Mit den ersten Sonnenstrahlen öffnete die Unglückliche ihre Augen. Entsetzt über ihren gräßlichen Zustand, betastete sie sich und zweifelte, ob sie eigentlich tot oder lebendig sei. Spötter umringten sie. Stundenlang war sie ein Opfer derselben, bis man sie endlich auf ihre Bitten hin zum Kommissar führte. Dort erzählte sie ihre traurige Geschichte. Sie flehte, man möge ihren Vater schreiben und ihr unterdessen irgendwo Asyl gewähren. Der Kommissar fand die Antworten dieses unglücklichen Geschöpfes so arglos und ehrlich, daß er sie in seinem eigenen Haus aufnahm. Alsbald erschien der normannische Bürger bei ihm, und nach Tränenströmen auf beiden Seiten führte er sein liebes Kind nach Hause. Es ist zu vermuten, daß sie ihr ganzes Leben lang kein Verlangen mehr danach hatte, die sittlich so hochstehende Hauptstadt von Frankreich wiederzusehen.

DIE VERGELTUNG

Ein guter Bürger der Pikardie, vielleicht Nachfahre eines der berühmten Troubadoure von den Ufern der Oise oder der Somme, deren unbeachtetes Dasein vor zehn oder zwölf Jahren von einem großen Schriftsteller dieses Jahrhunderts aus dem Dunkel gezogen wurde, also ein braver und ehrenwerter Bürger, sage ich, wohnte in der Stadt Saint Quentin, die allenthalben bekannt ist wegen der großen Männer, die sie der Literatur geschenkt hat. Er, seine Frau und eine Cousine dritten Grades, die als Nonne in einem Kloster der Stadt wohnte, lebten dort in allen Ehren. Die Cousine dritten Grades war eine kleine Brünette mit lebhaften Augen, einem schelmischen Gesichtchen, aufgestülptem Näschen und einer zierlichen Figur; sie war zweiundzwanzig Jahre alt und seit vier Jahren Nonne; Schwester Pétronille – so hieß sie – hatte weiterhin eine schöne Stimme und weit mehr Temperament als Frömmigkeit. Herr d'Esclaponville – so nannte sich unser Bürger – war ein guter und lustiger Mann von ungefähr achtundzwanzig Jahren, der seine Cousine außerordentlich liebte, Madame d'Esclaponville, dagegen nicht ganz so heftig, zumal er bereits zehn Jahre lang mit ihr schlief und eine zehnjährige Gewöhnung der ehelichen Leidenschaft äußerst abträglich ist. Madame d'Esclaponville – auch sie müssen wir zeichnen, denn für wen würde man gehalten werden, wenn man keine Beschreibungen gäbe in einem Jahrhundert, in dem man stets nur Bilder braucht und in dem nicht einmal eine Tragödie angenommen wird, wenn die Leinwandhändler nicht wenigstens sechs Themen darin finden — Frau d'Esclaponville also war eine etwas langweilige Blondine; sie hatte aber eine ganz weiße Haut, recht schöne Augen, war hübsch mollig und hatte jene runden Pausbacken, die man überall auf der Welt als ‚sinnig' bezeichnet.

Bis zum gegenwärtigen Zeitpunkt hatte Frau d'Esclaponville nicht gewußt, daß es Mittel gab, sich an einem untreuen Gatten zu rächen; sie war sittsam wie ihre Mutter, die dreiundachtzig Jahre alt geworden war und immer mit demselben Mann gelebt hatte, ohne ihm jemals untreu geworden zu sein, und sie war noch dazu recht einfältig und viel zu arglos, um auch nur die geringste Ahnung von diesem abscheulichen Verbrechen zu haben, das die Kasuisten als einen Ehebruch bezeichnet haben und das die wohlwollenden Leute, die alles zu mildern suchen, einfach eine Galanterie nennen. Aber die verbitterten Gefühle einer betrogenen Frau geben ihr bald genug Ratschläge ein für die Rache, und da niemand gern etwas schuldig bleibt, tut sie alles, sobald sie kann, damit man ihr nichts vorzuwerfen hat. Letzten Endes also bemerkte Frau d'Esclaponville, daß ihr lieber Herr Gemahl seine Cousine dritten Grades ein wenig zu oft besuchte: Der Dämon der Eifersucht bemächtigte sich ihrer Seele; sie paßte auf, ließ sich unterrichten und entdeckte schließlich, daß in Saint Quentin wenige Dinge so unerschütterlich feststanden wie das Verhältnis ihres Gatten mit Schwester Pétronille. Als Frau d'Esclaponville ihrer Sache sicher war, erklärte sie schließlich ihrem Mann, daß sein von ihr beobachtetes Verhalten ihr das Herz zerschneide, daß sie durch ihr eigenes Betragen ein solches Vorgehen nicht verdient habe und daß sie ihn beschwöre, von seiner Ausschweifung abzulassen. „Von meiner Ausschweifung?" antwortete der Ehemann gelassen, „weißt du denn nicht, meine Liebe, daß ich das Seelenheil erlange, wenn ich mit meiner Cousine schlafe, die eine Nonne ist? Man wäscht seine Seele rein in einer so heiligen Verbindung, man identifiziert sich mit dem höchsten Wesen und nimmt den heiligen Geist in sich auf: Mit gottgeweihten Leuten, meine Liebe, begeht man keine Sünde; sie läutern alles, was mit ihnen geschieht, und mit ihnen verkehren heißt mit einem Wort, sich den Weg zur himmlischen Seligkeit öffnen."

Frau d'Esclaponville war mit dem Erfolg ihrer Vorhaltungen wenig zufrieden, sagte aber kein Wort weiter, sondern schwor sich im geheimen, daß sie ein Mittel von überzeugenderer Beredsamkeit finden werde ... Das Teuflische daran ist, daß die Frauen immer sogleich etwas zur Hand haben: Wenn sie nur einigermaßen hübsch sind, so bedarf es nur eines einzigen Wortes von ihnen, und es regnet Rächer von allen Seiten.

Es gab in der Stadt einen gewissen Gemeindevikar,

den man Herrn Abbé du Bosquet nannte, einen großen Wüstling von etwa dreißig Jahren, der allen Frauen nachlief und aus den Stirnen der Ehemänner in Saint Quentin einen wahren Wald wachsen ließ. Frau d'Esclaponville lernte den Vikar kennen; allmählich lernte auch der Vikar Frau d'Esclaponville kennen, und schließlich kannten sich beide so genau, daß sie einander von Kopf bis Fuß hätten zeichnen können, ohne dabei einen falschen Strich zu tun. Nach einem Monat beglückwünschte jedermann den armen d'Esclaponville, der sich gebrüstet hatte, er allein sei den gefürchteten Galanterien des Vikars schadlos entgangen und er sei in Saint Quentin der einzige, dessen Stirn der Schelm noch nicht befleckt habe. „Das kann nicht wahr sein", sagte d'Esclaponville zu denen, die ihn darauf ansprachen. „Meine Frau ist sittsam wie eine Lukrezia; und wenn man es mir hundertmal sagen sollte; ich werde es nicht glauben." „Komm doch", sagte einer seiner Freunde zu ihm, „komm doch mit, auf daß ich dich mit deinen eigenen Augen überzeugen kann; danach wollen wir sehen, ob du noch zweifeln kannst." D'Esclaponville ließ sich mit fortziehen; sein Freund führte ihn eine halbe Meile aus der Stadt hinaus an einen einsamen Ort, an dem die Somme – dicht umgeben von frischen und blühenden Hecken – einen köstlichen Badeplatz für die Bewohner der Stadt bildete. Aber da man sich ein Stelldichein gegeben hatte zu einer Jahreszeit, zu der man gewöhnlich noch nicht badet, mußte unser armer Ehemann kummervoll mit ansehen, wie seine ehrenwerte Frau und sein Rivale nacheinander dort ankamen, ohne daß jemand sie gestört hätte. „Nun“, sagte der Freund zu d'Esclaponville, „beginnt dir die Stirn schon zu jucken?“ „Noch nicht“, sagte der Biedermann und fuhr doch unwillkürlich mit der Hand darüber, „vielleicht kommt sie zum Beichten hierher.“ „Warten wir also ab, wie es ausgehen wird“, sagte der Freund ...

Es dauerte nicht lange: Kaum war der Herr Abbé du Bosquet im köstlichen Schatten der duftenden Hecke angelangt, als er auch schon alles löste, was der wollüstigen Fühlungnahme, die er beabsichtigte, im Wege war; er begann sogleich in heiliger Weise daran zu arbeiten, den guten und ehrenhaften d'Esclaponville zum dreißigsten Male in die Reihe der anderen Ehemänner der Stadt zu stellen. „So, glaubst du es nun?“ sagte der Freund. „Laß uns zurückkehren“, sagte d'Esclaponville verbittert, „denn wenn mir das hier erst richtig zum Bewußtsein gelangt ist, könnte ich diesen verfluchten Priester umbringen, und man würde es mich teurer bezahlen lassen, als die Sache wert ist. Kehren wir also um, mein Freund, und ich bitte dich, behalte das Geheimnis für dich.“

D'Esclaponville kehrte ganz verwirrt nach Hause zurück. Kurz danach kam auch seine gesegnete Frau, um sich zum Essen an seine keusche Seite zu setzen. „Einen Augenblick, meine Süße“, sagte der brave Mann wütend, „ich habe schon als Kind meinem Vater geschworen, mich niemals mit Dirnen an einen Tisch zu setzen.“ „Mit Dirnen?“ antwortete Frau d'Esclaponville sanftmütig: „Mein Freund, dieses Wort erstaunt mich; was haben Sie mir vorzuwerfen?" „Wie, liederliches Frauenzimmer? Was ich Ihnen vorzuwerfen habe? Was hatten Sie heute nachmittag mit unserem Vikar am Badeplatz zu tun?" „O mein Gott", antwortete die Frau beschwichtigend, „ist es nur das, mein Sohn, ist es nur das, was Sie mir zu sagen haben?" „Was, zum Teufel: Ist es nur das . . ." „Aber, mein Freund, ich bin doch nur Ihrem Rat gefolgt. Denn haben Sie mir nicht gesagt, man habe nichts zu befürchten, wenn man mit Leuten der Kirche schläft? Man reinige seine Seele bei einer so heiligen Verbindung? Man vereine sich auf diese Weise mit dem höchsten Wesen, lasse den Heiligen Geist in sich eintreten? Mit einem Wort, man öffne sich den Weg zur himmlischen Seligkeit? Also, mein Freund, ich habe nur getan, was Sie mir gesagt haben. Ich bin also eine Heilige und nicht eine Dirne! Ach! Ich sage Ihnen, wenn irgendeiner dieser lieben Gottesmänner die Fähigkeit hat, wie Sie sagen, den Weg zur himmlischen Seligkeit zu öffnen, dann ist es ganz gewiß der Herr Vikar, denn ich habe noch nie einen so großen Schlüssel gesehen."

EINE GEGLÜCKTE TÄUSCHUNG

Die Welt ist voller unkluger Frauen, die sich einbilden, sie könnten sich – ohne ihren Ehemann zu beleidigen – eine galante Affäre erlauben, sofern sie mit ihrem Geliebten nicht bis zum Letzten gehen. Aber häufig hat gerade diese Art, die Dinge zu sehen, viel gefährlichere Folgen als ein vollendeter Fall. Ein gutes Beispiel für das, was wir mit dieser Maxime behaupten, bietet das Erlebnis der Marquise de Guissac – einer Dame der Gesellschaft – aus Nîmes im Languedoc.

Madame de Guissac – verrückt und unbesonnen, heiter und voller Geist und Anmut – glaubte, daß einige galante Briefe, die zwischen ihr und dem Baron d'Aumelas gewechselt wurden, keinerlei Folgen nach sich ziehen könnten; denn erstens würden dieselben unbekannt bleiben, und zweitens war es ihr ja möglich – sollten sie unglücklicherweise doch entdeckt werden –, ihre Unschuld vor dem Gatten zu beweisen. Keinesfalls also würde sie seine Ungnade auf sich ziehen.

Aber sie täuschte sich ...

Der außergewöhnlich eifersüchtige Marquis de Guissac argwöhnte die Beziehung, befragte das Kammermädchen und brachte einen Brief in seinen Besitz, der zwar vorerst keine seiner Befürchtungen bestätigte, seinem Verdacht jedoch hinreichend Nahrung gab. In diesem grausamen Zustand der Ungewißheit bewaff=nete er sich mit einer Pistole und einem Glas Limo=nade und betrat wie ein Rasender das Zimmer seiner Frau ... „Ich bin verraten, Madame!" schrie er voller Wut, „lesen Sie dieses Billet! Ich sehe klar! Es ist keine Zeit mehr zu verlieren! Ich überlasse Ihnen die Wahl Ihres Todes." Die Marquise verteidigt sich. Sie schwört ihrem Gatten, er täusche sich, sie sei zwar einer Unbesonnenheit, jedoch wahrhaftig keines Ver=brechens schuldig.

„Sie machen mir nichts vor, Treulose", antwortet der zornbebende Gatte, „nichts mehr! Beeilen Sie sich zu wählen, wenn diese Waffe Sie nicht augenblick=lich ins Jenseits befördern soll!"

Die arme Madame de Guissac entscheidet sich schrek=kensbleich für das Gift, ergreift den Pokal und trinkt. „Hören Sie auf", sagt ihr Gatte, nachdem sie einen Teil davon getrunken hat, „Sie sollen nicht allein verenden. Was will ich noch auf dieser Welt, da Sie mich hassen und betrogen haben?" und indes er so spricht, leert er den Kelch bis zur Neige. „Oh, Monsieur!" schreit Madame de Guissac, „Sie haben uns beide in diesen entsetzlichen Zustand versetzt ... Sie dürfen mir jetzt einen Beichtvater nicht verweigern und müssen mir erlauben, meine Eltern ein letztes Mal zu umarmen." Man eilt sogleich davon, um die Personen zu suchen, nach denen die unglückliche Frau verlangt. Sie wirft sich an die Brust derer, die ihr das Leben gaben und beteuert von neuem ihre Unschuld. Kann man jedoch einen Ehemann tadeln, der sich betrogen glaubt und der seine Frau so grausam straft, daß er sich selbst den Tod gibt? Allgemeine Verzweiflung bemächtigt sich aller und die Tränen fließen.

Unterdessen kommt der Beichtvater ... „In diesem furchtbaren Augenblick meines Lebens", sagt die Marquise, „will ich zum Trost meiner Eltern und zur Ehre meines Andenkens eine öffentliche Beichte ab=legen." Und sie bezichtigt sich mit lauter Stimme alles dessen, was ihr Gewissen ihr eingibt. Der Gatte lauscht ihr aufmerksam, und da er kein Wort über den Baron d'Aumelas vernimmt und da seine Frau in einem solchen Augenblick ganz sicherlich keine Heuchelei wagen konnte, erhebt er sich freudetrun=ken. „Oh, meine geliebten Eltern", ruft er und um=armt gleichzeitig seinen Schwiegervater und die Schwiegermutter, „trösten Sie sich! Und Ihre Tochter möge mir die Furcht verzeihen, in die ich sie ver=setzte; doch hat sie mich in solche Ungewißheit ge=stoßen, daß es mir wohl erlaubt war, ihr etwas davon zurückzugeben. Was wir getrunken haben, enthielt kein Gift. Sie kann beruhigt sein, so wie wir alle es sind. Doch möge ihr dies zur Lehre dafür dienen, daß eine wahrhaft ehrbare Frau nicht nur kein Un=recht begehen, sondern auch nicht den Schatten eines Verdachtes auf sich fallen lassen darf."

Nur unter großen Anstrengungen konnte die Mar=quise ihr normales Befinden zurückerlangen. Sie war so überzeugt, vergiftet worden zu sein, daß die Kraft ihrer Einbildung sie bereits alle Ängste des Todes hatte erleben lassen. Sie erhebt sich zitternd und um=

armt ihren Gatten. Die Freude verscheucht den Schmerz und die durch diese fürchterliche Szene gründlich erzogene junge Frau verspricht, auch in Zukunft nicht den geringsten Anschein des Unrechts aufkommen zu lassen. Sie hat Wort gehalten und hat dreißig Jahre lang mit ihrem Gatten gelebt, ohne daß dieser sie im mindesten hätte tadeln müssen.

DER LEBENSKLUGE LEHRER

Von allen Wissenschaften, die man als Erzieher bemüht ist, dem Gedächtnis eines Kindes einzuprägen, sind die christlichen Mysterien zwar die sublimsten; ein junger Geist begreift sie dennoch nur schwer. Will man zum Beispiel einem Jungen von 14 oder 15 Jahren die Einheit von Gottvater und Gottsohn erklären und ihn davon überzeugen, daß der Sohn dem Vater leiblich verbunden ist — wie jener dem Sohn et cetera — so kann man dies, so unerläßlich es auch für das Lebensglück sein mag, schwerer verständlich machen als Algebra. Man muß, wenn man Erfolg haben will, gewisse physikalische Umschreibungen und materielle Beispiele zu Hilfe nehmen. Mögen dieselben auch plump sein, so erleichtern sie einem jungen Menschen doch, das Wesen des „Mysteriums" zu verstehen.

Niemand war von der Brauchbarkeit dieser Methode fester überzeugt als der Abbé Du Parquet, Präzeptor des etwa 15jährigen, bezaubernd aussehenden jungen Comte de Nerceuil.

„Herr Abbé", sagte der kleine Graf jeden Tag aufs neue zu seinem Erzieher, „es geht über meine Kraft, die Konsubstantialität zu begreifen. Es ist mir ganz unmöglich, mir vorzustellen, daß zwei Personen gleichzeitig nur eine Person sein können. Ich bitte Sie inständig: Machen Sie mir dieses Mysterium begreiflich oder gleichen Sie es wenigstens meinem Begriffsvermögen an."

Der ehrenwerte Abbé, der den Ehrgeiz hatte, in der Erziehung Fortschritte zu erzielen, war höchst befriedigt, seinem jungen Schüler jetzt etwas nahebringen zu können, das diesen eines Tages zu einem hübschen Objekt für ihn selbst machen konnte. Um dem Grafen also über seine Schwierigkeiten hinwegzuhelfen, ersann er ein recht angenehmes Mittel, das um so unbedingter Erfolg versprach, als es der Natur entlehnt war.

Er ließ sich ein kleines Mädchen von 13 oder 14 Jahren kommen, belehrte die Kleine und verband sie körperlich mit seinem jungen Schüler.

„Jetzt also, mein Freund", sagte er zu diesem, „erleben Sie das Mysterium der Konsubstantialität. Verstehen Sie nun leichter, daß es möglich ist, aus zwei Personen zu einer zu werden?"

„Oh, mein Gott, ja, Herr Abbé", erwiderte der bezaubernde, wie vom Teufel besessene Junge, „ich begreife jetzt alles mit überraschender Leichtigkeit. Es wundert mich auch gar nicht mehr, daß die göttlichen Personen an diesem Mysterium, wie man sagt, die allergrößte Freude haben; denn es ist wahrlich süß, zu zweien zu spielen, man sei eines."

Nach einigen Tagen bat der junge Graf seinen Erzieher, die Lektion zu wiederholen, weil, wie er behauptete, noch immer etwas an dem Mysterium sei, das er nicht verstanden habe und das er sich nur erklären könne, wenn die Lektion so wiederholt würde, wie er sie schon einmal bekommen habe. Der gefällige Abbé, der an dieser Szene offensichtlich eben=

soviel Freude hatte wie sein Schüler, läßt die Kleine nochmals kommen und die Übung beginnt. Der köstliche Anblick, den der hübsche junge de Nerceuil im Augenblick der Vereinigung mit seiner Gefährtin bietet, erregt den Abbé dieses Mal jedoch so sehr, daß er sich nicht zurückhalten kann, als Dritter in die Darstellung der evangelischen Parabel einzugreifen. Die schönen Dinge, die seine Hände hierbei berühren, entflammen ihn alsbald vollständig. „Es kommt mir vor, als ginge das alles viel zu schnell", sagt Du Parquet, indem er die Lenden des kleinen Grafen umfaßt, „es liegt zuviel Elan in den Bewegungen; das hat zur Folge, daß die Vereinigung nicht intim genug ist und daß die Vorstellung des Mysteriums, das demonstriert werden soll, weniger gut vermittelt werden kann. Wenn wir uns so festhalten, ja, auf diese Weise", sagt der Schurke und gibt seinem Schüler das, was dieser dem kleinen Mädchen leiht ...
„Au, mein Gott, Sie tun mir weh, Herr Abbé", sagt das Kind, „diese Zeremonie scheint mir ganz unnötig zu sein; was kann sie mich noch über das Mysterium lehren?"
„Ah, verdammt", versetzt der Abbé und stöhnt vor Lust, „siehst du nicht, mein Freund, daß ich dich alles zugleich lehre? Das ist die Dreieinigkeit, mein Kind ... Ich erkläre dir heute die Dreieinigkeit. Noch fünf oder sechs ähnliche Lektionen, und du bist Doktor an der Sorbonne."

DAS GESPENST

Philosophen glauben nicht an Gespenster. Wenn
jedoch die außergewöhnliche Geschichte, die ich er=
zählen werde, als glaubhaft gelten muß — da sie durch
Unterschrift mehrerer Zeugen bekräfigt und in seriö=
sen Archiven verzeichnet ist —, wenn also diese durch
Urkunden belegte und zu ihrer Zeit authentische Ge=
schichte Glauben zu finden verdient, so wird man
wohl zugeben müssen, daß es, wenn auch nicht alle
Spukgeschichten wahr sind, doch recht außerordent=
liche Dinge gibt.

Die dicke, in ganz Paris als eine fröhliche, freie, naive
und angenehme Person bekannte Madame Dalle=
mand lebte, seit sie vor mehr als zwanzig Jahren ver=
witwet war, mit einem gewissen Ménou zusammen,
einem Geschäftsmann, der in der Nähe von St.-Jean-
en-Grève wohnte. Eines Tages befand sich Madame
Dallemand zum Abendessen bei einer Madame Du=
platz, einer Dame ihrer Statur und Art, als mitten
in dem Spiel, das man nach dem Essen begonnen
hatte, ein Lakai eintrat und Madame Dallemand bat,
in das benachbarte Zimmer zu kommen; eine ihr gut
bekannte Person warte dort auf sie und bäte drin=
gend darum, sie in einer ebenso eiligen wie folgen=
schweren Sache sprechen zu dürfen. Madame Dalle=
mand ließ ausrichten, man möge warten, sie wolle
das Spiel nicht unterbrechen. Aber der Lakai kommt
zurück und besteht so dringend darauf, daß die Haus=

herrin selbst Madame Dallemand bittet, hinüberzugehen und zu sehen, was man von ihr wolle.

Sie tut es und erblickt Ménou.

„Was für eine wichtige Angelegenheit", sagt sie zu ihm, „könnte Sie wohl veranlassen, mich in einem Hause zu stören, in dem Sie nicht bekannt sind?" „Eine sehr wesentliche, Madame", antwortet der Makler, „das können Sie mir glauben; denn Gottvater selbst ist es, der mir die Erlaubnis gegeben hat, ein letztes Mal in meinem Leben mit Ihnen zu sprechen ..." Diese Worte, die kein vernünftiger Mensch sagen würde, versetzen Madame Dallemand in Unruhe. Sie blickt ihren Freund, den sie seit einigen Tagen nicht mehr gesehen hatte, genauer an, und ihre Unruhe wächst, als sie bemerkt, wie bleich und entstellt seine Züge sind. „Was haben Sie, Monsieur?" fragt sie ihn. „Was ist der Grund für diesen Zustand und für die dunklen Worte, die Sie da sagen? .. Bitte erklären Sie mir sofort, was Ihnen zugestoßen ist?" „Nichts als etwas sehr Gewöhnliches, Madame", sagt Ménou." Nach sechzig Lebensjahren ist es ganz natürlich, in den Hafen einzulaufen. Dem Himmel sei Dank, daß ich dort bin. Ich habe der Natur den Tribut entrichtet, den alle Menschen ihr schulden. Nur bin ich unglücklich darüber, daß ich Sie in meinen letzten Augenblicken vergessen habe. Dieses mein Versäumnis, Madame, hat mich veranlaßt, zu kommen, um mich dafür zu entschuldigen." „Aber, Monsieur, Sie sprechen in Rätseln. So etwas Ungereimtes habe ich nie zuvor gehört. Kommen Sie zu sich, oder ich rufe jemanden zu Hilfe." „Rufen Sie niemanden, Madame. Mein unpassender Besuch wird nicht lange dauern. Ich halte mich an die Frist, die mir der Ewige gewährt hat. Hören Sie also meine letzten Worte an – wir werden uns niemals wiedersehen ... Ich bin tot, Madame. Sie werden sich sehr bald von der Wahrheit dessen, was ich Ihnen jetzt voraussage, überzeugen können. Ich habe Sie in meinem Testament vergessen und komme, um meinen Fehler gutzumachen. Nehmen Sie diesen Schlüssel und fahren Sie unverzüglich zu mir. In der Tapete hinter meinem Bett werden Sie eine eiserne Tür finden. Sie werden sie mit dem Schlüssel, den ich Ihnen hier gebe, öffnen und das Geld mitnehmen, das der durch die Tür verschlossene Schrank enthält. Diese Summe ist meinen Erben nicht bekannt, sie gehört Ihnen. Niemand wird sie Ihnen streitig machen. Adieu, Madame, folgen Sie mir nicht ...!"

Und Ménou verschwindet.

Man kann sich unschwer vorstellen, in welch aufgeregtem Zustand Madame Dallemand in den Salon ihrer Freundin zurückkehrte. Es war ihr unmöglich, die Ursache desselben für sich zu behalten. „Die Sache verdient, gründlich untersucht zu werden", sagt Madame Duplatz, „wir wollen keinen Augenblick verlieren!" Man bestellt Pferde, besteigt den Wagen und läßt sich zu Ménou fahren ... An der Schwelle seines Hauses ruht er in einem Sarg. Die beiden Frauen stürzen zu den Zimmern hinauf. Die Freundin des Hausherrn war zu bekannt, als daß man ihr den Zugang verwehrt hätte. Sie durcheilt die Gemächer, die sie durchqueren muß, erreicht das be= zeichnete Zimmer, findet die Eisentür, öffnet sie mit dem ihr überlassenen Schlüssel, erblickt den Schatz und nimmt ihn mit.

Hier haben wir zweifellos einen Beweis von Freund= schaft und Dankbarkeit, der seinesgleichen sucht. Man wird mir zugeben, daß wir den Gespenstern — mögen sie uns auch erschrecken — die Ängste, in die sie uns versetzen, verzeihen müssen um der Motive willen, aus denen sie kommen, uns zu besuchen.

DER HAHNREI SEINER SELBST

oder

DIE UNERWARTETE VERSÖHNUNG

Es ist eine der größten Unarten schlecht erzogener Menschen, unablässig eine Flut von Indiskretionen, üblen Nachreden und Verleumdungen über alles, was da atmet, zu verbreiten – und zwar vor Leuten, die sie gar nicht kennen. Man kann sich kaum vorstel= len, wieviel Zwietracht durch derartige Schwätzereien schon gesät worden ist: Wahrhaftig, welcher ehrbare Mann würde denn etwas, das ihm lieb ist, schlecht ma= chen lassen, ohne den Dummkopf, der sich dessen er= dreistet, zurechtzuweisen? Man räumt dem Prinzip, weise Zurückhaltung zu üben, in der Jugenderziehung nicht genügend Raum ein; man hält die jungen Leute nicht dringend genug dazu an, sich den gesellschaft= lichen Rang, den Namen, die Eigenarten und den Um= gang der Menschen einzuprägen, mit denen es ihnen bestimmt ist, zusammenzuleben. Stattdessen bringt man ihnen lauter Dummheiten bei, die nichts weiter wert sind und mit den Füßen getreten werden, so= bald das Alter der Vernunft erreicht ist. Man tut, als wären es lauter fromme Mönche, die man aufzieht: Bei jeder Gelegenheit Frömmelei, Verstellungen und Überflüssigkeiten und nie ein guter moralischer Grundsatz. Gehen Sie einen Schritt weiter, befragen

Sie einen jungen Mann über seine wahren Pflichten gegenüber der Gesellschaft, fragen Sie ihn, was er sich selber und was er den anderen schuldet, wie er sich verhalten muß, um glücklich zu sein: Er wird Ihnen antworten, man habe ihn dazu erzogen, zur Messe zu gehen und Litaneien zu beten; von dem aber, was Sie ihm sagen wollten, verstünde er nichts; er habe gelernt, wie man tanzt und singt, aber nicht, wie man mit den Menschen zusammenlebt. Die Begebenheit, die sich als Folge des eben geschilderten Übelstandes ergab, war nicht so ernst, als daß es zum Blutvergießen gekommen wäre; sie lieferte nur den Anlaß zu einem Scherz, und um näher darauf eingehen zu können, nehmen wir die Geduld unserer Leser für einige Minuten in Anspruch.

Der etwa 50jährige Monsieur de Raneville war einer jener Phlegmatiker, denen man nicht ohne gewisse Freude in der Gesellschaft begegnet: Er selbst war nur wenig zum Lachen aufgelegt, aber er reizte andere durch seine scharfzüngigen Spötteleien oder trockenen Bemerkungen immer zum Gelächter; oftmals verstand er schon allein durch sein Schweigen oder durch die Komik seines verschlossenen Gesichtsausdrucks, die Kreise, zu denen er Zugang hatte, zu belustigen – und zwar tausendmal besser als die schwerfälligen, lästigen, monotonen Schwätzer, die immer eine Geschichte zu erzählen wissen, über die sie selber eine Stunde im voraus lachen, ohne daß es ihnen gelänge, ihre Zuhörer auch nur für eine Minute zu erheitern. Er hatte eine recht gute Anstellung im Finanzpachtamt. Um sich über eine in früheren Jahren in Orléans geschlossene, höchst unglückliche Ehe hinwegzutrösten, hatte er sein ungetreues Eheweib dort zurückgelassen und verzehrte nun in Paris geruhsam eine Rente von zwanzig- oder fünfundzwanzigtausend Pfund, wobei ihm eine sehr hübsche Frau, die er unterhielt, und einige Freunde, die ebenso liebenswert waren wie er selbst, Gesellschaft leisteten.

Die Mätresse von Monsieur de Raneville war genaugenommen keine Dirne, sondern eine verheiratete Frau und folglich um so pikanter. Denn man kann sagen, was man will — die kleine Würze des Ehebruchs erhöht sehr häufig den Genuß. Sie war bildhübsch, dreißig Jahre alt und hatte einen selten schönen Körper; nach der Trennung von einem geistlosen und langweiligen Ehemann war sie aus der Provinz nach Paris gekommen, um dort ihr Glück zu versuchen, und es dauerte nicht lange, da hatte sie es gefunden. Raneville, der natürlich ein Genüßling und hinter allen Leckerbissen her war, hatte sich diesen nicht entgehen lassen, und im Laufe dreier Jahre gelang es ihm mittels ehrlichster Methoden, mit vielem Geist und vielem Geld, die junge Frau allen Kummer vergessen zu lassen, den die Ehe ihr einst bereitet hatte. Da sie beide annähernd das gleiche Schicksal hinter sich hatten, trösteten sie sich gegenseitig und bestätigten einander die große, wenn auch die Menschen nicht bessernde Wahrheit, daß es nur deshalb soviel schlechte Ehen — das heißt soviel Unglück — in der Welt gibt, weil die geizigen und törichten Eltern ihre Wahl mehr nach den Vermögensverhältnissen treffen als nach dem Temperament. Denn, sagte Raneville oft zu seiner Mätresse, eines steht fest: Hätte das Schicksal uns beide vereint, statt dir einen tyrannischen und lächerlichen Ehemann und mir eine Dirne zur Frau zu geben, so wären Rosen unter unseren Schritten erblüht an Stelle der Dornen, die wir so lange geerntet haben.

Irgendein Ereignis, das nicht weiter erwähnenswert ist, führte Monsieur de Raneville eines Tages in das morastige und ungesunde Dorf namens Versailles, wo sich die Könige, die dazu da sind, daß ihnen in ihrer Hauptstadt gehuldigt werde, allem Anschein nach von der Anwesenheit der nach ihnen verlangenden Untertanen erholen. Die Ruhmsucht, der Geiz, die Rache und der Hochmut führen auf den Flügeln der Langeweile tagtäglich eine Schar von Unglücklichen dorthin, um dem Idol des Tages zu opfern; auch die Elite des französischen Adels, die eine wichtige Rolle auf ihren heimatlichen Gütern spielen könnte, begibt sich bereitwillig an diesen Ort, erniedrigt sich in den Vorzimmern, macht den Türstehern in beschämender Weise den Hof oder erbettelt demütig ein Diner — das schlechter schmeckt als ihr eigenes zu Hause — bei irgendwelchen Individuen, die Fortuna für Augenblicke aus den Wolken der Vergessenheit emporhebt, um sie wenig später wieder hineinzutauchen.

Nach Erledigung seiner Angelegenheiten besteigt

Monsieur de Raneville eine der „Pot-de-chambre" genannten Hofdroschken und gerät zufälligerweise in die Gesellschaft eines kugelrunden, plumpen Mannes, eines gewissen Monsieur Dutour, eines großen Schwätzers und Spötters, der wie Monsieur de Raneville in der Finanzpachtverwaltung beschäftigt ist — jedoch in seiner Heimatstadt Orléans, aus der bekanntlich auch Monsieur de Raneville stammt. Sie kommen ins Gespräch.

Raneville, wortkarg und verschlossen wie gewöhnlich, ist längst über den Vor- und Nachnamen, die Heimatstadt und die gesellschaftlichen Angelegenheiten seines Reisegefährten unterrichtet, bevor er selber nur ein einziges Wort geäußert hat. Nach dieser Anknüpfung befaßt sich Monsieur Dutour alsbald eingehender mit den gesellschaftlichen Ereignissen. „Sie sind in Orléans gewesen, mein Herr, wenn ich Sie eben recht verstanden habe?" fragt Dutour. „Ich habe früher einige Monate dort gewohnt." „Mit Verlaub, haben Sie damals eine gewisse Madame de Raneville kennengelernt, eine der schlimmsten H . . ., die es je in Orléans gegeben hat?" „Madame de Raneville, eine recht hübsche Frau." „Sehr richtig." „Ja, die habe ich auf irgendeiner Gesellschaft getroffen." „Also, ganz im Vertrauen, ich hab' sie gehabt, das heißt, drei Tage, solange sich so etwas ertragen läßt. Wenn's einen Hahnrei gibt, dann ist es dieser arme Raneville, das kann man wohl sagen." „Kennen Sie ihn denn?" „Nein, nicht persönlich. Er soll ein übler Geselle sein, der sich in Paris mit Dirnen und Wüstlingen seiner Sorte zugrunde richtet." „Dazu kann ich nichts sagen; ich kenne ihn nicht. Jedenfalls tun die betrogenen Ehemänner mir leid. Wie steht es denn mit Ihnen, mein Herr, sind Sie nicht auch einer?" „Was meinen Sie von beidem, ein Hahnrei oder ein Ehemann?" „Eins wie das andere; diese Dinge hängen heutzutage so eng zusammen, daß es wirklich sehr schwerfällt, eine Unterscheidung zu treffen." „Ich bin verehelicht, mein Herr. Ich hatte das Pech, eine Frau zu heiraten, die mit mir ganz und gar nicht zurechtkam; und ihre Art lag mir genausowenig. So haben wir uns freundschaftlich getrennt. Sie hatte den Wunsch, nach Paris zu gehen und mit einer Nonne aus ihrer Verwandtschaft die Einsamkeit des Klosters von Sainte-Aure zu teilen. Dort wohnt sie nun und sendet mir zuweilen Nachricht; ich sehe sie freilich nie." „Ist sie fromm?" „Nein, sonst würde ich sie möglicherweise mehr lieben." „Ah! Ich verstehe. Und waren Sie nicht wenigstens so aufmerksam, sich nach ihrer Gesundheit zu erkundigen, während Ihres jetzigen Geschäftsbesuches in Paris?" „Nein, ehrlich gesagt, ich habe eine Abneigung gegen Klöster: Ich bin ein Freund der Lebenslust und der Fröhlichkeit; ich liebe das Vergnügen und bin in gesellschaftlichen Kreisen begehrt. Da halte ich es nicht für ratsam, mich in das Sprechzimmer eines Klosters zu begeben und mich einem in mehr als sechs Monaten angesammelten Mißmut auszusetzen." „Aber eine Frau ..." „... ist ein Wesen, das interessant sein mag, solange man sich seiner bedient, von dem man sich aber unwiderruflich lösen muß, wenn man aus ernsthaften Gründen davon abgekommen ist." „Es spricht eine gewisse Härte aus dem, was Sie sagen." „Aber nicht doch... vielmehr Philosophie... das ist der Ton unserer Zeit, die Sprache der Vernunft; entweder man eignet sie sich an oder man gilt als Dummkopf." „Das läßt vermuten, daß Ihre Frau irgendwelche Fehler hat. Sie müssen mir das erklären: Handelt es sich um eine Unvollkommenheit ihrer Natur, ihrer Willfährigkeit oder ihres Benehmens?" „Von allem etwas... Von allem etwas, mein Herr; aber lassen wir das, ich bitte Sie, und kommen wir auf die liebe Madame de Raneville zurück: Donnerwetter noch mal, ich begreife immer noch nicht, daß Sie in Orléans gewesen sind, ohne sich mit diesem Geschöpf amüsiert zu haben... Das tut doch alle Welt." „Alle Welt keineswegs, denn ich zum Beispiel nicht, wie Sie sehen: Ich habe nichts für verheiratete Frauen übrig." „Ohne allzu neugierig scheinen zu wollen: Mit wem vertreiben Sie sich eigentlich die Zeit, mein Herr?" „In erster Linie mit meinem Beruf und im übrigen mit einem recht hübschen Geschöpf, das ich zuweilen zum Essen einlade." „Sie sind nicht verheiratet, mein Herr?" „Doch." „Und Ihre Frau?" „Sie lebt in der Provinz und ich lasse sie dort in Frieden, genau wie Sie die Ihre in Sainte-Aure." „Verheiratet, sagen Sie, verheiratet? Dann sind wir letzten Endes Leidensgenossen? Ach bitte, verraten Sie mir das doch." „Habe ich Ihnen nicht gesagt, daß Hahnrei und Ehemann sinnverwandte Begriffe sind? Die Verderbtheit der Sitten, der Luxus ... es gibt so viele Dinge, die einer Frau zum Verhängnis werden." „Oh, da haben Sie recht, mein Herr, das ist ein wahres Wort." „Sie sprechen sicher aus Erfahrung?" „Nein, keineswegs. Aber sagten Sie nicht, mein Herr, daß eine sehr hübsche Person Sie über die Abwesenheit Ihrer Frau, die Sie verlassen hat, hinwegtröstet?" „Ja, eine ausgesprochen hübsche Person. Ich werde Sie mit ihr bekannt machen." „Das ist zuviel der Ehre, mein Herr." „Oh! Ganz und gar nicht. Hier sind wir übrigens am Ziel. Heute abend will ich Sie in Anbetracht Ihrer Geschäfte nicht weiter in Anspruch nehmen; aber morgen erwarte ich Sie mit Sicherheit zum Abendessen, und zwar unter folgender Adresse ..." Und mit Bedacht gibt Raneville einen falschen Namen an, den er auch seinen Leuten sogleich einschärft, damit Dutour ihn findet, wenn er unter dem angegebenen Namen nach ihm fragt.

Monsieur Dutour läßt sich die Einladung für den nächsten Tag nicht entgehen, und da die nötigen Vorkehrungen getroffen worden waren, daß er Raneville auch unter dem falschen Namen ermitteln konnte, tritt er ohne weiteres bei ihm ein. Kaum hat man sich begrüßt, wird Dutour offenbar unruhig, weil die Göttliche, auf die er sich gespitzt hat, noch nicht zu sehen ist. „Ungeduldiger Mensch", sagt Raneville, „ich merke schon von weitem, wonach Ihre Augen suchen ... Man hat Ihnen eine hübsche Frau versprochen. Sie würden sie am liebsten schon jetzt umtanzen; gewohnt, wie Sie es sind, die Ehemänner von Orléans zu hintergehen, würden Sie am liebsten — dessen bin ich gewiß — die Liebhaber von Paris ebenso behandeln. Ich wette, es fiele Ihnen leicht, mich auf dieselbe Stufe zu stellen wie den unglücklichen Raneville, über den Sie mir gestern so lustig erzählt haben.“ Dutour antwortet, wie es einem erfolgreichen Gecken und folglich einem Dummkopf ansteht; die Unterhaltung wird etwas heiterer und Raneville sagt, indem er seinen Freund an der Hand nimmt: „Kommen Sie, grausamer Mensch, kommen Sie mit in den Tempel, in dem die Göttliche schon auf Sie wartet.“ Mit diesen Worten läßt er Dutour in ein wollustatmendes Kabinett eintreten. Ranevilles Mätresse, die in den Scherz eingeweiht und dafür zurechtgemacht ist, lagert in einem hocheleganten Negligé, aber verschleiert, auf einem Sammetdiwan: Nichts verbirgt die Eleganz und die Üppigkeit ihres Körpers, doch ist ihr Antlitz unsichtbar. „Das ist ja eine überaus schöne Person“, ruft Dutour aus, „aber warum enthält man mir das Vergnügen vor, ihre Gesichtszüge zu bewundern? Sind wir denn hier im Serail des Großtürken?“ „Nein, davon ist keine Rede; es geschieht aus Gründen der Schamhaftigkeit.“ „Wie meinen Sie das, aus Schamhaftigkeit?“ „Freilich. Glauben Sie, es läge mir daran, Ihnen nur die Figur oder das Gewand meiner Mätresse zu zeigen? Wäre mein Triumph denn vollkommen, wenn ich Sie nicht, alle Schleier lüftend, davon überzeugte, wie glücklich ich über den Besitz all dieser Reize sein muß ...? Da die junge Frau ausnehmend bescheiden ist, würde

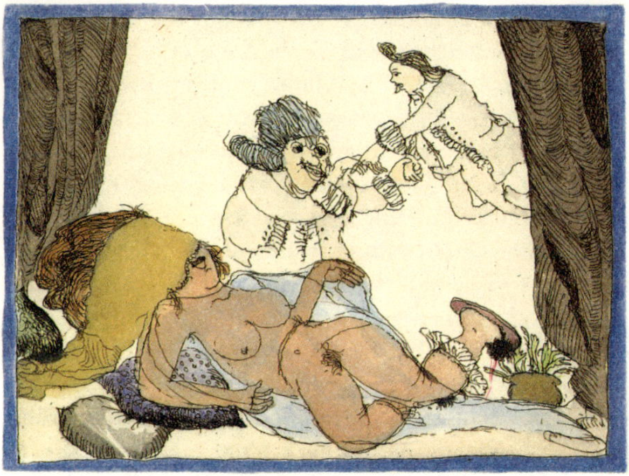

sie bei diesem Vorgang erröten; sie hat zwar ihre Zu=stimmung gegeben, aber unter der ausdrücklichen Bedingung, verschleiert zu bleiben. Sie wissen, Mon=sieur Dutour, was es mit dem Scham= und Zartgefühl der Frauen auf sich hat; einem eleganten und auf=geschlossenen Mann Ihrer Art gegenüber braucht man nicht besonders darauf hinzuweisen." „Wie, Sie wollen mir das alles tatsächlich zeigen?" „Alles, ich habe es Ihnen versprochen. Es gibt keinen Menschen, dem Eifersucht so fremd wäre wie mir. Ein Glück, das man allein genießt, erscheint mir fade; nur das Glück, das man teilt, finde ich köstlich." Und um seine Grundsätze zu bekräftigen, beginnt Raneville damit, ein Gazetuch zu lüften und augenblicklich den allerschönsten Busen zu enthüllen ... Dutour erhitzt sich. „Hä", sagt Raneville, „wie finden Sie das?" „Das sind die Lockungen der Venus in Person." „Glauben Sie mir wohl, daß diese so weißen und festen Brüste es fertigbringen, Feuer zu entfachen ... Fassen Sie nur an, Kamerad, fassen Sie nur an: Die Augen täuschen uns manchmal. Meiner Ansicht nach muß man in Sachen der Wollust all seine Sinne gebrauchen." Dutour führt seine zitternde Hand heran. Hingerissen tätschelt er den schönsten Busen der Welt und kann die unglaubliche Großzügigkeit seines Freundes kaum fassen. „Gehen wir weiter nach unten", sagt Raneville, indem er einen leichten Taffetrock bis zur Taille hinauf schürzt, ohne daß ihm dieser Überfall verwehrt wird. „Nun, was sagen Sie zu diesen Schenkeln? Glauben Sie, ein Liebestempel könnte von schöneren Säulen getragen werden?" Und da der liebe Dutour weiterhin alles betastet, was Raneville erläutert, fährt der großmütige Freund fort: „Spitzbube, ich kenne Sie doch: Diesen köstlichen Tempel, den die Grazien persönlich mit einem leichten Moos bedeckt haben ... Sie brennen darauf, ihn zu öffnen, nicht wahr? Was sage ich da, ihm einen Kuß zu rauben, möchte ich wetten." Und der geblendete Dutour ... stottert ... antwortet nur noch unter dem Einfluß der Empfindungen, deren Vermittler seine Augen sind; man ermutigt ihn ... seine ausschweifenden Hände liebkosen die Pforten des unter der Wollust seiner Begierde sich wie von selbst öffnenden Tempels: Der göttliche Kuß, den man erlaubt, er spendet ihn und genießt ihn wohl eine Stunde lang. „Freund", sagt er, „ich kann es nicht mehr länger ertragen! Entweder jagt mich aus dem Haus oder erlaubt mir, daß ich weiter gehe." „Wie, Sie wollen noch weiter gehen? Worauf, zum Teufel, wollen Sie hinaus, ich bitte Sie?" „Ach, verstehen Sie denn nicht? Ich bin trunken von Liebe, ich kann mich nicht mehr zurückhalten." „Und wenn diese Frau häßlich wäre?" „Das kann nicht sein, bei einem so zauberhaften Wesen." „Aber wenn sie es wäre ..." „Sie mag sein, wie sie will, ich sage Ihnen doch, mein Lieber, ich kann nicht länger widerstehen." „Nur zu, schrecklicher Freund, nur zu, befriedigen Sie sich, wenn es sein muß: Hoffentlich wissen Sie mir wenigstens Dank für meine Großzügigkeit?" „Ah, den allergrößten Dank, haben Sie keinen Zweifel." Und Dutour drängt seinen Freund mit der Hand zurück, auf daß er ihn mit der Frau allein lasse. „Oh! Ich soll mich entfernen? Nein, das kann ich nicht", sagte Raneville, „stecken Sie so voller Skrupel, daß Sie sich nicht in meiner Gegenwart vergnügen können? Unter Männern macht man doch keine Umstände: Nebenbei ist das meine Bedingung: entweder vor meinen Augen oder gar nicht." „Und wenn es angesichts des Teufels geschehen müßte", sagte Dutour, alle Beherrschung verlierend, und stürzt sich auf das Allerheiligste, darin sein Weihrauch verbrennen soll. „Sie wollen es so, ich bin zu allem bereit ..." „Nun", sagt Raneville gelassen, „hat Sie der Schein getäuscht? Er=

weisen sich die Wonnen, die Sie sich von den vielen Reizen versprachen als trügerisch oder als echt . . .?" „Ah! Nie, niemals habe ich etwas so Lustvolles erlebt. Aber diesen vermaledeiten Schleier, Freund, diesen verräterischen Schleier, darf man ihn wirklich nicht lüften?" „Meinetwegen . . . Aber erst im letzten Moment, erst in dem köstlichen Augenblick, wo alle unsere Sinne, in göttlicher Trunkenheit schwelgend, uns glücklich machen wie die Götter selbst oder sogar noch glücklicher. Die Überraschung wird Ihren Rausch verdoppeln: Der Reiz, sich an dem Körper der Venus ergötzt zu haben, vereint sich mit der unaussprechlichen Wonne, die Gesichtszüge Floras betrachten zu dürfen. Diese Verquickung wird Ihre Glückseligkeit so steigern, daß Sie desto begeisterter in den Ozean der Freuden eintauchen werden, darin der Mensch mit all seinen Schmerzen den Trost für seine Existenz findet . . . Geben Sie mir Zeichen, wenn . . ." „Oh! Sie können sich denken, daß es mich zu diesem Moment hindrängt." „Ja, das sehe ich, Sie sind ganz wild." „Ja, wild in einem Maße . . . Oh, mein Freund, der himmlische Augenblick naht, hinweg mit den Schleiern, hinweg, daß ich den Himmel selber schaue." „Da ist er", sagt Raneville und entfernt den Flor, „aber gib acht, vielleicht ist es nicht weit vom Paradies zur Hölle!" „Oh, gerechter Himmel", ruft Dutour, seine Frau erkennend . . . „Wie, Sie sind es, Madame? . . . Monsieur, welch ein sonderbarer Scherz, Sie verdienten . . . diese Schurkin . . ." „Sachte, sachte, Hitzkopf, es geschieht Ihnen ganz recht! Sie

müssen lernen, Freundchen, daß man mit Leuten, die
man nicht kennt, etwas vorsichtiger sein soll, als Sie
es gestern mir gegenüber waren. Der unglückliche
Raneville, den Sie in Orléans so hintergangen ha=
ben . . . der bin ich selbst, mein Herr; Sie sehen, daß
ich es Ihnen in Paris heimzahle; Sie sind viel weiter
gegangen, als Sie glaubten. Sie hatten sich eingebildet,
Sie hätten nur mich betrogen; nun haben Sie sich sel=
ber zum Hahnrei gemacht." Dutour verstand die
Lehre. Er reichte seinem Freund die Hand und stimm=
te bei, daß ihm recht geschehen sei. „Aber diese Treu=
lose . . ." „Ja, folgt sie denn nicht einfach Ihrem Bei=
spiel? Wie lautet das barbarische Gesetz, das dies
Geschlecht unmenschlicherweise in Kettten legt, uns
aber alle Freiheit gewährt; ist es vertretbar? Und
welches Recht gibt Ihnen die Natur, Ihre Frau in
Sainte-Aure einzusperren, indes Sie in Paris und in
Orléans die Ehemänner betrügen? Mein Freund, das
ist nicht gerecht. Dieses reizende Geschöpf, dessen
Wert Sie nicht erkannt haben, ist auf neue Erobe=
rungen ausgegangen: Sie tat gut daran. Sie hat mich
gefunden; ich mache ihr Glück. Machen Sie nur das
Glück von Madame de Raneville, ich habe nichts da=
gegen einzuwenden. Lassen Sie uns alle vier glück=
lich leben, auf daß die Opfer des Schicksals nicht
eigentlich die der Menschen genannt werden müs=
sen." Dutour fand, daß sein Freund recht hatte; je=
doch verliebte er sich aufs neue wie toll in seine
Frau, und Raneville hatte trotz aller Spottsucht eine
zu gute Seele, als daß er den Bitten Dutours, seine

Frau wiedersehen zu dürfen, hätte widerstehen können. Die junge Frau willigte ein und so bot diese eigentümliche Begebenheit ein zweifellos einmaliges Beispiel für die Launen des Schicksals wie der Liebe.

EMILIE DE TOURVILLE

oder

DIE GRAUSAMEN BRÜDER

Nichts ist einer Familie heiliger als die Ehre ihrer Mitglieder. Dennoch, wenn dieses Kleinod plötzlich beschmutzt wird, dürfen es dann die Betroffenen — so kostbar auch immer es sei — um den Preis verteidigen, die erniedrigende Rolle eines Verfolgers jener unseligen Geschöpfe, von denen sie beleidigt wurden, selbst zu übernehmen? Wäre es nicht sinnvoll, die Abscheulichkeiten, mit denen sie ihre Opfer peinigen und den ihnen oft nur eingebildeten Schaden, über den sie sich beklagen, gegeneinander abzuwägen? Wer ist letzten Endes in den Augen der Vernunft der Schuldigere von den beiden: ein schwaches und hintergangenes Mädchen oder irgendein beliebiger Verwandter, der sich als Racheengel der Familie aufwerfend zum Scharfrichter dieser Unglücklichen wird? Die Begebenheit, die wir unseren Lesern vor Augen führen, mag diese Frage vielleicht entscheiden. Generalleutnant Graf de Luxeuil, ein Mann von etwa sechs- bis siebenundfünfzig Jahren, kehrte mit der Extrapost von einer seiner Besitzungen in der Pikardie zurück, als er, an einem Spätnovembertag gegen sechs Uhr abends in den Wald von Compiègne einbiegend, die Schreie einer Frau hörte, die, schien es ihm, aus der Gegend eines Weges kamen, der nahe der von ihm benutzten Hauptstraße verlief. Er hält an und befiehlt seinem neben der Chaise herlaufenden Kammerdiener, nachzuschauen, was sich dort ab=spiele. Man meldet ihm, es handele sich um ein jun=ges Mädchen von sechzehn oder siebzehn Jahren. Es sei in Blut gebadet, ohne daß man jedoch erkennen könne, wo es verwundet sei, und es bäte um Hilfe. Der Graf steigt sofort selbst aus. Er eilt zu der Un=glücklichen und hat wegen der Dunkelheit gleich=falls Mühe, festzustellen, von wo das Blut ausströmt, das sie verliert; aber auf die Antworten hin, die man gibt, sieht er endlich, daß es ihr aus den Armvenen fließt, und zwar dort, wo man gewöhnlich Blut ab=nimmt. „Mademoiselle", sagt der Graf, nachdem er das Geschöpf — so gut er kann — versorgt hat, „ich bin hier nicht in der Lage, Sie über die Gründe Ihres Unfalls zu befragen, und Sie sind kaum imstande, sie mir mitzuteilen: Bitte, steigen Sie in meinen Wa=gen und lassen Sie jetzt Ihre einzige Sorge sein, sich zu beruhigen und die meinige, Ihnen zu helfen." Mit diesen Worten trägt Monsieur de Luxeuil, unterstützt von seinem Kammerdiener, das unglückliche Fräu=lein in die Kutsche und man fährt weiter.

Kaum sieht sich die aufsehenerregende Person in Sicherheit, so möchte sie auch schon ein paar Worte der Dankbarkeit stammeln; aber der Graf, sie zur Ruhe mahnend, rät ihr: „Morgen, Mademoiselle, morgen werden Sie mir, hoffe ich, alles berichten, was Sie auf dem Herzen haben. Aber heute bitte ich

Sie dringend und mit aller Autorität, die mir sowohl mein Alter über Sie verleiht als auch das Glück, das ich hatte, Ihnen hilfreich zu sein, ja, ich bitte Sie, nur eines zu bedenken: daß Sie ruhig werden müssen." Man erreicht das Reiseziel. Um jedes Aufsehen zu vermeiden, läßt der Graf seine Schutzbefohlene in einen Herrenmantel hüllen und von seinem Kammerdiener in ein bequemes Appartement im entlegensten Teil seines Schlosses führen, wo er sie sogleich besucht, nachdem er die Umarmungen seiner Frau und seines Sohnes empfangen hat, die ihn beide an diesem Abend zum Essen erwartet hatten.

Der Graf führt seiner Kranken einen Arzt zu. Die junge Person wird untersucht. Man findet sie unbeschreiblich ermattet; die Blässe ihres Teints scheint fast zu bedeuten, daß ihr nur noch wenige Augenblicke zu leben vergönnt sind, und doch hat sie keine einzige Wunde. Was ihre Schwäche anlangt, so käme sie, sagt sie, von der ungeheuren Menge Blutes, die sie täglich seit drei Monaten verloren habe. Und als sie dem Grafen die außergewöhnliche Ursache dieses seltsamen Blutverlustes darlegen will, bricht sie vor Schwäche zusammen und der Arzt verordnet, man müsse sie in Ruhe lassen und sich damit begnügen, ihr Stärkungs- und Herzmittel einzugeben.

Unsere junge Unglückliche verbrachte eine recht angenehme Nacht; doch war sie die ersten sechs Tage nicht imstande, ihren Wohltäter über die Ereignisse aufzuklären, die sie betrafen. Am Abend des siebten endlich, als noch niemand im Hause des Grafen erfahren hatte, daß sie dort verborgen gehalten wurde und sie selber infolge der getroffenen Vorsichtsmaßregeln noch nicht wußte, wo sie sich befand, bat sie den Grafen, sie anzuhören und vor allem Nachsicht mit ihr zu haben, was für Missetaten auch immer sie ihm gestehen müsse. Monsieur de Luxeuil ließ sich auf einen Stuhl nieder und versicherte seinem Schützling, er werde keinesfalls sein Wohlwollen, das ihre Person der Natur nach auf sich zöge, von ihr abwenden; und unsere schöne Abenteurerin hob an, über ihr Mißgeschick zu berichten.

MADEMOISELLE DE TOURVILLES ERZÄHLUNG

„Ich bin die Tochter des Präsidenten de Tourville, der zu bekannt und zu vornehmen Standes ist, als daß Sie, Monsieur, nicht von ihm gehört haben werden. In den zwei Jahren seit Verlassen des Klosters habe ich ausschließlich bei meinem Vater gelebt. Da ich meine Mutter in sehr jungen Jahren verloren hatte, nahm er selbst sich meiner Erziehung an und ich kann sagen, daß er nichts versäumte, mir alle Vorteile und Annehmlichkeiten meines Geschlechtes zuteil werden zu lassen. Diese Aufmerksamkeiten und der von meinem Vater verlautete Plan, mich so vorteilhaft wie möglich zu verheiraten, vielleicht sogar eine leichte Bevorzugung meiner Person, das alles, möchte ich sagen, weckte bald die Eifersucht meiner Brüder, von denen der eine, seit drei Jahren Präsi=

dent, gerade das sechsundzwanzigste Lebensjahr erreicht hat und der zweite, seit kurzem Ratsherr, demnächst vierundzwanzig wird.

Ich hätte nie geglaubt, so sehr von ihnen gehaßt zu werden, wie ich jetzt allen Grund habe, anzunehmen. Da ich nie etwas getan hatte, das derartige Gefühle ihrerseits verdient hätte, lebte ich in der süßen Illusion, sie erwiderten die Empfindungen, die mein Herz ihnen in aller Unschuld entgegenbrachte! O gerechter Himmel, wie sehr habe ich mich getäuscht! Abgesehen von den Stunden, die meiner Erziehung gewidmet waren, genoß ich bei meinem Vater die allergrößte Freiheit. Er legte mein Tun und Lassen ganz in meine Hand und zwang mich zu nichts. Ich hatte sogar seit nahezu achtzehn Monaten die Erlaubnis, jeden Morgen mit meiner Kammerfrau entweder auf der Terrasse der Tuilerien oder auf dem Wall, in dessen Nähe wir wohnten, spazierenzugehen, und in ihrer Begleitung – auf den Spaziergängen oder im Wagen meines Vaters –, Besuche bei meinen Freundinnen und meinen Verwandten zu machen; die einzige Voraussetzung war, daß es nicht zu einer Stunde geschah, in der ein junges Mädchen sich unmöglich in der Öffentlichkeit bewegen darf. Diese unheilvolle Freiheit ist die alleinige Ursache meines Unglücks; deshalb spreche ich davon, Monsieur. Wollte Gott, man hätte sie mir nie gewährt.

Vor einem Jahr erging ich mich also mit meiner Kammerfrau – sie hieß Julie – in einer dunklen Allee der Tuilerien, wo ich ungestörter zu sein glaubte als auf der Terrasse und wo ich eine reinere Luft zu atmen vermeinte. Da redeten uns sechs junge, leichtfertige Burschen an und gaben uns durch ihre beleidigenden Reden zu verstehen, daß sie uns, eine wie die andere, für das hielten, was man eine Dirne nennt. Ich war entsetzlich verlegen über diesen Auftritt und in meiner Hilflosigkeit wollte ich mein Heil schon in der Flucht suchen, als ein junger Mann daherkam, der – wie ich beobachtet hatte – häufig zur gleichen Stunde wie ich spazierenging und dessen Äußeres nur Ehrlichkeit ausstrahlte. ‚Monsieur', rief ich aus, indem ich ihn heranwinkte, ‚ich habe nicht den Vorzug, mit Ihnen bekannt zu sein, doch wir begegnen uns hier fast jeden Morgen; alles, was Sie von mir gesehen haben können, muß Sie, so nehme ich an, davon überzeugt haben, daß ich kein käufliches Mädchen bin; ich bitte Sie inständig, mir Ihre Hand zu reichen, mich nach Hause zu geleiten und von diesen Banditen zu befreien.' Monsieur de ... – Sie erlauben mir seinen Namen zu verschweigen; allzu viele Gründe zwingen mich dazu – eilt sogleich herbei. Er vertreibt die Gassenjungen, die mich umstellen; durch die Höflichkeit und Achtung, mit der er sich mir nähert, überzeugt er sie von ihrem Irrtum. Er nimmt meinen Arm und führt mich alsbald aus dem Garten hinaus. ‚Mademoiselle', sagte er kurz vor unserer Haustür, ‚ich halte es für ratsam, mich hier von Ihnen zu verabschieden. Wenn ich Sie bis vor Ihr Haus begleiten würde, müßten Sie über den Vorfall berichten; vielleicht dürften Sie fortan nicht mehr allein spazierengehen. Behalten Sie für sich, was eben geschehen ist; da es Ihnen gefällt und Ihre Eltern es Ihnen erlauben, können Sie Ihre Spaziergänge in der gewohnten Allee alsdann fortsetzen. Ich werde keinen einzigen Tag versäumen, mich gleichfalls dorthin zu begeben, und Sie werden mich immer bereit finden, notfalls mein Leben hinzugeben, um zu verhindern, daß man Ihre Ruhe stört.' Eine derartige Vorsicht und ein so zuvorkommendes Angebot veranlaßten mich, meine Augen mit etwas mehr Anteilnahme auf den jungen Mann zu richten, als ich das bis jetzt getan zu haben glaubte. Er mochte zwei oder drei Jahre älter sein als ich und hatte ein charmantes Wesen. Ich errötete, während ich ihm dankte, und die flammenden Pfeile des verführerischen Gottes, der mein jetziges Unglück verursacht hat, durchbohrten mein Herz, ehe ich noch Zeit hatte, mich davor zu schützen. Wir trennten uns, aber an seiner Art, sich abzuwenden, meinte ich zu erkennen, daß ich auf Monsieur de . . . denselben Eindruck gemacht hatte, wie er auf mich. Ich kehrte nach Hause zu meinem Vater zurück, hütete mich, die geringste Andeutung zu machen, und begab mich am nächsten Morgen wieder in meine Allee, wobei ich von einem Gefühl getragen wurde, das stärker war als ich und das mich allen Gefahren trotzen ließ, die dort lauern mochten . . . Was sage ich da: Daß ich diese Gefahren vielleicht gar herbeiwünschte, um der Freude willen, noch einmal von demselben Mann befreit zu werden ... Ich beschreibe Ihnen meinen Seelenzustand vielleicht mit allzu großer Offenheit, Monsieur; aber Sie haben mir versprochen, Nachsicht zu üben, und jeder neue Abschnitt meiner Geschichte wird Ihnen zeigen, wie sehr ich hierauf angewiesen bin; dies war nicht die einzige Unbesonnenheit, der Sie mich überführen werden; es ist nicht das einzige Mal, daß ich auf Ihr Mitleid angewiesen sein werde.

Monsieur de ... erschien sechs Minuten nach mir in der Allee und redete mich an, sobald er mich erblickte: ‚Darf ich Sie fragen, Mademoiselle', sagte er, ‚ob das gestrige Abenteuer bekanntgeworden ist und Ihnen Unannehmlichkeiten bereitet hat?' Ich versicherte ihm: nein, ich hätte seinen Ratschlag befolgt und ich dankte ihm dafür. Ich sei davon überzeugt, daß ich nun ungestört dem Vergnügen nachgehen könne, hier jeden Morgen frische Luft zu schöpfen. ‚Da Sie, Mademoiselle, schon Gefallen daran haben', fuhr Monsieur de ... im ehrlichsten Ton fort, ‚so empfinden diejenigen, die das Glück haben, Ihnen hier zu begegnen, zweifellos noch weit größere Freude, und wenn ich mir gestern die Freiheit nahm, Ihnen zu raten, Ihre Spaziergänge nicht aufs Spiel zu setzen, so sind Sie mir wahrhaftig nicht zu Dank verpflichtet: Ich bin so kühn, Ihnen zu versichern, Mademoiselle, daß ich weniger in Ihrem Interesse auf Sie eingewirkt habe, als in meinem eigenen!' Und bei diesen Worten begegneten seine Blicke den meinen mit soviel Ausdruck ... Oh, Monsieur, mußte es denn sein, daß dieser so liebenswerte Mann mich

eines Tages ins Unglück stürzen sollte! Ich antwortete höflich auf seine Rede, die Unterhaltung spann sich fort, wir machten gemeinsam zwei Runden und Monsieur de ... wich nicht von mir, ohne mich zu bestürmen, ich solle ihm verraten, wer es denn sei, dem er gestern das Glück gehabt habe, einen Dienst zu erweisen. Ich glaubte es ihm nicht verheimlichen zu dürfen. Er sagte mir auch seinen Namen und dann schieden wir voneinander. Fast einen Monat lang, Monsieur, haben wir uns beinahe jeden Tag gesehen und wie Sie sich leicht vorstellen können, verging dieser Monat nicht, ohne daß wir uns gegenseitig unsere Zuneigung gestanden und uns geschworen hätten, sie immerwährend zu bewahren.
Schließlich flehte Monsieur de ... mich an, ich möge ihm erlauben, mich an einem Ort zu treffen, der ungestörter sei als ein öffentlicher Garten. ‚Ich habe nicht den Mut, mich Ihrem Vater vorzustellen, schöne Emilie', sagte er; ‚da ich nie die Ehre gehabt habe, ihn kennenzulernen, wird er bald ahnen, welcher Beweggrund mich zu ihm hinzieht, und statt unsere Pläne zu unterstützen, könnte dieses Vorgehen unseren Absichten vielleicht sehr schaden. Aber wenn Sie wirklich so gütig und so mitfühlend sein wollen, mich nicht zugrunde gehen zu lassen an dem Kummer, meine kühne Forderung abgelehnt zu finden, so werde ich Ihnen eine Möglichkeit vorschlagen.' Ich weigerte mich zunächst, darauf zu hören; und doch war ich bald schwach genug, ihn danach zu fragen. Sein Vorschlag war, Monsieur, daß wir uns drei-

mal wöchentlich bei Madame Berceil treffen sollten, einer Putzmacherin in der Rue des Arcis, für deren Verschwiegenheit und Ehrlichkeit Monsieur de ... sich mir gegenüber verbürgte, als wäre sie seine Mutter. ‚Da man Ihnen erlaubt, Ihre Frau Tante zu besuchen, die, wie Sie mir erzählt haben, in derselben Gegend wohnt, müßten Sie so tun, als gingen Sie zu ihr. Sie müßten ihr tatsächlich kleine Besuche abstatten und würden den Rest der Zeit, die Sie ihr sonst gewidmet hätten, bei der besagten Frau verbringen. Ihre Tante wird auf Befragung antworten, daß Sie in der Tat an dem von Ihnen genannten Tag Ihren Besuch zu empfangen pflegt; dann gilt es nur noch, die Dauer dieser Besuche zu ermitteln und damit – seien Sie ganz beruhigt – wird man sich niemals abgeben, da man Ihnen ja vertraut.' Ich werde Ihnen nicht sagen, Monsieur, was ich alles dagegen einwandte, um Monsieur de ... von dem Vorhaben abzubringen und ihm die Unannehmbarkeit desselben vor Augen zu führen; was für einen Sinn hat es, Ihnen von meinen Einwänden zu berichten, da ich letzten Endes doch nachgab? Ich versprach Monsieur de ... alles, was er wollte, und zwanzig Louisdor, die er Julie ohne mein Wissen zugesteckt hatte, machten ihm auch das Mädchen völlig gefügig. Von nun an arbeitete ich nur noch auf meinen Untergang hin. Um diesen Untergang vollends zu besiegeln, um mich noch länger und mit noch größerer Muße an dem süßen, in mein Herz einträufelnden Gift berauschen zu können, machte ich meiner Tante ein falsches Geständnis. Ich sagte ihr, ein junges Mädchen aus dem Kreise meiner Freundinnen (die ich eingeweiht hatte und die entsprechend aussagen sollte) wolle mich freundlicherweise dreimal die Woche in ihre Loge in der Comédie Française mitnehmen. Ich erklärte meiner Tante, ich hätte nicht den Mut, meinen Vater davon in Kenntnis zu setzen aus Angst, er würde es verbieten. Lieber würde ich ihm erzählen, ich ginge zu ihr, und sie möge das doch bitte bezeugen. Nach kurzem Zaudern konnte meine Tante meinem Betteln nicht widerstehen. Wir vereinbarten, Julie solle an meiner Statt zu ihr kommen und ich würde sie auf dem Wege vom Theater dort abholen, um gemeinsam mit ihr nach Hause zurückzukehren. Ich umarmte meine Tante tausendmal: Verhängnisvolle Blindheit der Leidenschaft; ich dankte ihr dafür, daß sie mein Verderben begünstigte, daß sie den Irrungen die Tür öffnete, die mich an den Rand des Grabes bringen sollten!

Nun also begannen unsere Zusammenkünfte bei der Berceil; ihr Laden war gediegen ausgestattet und ihr Haus machte mir einen sehr anständigen Eindruck. Sie selbst war eine Frau von ungefähr vierzig Jahren, der man – so glaubte ich – alles Vertrauen schenken konnte. O weh! Ich traute ihr und meinem Geliebten allzu sehr ... Der Treulose! Es wird Zeit, daß ich mich Ihnen offenbare, Monsieur ... Als ich ihn zum sechstenmal in diesem unseligen Hause sah, gewann er solche Macht über mich, verstand er es, mich so weit zu verführen, daß er meine Schwäche mißbrauchen konnte und ich in seinen Armen der Abgott seiner Leidenschaft und das Opfer meiner eigenen wurde ... Grausame Freuden, wie viele Tränen habt ihr mich schon gekostet und mit welchen Gewissensbissen werdet ihr noch bis an das Ende meines Lebens an meiner Seele nagen!

Ein Jahr lang lebten wir in dieser unheilbringenden Illusion, Monsieur. Ich war gerade siebzehn Jahre alt geworden. Mein Vater sprach jeden Tag von meiner Verheiratung. Sie mögen ermessen, wie ich bei diesen Andeutungen zitterte. Da plötzlich stürzte mich ein verhängnisvolles Abenteuer in den ewigen Abgrund, dem ich mich verschrieben hatte. Eine traurige Fügung der Vorsehung wollte es – ohne Zweifel –, daß eine Angelegenheit, an der ich selbst völlig unschuldig war, zum Vorwand diente, mich für meine wirklichen Fehler zu strafen; es wurde mir die Warnung zuteil, daß wir der Vorsehung niemals entrinnen, daß sie dem, der vom Wege abkommt, beständig folgt und aus einem scheinbar harmlosen Ereignis unerwartet ein Werkzeug ihrer Rache formt.

Eines Tages hatte Monsieur de ... mich wissen lassen, daß eine dringende Angelegenheit ihm das Vergnügen raube, mich die vollen drei Stunden zu unterhalten, die wir gewohnt waren, beisammen zu sein. Er käme aber wenigstens einige Minuten vor Ablauf dieser Zeit, denn er nähme an, ich würde trotzdem – um den üblichen Rhythmus unserer Zusammenkünfte in keiner Weise zu unterbrechen – die gewohnten Stunden bei der Berceil verbringen, zumal ich mich mit der Putzmacherin und ihren Mädchen für ein, zwei Stunden sicherlich besser würde vergnügen können, als alleine zu Hause bei meinem Vater. Ich glaubte, mich auf diese Frau hinreichend verlassen zu können, und so hatte ich gegen den Vorschlag meines Geliebten nichts einzuwenden; ich versprach zu kommen und bat ihn, nicht zu lange auf sich warten zu lassen. Er versicherte mir, er wolle sich so schnell wie möglich freimachen. Ich fand mich also dort ein; o welch ein grauenhafter Tag für mich! Die Berceil empfing mich an der Tür zu ihrem Laden, ohne mir wie sonst Einlaß zu gewähren. ‚Mademoiselle', sagte sie, als sie mich erblickte, ‚ich bin froh, daß Monsieur de . . . heute abend nicht pünktlich hier erscheinen kann. Ich muß Ihnen etwas anvertrauen, das ich ihm nicht zu sagen wage, eine Sache, die uns nötigt, schnell für einen Augenblick gemeinsam auszugehen, und das hätten wir in seiner Anwesenheit nicht tun können.' ‚Aber worum handelt es sich denn, Madame', sagte ich ein wenig erschrocken über diese Einleitung. ‚Es ist gar nichts Besonderes, Mademoiselle, gar nichts Besonderes', fuhr die Berceil fort. ‚Sie können ganz beruhigt sein. Es ist die einfachste Sache der Welt; meine Mutter hat Ihre Liebschaft entdeckt, sie ist eine alte Megäre und kleinlich wie ein Beichtvater. Ich muß sie wegen ihres Geldes schonen; sie will durchaus nicht mehr, daß ich Sie empfange. Ich wage nicht, es Monsieur de . . . zu sagen; aber hören Sie, was ich mir ausgedacht habe. Ich werde Sie sogleich zu einer Bekann=

ten führen, einer Frau meines Alters, die genauso verläßlich ist wie ich, und ich werde Sie mit ihr bekannt machen. Wenn sie Ihnen gefällt, dann gestehen Sie Monsieur de . . . , daß ich Sie dorthin geführt habe. Sagen Sie ihm, es handele sich um eine ehrliche Frau und Sie hielten es für ausgezeichnet, die Zusammenkünfte dorthin zu verlegen. Wenn sie Ihnen mißfällt, was ich weit entfernt bin anzunehmen, so können Sie ihm unseren Spaziergang getrost verschweigen, da wir uns doch nur für einen Augenblick dort aufhalten werden. Dann werde ich ihm bekennen müssen, daß ich ihm mein Haus nicht länger zur Verfügung stellen kann und Sie erklären sich damit einverstanden, einen anderen Treffpunkt für Ihre Rendezvous zu suchen.'

Die Worte der Frau waren so einleuchtend und ihr Mienenspiel und der Tonfall so ungekünstelt, mein Vertrauen war so vollkommen und meine Arglosigkeit so groß, daß ich nicht das geringste Hemmnis sah, ihrem Wunsch zu entsprechen. Ich empfand nur Bedauern darüber, daß es ihr, wie sie sagte, unmöglich sein werde, weiter zu unseren Diensten zu stehen. Das gab ich ihr auch von ganzem Herzen zu verstehen und wir machten uns auf den Weg. Das Haus, zu dem sie mich führte, befand sich sechzig bis achtzig Schritt entfernt in derselben Straße; nichts an der Außenfront mißfiel mir: ein Torweg, schmukke Fensterreihen zur Straße hin, insgesamt ein Bild der Wohlanständigkeit und Sauberkeit. Und doch war es, als riefe eine warnende Stimme im Inneren meines Herzens, daß irgendein außergewöhnliches Ereignis mich in diesem unseligen Haus erwarte. Ich spürte eine Art Widerwillen, der mit jedem Schritt größer wurde; alles schien mir zu sagen: ‚Wohin gehst du, Unglückliche, entferne dich von diesem trügerischen Ort . . .' Indes, bald standen wir vor der Tür. Wir traten in ein recht hübsches Vorzimmer, in dem kein Mensch zu sehen war, und von dort in einen Salon, dessen Zugang sich sogleich nach unserem Eintritt schloß, als hätte hinter der Tür verborgen jemand gestanden . . . Mich schauderte. Es war sehr dunkel in dem Zimmer; man konnte sich kaum zurechtfinden. Wir hatten keine drei Schritte getan, als ich mich von zwei Frauen gepackt fühlte. Dann öffnete sich die Tür zu einem Kabinett und ich erblickte einen Mann von etwa fünfzig Jahren in Gesellschaft von zwei anderen Frauen, die den beiden, die mich ergriffen hatten, zuriefen: ‚Entkleidet sie, entkleidet sie! Ganz nackt sollt ihr sie hereinbringen!' Als ich mich von der Verwirrung über den Zugriff dieser Frauen erholt hatte, erkannte ich, daß ich mein Heil weniger in der Angst zu suchen hatte als vielmehr in Schreien; ich stieß entsetzliche Hilferufe aus. Die Berceil tat, was sie nur konnte, um mich zu beruhigen. ‚Es ist eine Angelegenheit von einer Minute, Mademoiselle', sagte sie. ‚Ein bißchen guter Wille, ich bitte Sie, und Sie bringen mir fünfzig Louisdor ein.' ‚Abscheuliche Megäre', schrie ich, ‚bilde dir nur nicht ein, du könntest mit meiner Ehre Handel treiben! Ich springe aus dem Fenster, wenn du

mich nicht innerhalb einer Sekunde von hier weg=bringst.' ,Sie würden nur in einem Hof landen, der uns gehört, und man würde Sie bald wieder einfan=gen, mein Kind', sagte eine der Schurkinnen, indem sie mir die Kleider vom Leibe riß, ,glauben Sie mir, es geht am schnellsten, wenn Sie sich fügen ...' Oh, Monsieur, ersparen Sie mir den Rest dieser ent=setzlichen Einzelheiten. Ich ward schon im gleichen Augenblick entblößt. Durch barbarische Vorkehrun=gen hinderte man mich am Schreien und so wurde ich zu dem nichtswürdigen Mann geschleppt, der, durch meine Tränen ergötzt und von meinem Widerstreben belustigt, nur darauf aus war, sich des unglücklichen Opfers zu bemächtigen, dem er das Herz zerriß. Zwei Frauen hielten mich fest und lieferten mich dem Scheusal aus; doch obgleich er die Freiheit hatte, sich alles, was er nur wollte, herauszunehmen, löschte er das Feuer seiner sträflichen Leidenschaft nur durch unkeusche Berührungen und Küsse, die mir nicht Gewalt antaten ...

Man half mir eilends wieder in die Kleider und überließ mich der Berceil. Ich war völlig verstört, verwirrt und von einer Art dumpfem Schmerz durchdrungen, der meine Tränen auf dem Grunde des Herzens zu Eis erstarren ließ; ich warf dem Weib wütende Blicke zu ... ‚Mademoiselle', sagte sie – entsetzlich betreten – noch im Vorzimmer dieses finsteren Hauses, ‚ich bin selber über meine Tat entsetzt, aber ich flehe Sie an, mir zu verzeihen ... und jedenfalls erst darüber nachzudenken, bevor Sie sich entschließen, den Vorfall an den Tag zu bringen; wenn Sie Monsieur de ... davon in Kenntnis setzen, so wird es vergeblich sein, ihm zu versichern, man habe Sie gezwungen. Es bleibt eine Art Vergehen, das er Ihnen niemals verzeihen wird, und Sie würden sich also für alle Zeiten mit dem Mann überwerfen, den Sie am allermeisten auf der Welt sorgsam behandeln müssen; denn Sie haben nur eine Möglichkeit, die Ehre wiederherzustellen, die er Ihnen geraubt hat: Sie müssen ihn veranlassen, Sie zu heiraten. Und seien Sie sicher, daß er das niemals tun wird, wenn Sie ihm erzählen, was vor sich gegangen ist.' ‚Unglückliche, warum hast du mich in diesen Abgrund gestürzt, warum hast du mich in eine Lage gebracht, die mich zwingt, meinen Geliebten zu täuschen, wenn ich nicht meine Ehre und ihn zugleich verlieren will?' ‚Nur ruhig, Mademoiselle; wir wollen nicht mehr länger von dem reden, was hinter uns liegt; die Zeit drängt, beschäftigen wir uns lieber nur mit der Frage, was jetzt geschehen soll. Wenn Sie alles ausplaudern, sind Sie verloren; wenn Sie kein Wort darüber verlieren, wird Ihnen mein Haus für immer offen stehen, niemand wird Sie je verraten und Ihr Liebhaber bleibt Ihnen erhalten. Meinen Sie, daß die kleine Befriedigung eines Rachegelüstes, das mir im Grunde wenig Sorgen macht – denn da ich Ihr Geheimnis kenne, werde ich Monsieur de . . . immer daran hindern, mir zu schaden –, meinen Sie, sage ich, daß so ein kleines Vergnügen wie die Rache Sie für allen Kummer entschädigen würde, den diese Rache mit sich brächte . . .?' Da ich jetzt genau erkannte, mit was für einer nichtswürdigen Frau ich es zu tun hatte, und da ich dennoch beeindruckt war von der Macht ihrer Argumente – so entsetzlich sie auch sein mochten – sagte ich: ‚Gehen wir, Madame, gehen wir! Zwingen Sie mich nicht länger hierzubleiben. Ich werde schweigen, tun Sie desgleichen; ich muß mich auf Sie einlassen, denn ich könnte es nicht mit Ihnen verderben, ohne jene Schändlichkeiten zu enthüllen, die ich unbedingt für mich behalten muß. Aber es wird mir wenigstens eine Genugtuung sein, Sie von ganzem Herzen so sehr zu hassen und zu verachten, wie Sie es verdienen.' Wir kehrten zum Haus der Berceil zurück ... Gerechter Himmel, welch neue Unruhe ergriff mich, als man uns sagte, Monsieur de ... sei bereits dort gewesen und man habe ihm mitgeteilt, Madame sei wegen dringender Geschäfte ausgegangen und Mademoiselle sei noch nicht gekommen. Zugleich überreichte mir ein Mädchen des Hauses ein Briefchen, das er in Eile für mich geschrieben hatte. Es enthielt nur folgende Worte: ‚Ich habe Sie nicht angetroffen. Ich vermute, daß Sie sich nicht zur gewohnten Stunde herbegeben konnten. Ich kann Sie heute abend nicht mehr sehen; es ist mir unmöglich, auf Sie zu warten. Bis übermorgen, ganz bestimmt.' Dieser Brief beruhigte mich in keiner Weise. Die Kälte, die er ausstrahlte, schien mir ein schlechtes Zeichen zu sein ... Nicht auf mich zu warten, so wenig Geduld zu zeigen ... Das alles erregte mich unbeschreiblich. Sollte er etwa unser Fortgehen beobachtet haben und uns gefolgt sein? Wenn er das getan hatte, war ich dann nicht verloren? Die Berceil, genauso unruhig wie ich, fragte alle Leute aus. Man sagte ihr, Monsieur de ... sei schon drei Minuten nach unserem Weggang erschienen; er habe einen aufgebrachten Eindruck gemacht, sei aber sofort wieder gegangen und etwa eine halbe Stunde später wiedergekommen, um diesen Brief zu schreiben. Ich war jetzt noch erregter als vorher und ließ nach einem Wagen schicken ... Aber stellen Sie sich vor, Monsieur, bis zu welcher Unverschämtheit sich diese niederträchtige Person mit ihrer Lasterhaftigkeit vor=wagte! ‚Mademoiselle', sagte sie, als sie mich auf=brechen sah, ‚lassen Sie nie ein Wort über das Vor=gefallene verlauten, das empfehle ich Ihnen dringend. Wenn es das Unglück aber will, daß Sie sich den=noch mit Monsieur de ... überwerfen, so nutzen Sie Ihre Freiheit und stellen Sie sich zur Verfügung; glauben Sie mir: Sie haben davon mehr als von einem Liebhaber. Ich weiß, Sie sind ein Fräulein aus gutem Hause, aber Sie sind jung; man gibt Ihnen bestimmt nur sehr wenig Geld, aber hübsch, wie Sie sind, können Sie bei mir so viel verdienen, wie Sie wollen ... Nur zu, Sie sind nicht die einzige; es gibt welche, die ganz vornehm tun und einen Grafen oder Marquis heiraten – wie das eines Tages auch Ihnen passieren kann –, die aber vorher, sei es von sich aus oder durch Vermittlung ihrer Gouvernante, durch unsere Hände gelaufen sind wie Sie; wir haben be=sondere Kunden für Püppchen Ihrer Art. Sie haben es selbst erlebt; man bedient sich ihrer wie einer Rose, man atmet ihren Duft ein, aber man knickt sie nicht. Leben Sie wohl, meine Schöne, wir jedenfalls wollen uns nicht streiten; Sie sehen, wie sehr ich Ihnen nützlich sein kann.' Ich warf einen Blick des Entsetzens auf dieses Weib und entfernte mich eilends, ohne zu antworten. Wie immer holte ich Julie bei meiner Tante ab und kehrte nach Hause zurück.

Ich hatte keine Gelegenheit, Monsieur de ... nur die kleinste Nachricht zukommen zu lassen. Da wir uns dreimal die Woche sahen, waren wir nicht gewohnt, uns zu schreiben. Ich mußte also bis zur nächsten Zusammenkunft warten ... Was würde er mir sagen ... Was sollte ich ihm antworten? Sollte ich ein großes Geheimnis machen aus dem, was vorgefallen war? Lag darin nicht die allergrößte Gefahr, falls das Ganze aufgedeckt würde? War es nicht klüger, ihm alles gleich zu bekennen ...? All diese verschiedenen Erwägungen hielten mich in einem Zustand unaussprechlicher Unruhe. Endlich beschloß ich, dem Rate der Berceil zu folgen. Obzwar diese Frau an der Geheimhaltung am meisten interessiert war, zog ich es vor, wie sie zu schweigen ... O gerechter Himmel, was nutzten mir diese vielen Überlegungen, da ich doch meinen Geliebten nicht mehr wiedersehen durfte und der Blitz, der mich erschlagen sollte, schon rings um mich herum aufleuchtete!

An dem auf diesen Zwischenfall folgenden Tage fragte mich mein ältester Bruder, wieso ich mir erlaube, jede Woche mehrmals und zu so später Stunde ganz allein auszugehen. ‚Ich verbringe die Abende bei meiner Tante', erwiderte ich. ‚Das stimmt nicht, Emilie; seit einem Monat haben Sie keinen Fuß mehr in das Haus der Tante gesetzt.' ‚Ja ... Nun, mein lieber Bruder', entgegnete ich zitternd, ‚ich werde Ihnen alles gestehen: Eine Freundin von mir, die Sie gut kennen, Madame de Saint-Clair, ist so liebenswürdig, mich dreimal die Woche in ihre Loge in der Comédie Française mitzunehmen. Ich wollte nichts davon sagen, weil ich Angst hatte, mein Vater könnte es miß=

billigen; aber meine Tante ist genau darüber unterrichtet.' ‚Sie gehen ins Theater?' fragte mein Bruder, ‚das hätten Sie mir sagen können; ich hätte Sie begleitet, dann wäre die Sache viel einfacher gewesen ... Aber allein mit einer Frau, die Ihnen in keiner Weise nahesteht und die fast ebenso jung ist wie Sie ...' ‚Aber, aber, mein Freund', sagte mein anderer Bruder, der im Laufe dieser Unterhaltung hinzugetreten war, ‚Mademoiselle geht ihren Vergnügungen nach. Man darf ihr dieselben nicht verderben ... Sie sucht einen Mann; wenn sie es weiter so treibt, werden sie sich gewiß zu Dutzenden melden ...' Und alle beide drehten mir kühl den Rücken zu. Dieses Gespräch bestürzte mich; gleichwohl schien mein ältester Bruder die Geschichte von der Theaterloge hinzunehmen. Ich dachte, ich hätte ihn erfolgreich getäuscht und er würde sich damit abfinden. Und übrigens: Selbst wenn der eine oder der andere von den beiden noch mehr gesagt hätte, so wäre doch nichts in der Welt stark genug gewesen, mich an meinem Gang zum nächsten Rendezvous zu hindern — es sei denn, man hätte mich eingesperrt; es lag mir viel zu sehr am Herzen, mich mit meinem Geliebten auszusprechen, als daß mich irgend etwas von ihm hätte fernhalten können.

Was meinen Vater betraf, so blieb er immer derselbe. Er vergötterte mich, er hatte keine Ahnung von meinen Verfehlungen und ließ mir volle Freiheit. Wie ist es grausam, solche Eltern täuschen zu müssen, und mit wieviel Dornen durchsetzen die daraus erwachsenden Gewissensbisse die Freuden, die man sich um den Preis von Unaufrichtigkeiten dieser Art erkauft! Unheilbringendes Beispiel, grausame Leidenschaft, vermöchtet ihr doch diejenigen, die in meiner Lage sind, vor meinen Fehlern zu bewahren! Ach, könnten doch die Schmerzen, die mich meine verbrecherischen Freuden gekostet haben, wenigstens andere vom Rande des Abgrundes zurückhalten, sofern sie jemals meine jammervolle Geschichte erfahren. Der verhängnisvolle Tag bricht endlich an; ich nehme Julie an der Hand und schleiche mich wie üblich davon. Ich lasse sie bei meiner Tante zurück und begebe mich in meinem Fiaker rasch zum Hause der Berceil. Ich steige aus ... Das Schweigen und die im Hause herrschende Dunkelheit beunruhigen mich zunächst aufs äußerste ... Kein einziges bekanntes Gesicht zeigt sich mir; nur eine alte Frau erscheint, die ich noch nie gesehen habe und die ich zu meinem Unglück künftig nur zu oft zu Gesicht bekommen sollte. Sie bedeutete mir, in dem Zimmer zu warten, in dem ich gerade stand; Monsieur de ..., sie nennt seinen Namen, werde jeden Augenblick erscheinen. Eiseskälte bemächtigt sich meiner Sinne; ich sinke in einen Sessel, ohne Kraft zum Sprechen zu haben; kaum habe ich mich niedergelassen, da tauchen meine Brüder vor mir auf, eine Pistole in der Hand. ‚Elende', schreit der ältere, ‚da sieht man, wie du uns hintergangen hast. Wenn du den geringsten Widerstand leistet, wenn du auch nur einen Schrei ausstößt, bist du des Todes. Folge uns, wir werden dich lehren, was es heißt, die Familie, die du entehrt hast, und zugleich den Liebhaber, dem du dich hingegeben hast, zu verraten.' Bei diesen letzten Worten verlor ich vollends das Bewußtsein. Als ich wieder zu mir kam, befand ich mich im Inneren einer Kutsche, die sich sehr schnell fortzubewegen schien. Die Beine gefesselt, die beiden Hände in ein Taschentuch gezwängt, so saß ich zwischen meinen beiden Brüdern und der Alten, von der ich eben sprach. Meine Tränen, bislang durch das Übermaß an Leid zurückgehalten, flossen jetzt in Strömen, und innerhalb einer Stunde war ich in einem Zustand, der, so schuldig ich auch sein mochte, jeden anderen gerührt hätte, nur nicht die beiden Henker, denen ich ausgeliefert war. Sie redeten kein Wort unterwegs; ich verhielt mich schweigend wie sie und versenkte mich in meinen Schmerz. Am nächsten Tag um elf Uhr morgens erreichten wir endlich ein Schloß, das tief in einem Wald zwischen Coucy und Noyon lag und meinem ältesten Bruder gehörte. Der Wagen fuhr in den Hof; man hieß mich sitzen bleiben, bis die Pferde ausgespannt waren und die Bediensteten sich entfernt hatten; dann holte mich mein ältester Bruder. ‚Folgen Sie mir', sagte er brutal, nachdem er mich losgebunden hatte ... Ich gehorchte zitternd. O Gott, wie groß war mein Entsetzen, als ich den Ort des Grauens sah, der mir als Unterkunft dienen sollte! Es war eine niedrige, finstere und feuchte Kammer, die nach allen Seiten mit Eisenstangen abgesichert war und nur durch ein einziges

Fenster, das sich auf einen großen Wassergraben öffnete, spärliches Licht empfing. ‚Das hier ist Ihr Zimmer, Mademoiselle', sagten meine Brüder. ‚Für ein Mädchen, das seiner Familie die Ehre geraubt hat, ist so etwas die rechte Bleibe ... Ihre Nahrung wird der übrigen Behandlung angepaßt. Das hier ist alles, was man Ihnen geben wird', fuhren sie fort und zeigten mir ein Stück Brot, wie man es Tieren vorwirft. ‚Und da wir Sie nicht lange leiden lassen und Ihnen außerdem jede Möglichkeit nehmen wollen, von hier zu entweichen, werden diese beiden Frauen', und dabei deuteten sie auf die Alte und eine andere ähnlich aussehende Frau, ‚werden diese beiden Frauen, die wir im Schloß vorgefunden haben, Sie an beiden Armen zur Ader lassen, und zwar so oft in der Woche, wie Sie Monsieur de ... bei der Berceil getroffen haben. Dies Verfahren wird Sie, so hoffen wir wenigstens, unausweichlich ins Grab bringen, und wir werden erst dann wirklich beruhigt sein, wenn wir erfahren haben, daß die Familie von dem Scheusal, das Sie sind, befreit ist.'

Nach diesen Worten befahlen sie den beiden Frauen, mich zu ergreifen, und vor den Augen dieser Schurken – verzeihen Sie mir diesen Ausdruck, Monsieur – und vor ihren Augen ließen die Grausamen mir aus beiden Armen zugleich Blut entnehmen. Erst als sie mich besinnungslos liegen sahen, wurde die grausame Behandlung abgebrochen ... Als ich wieder zu mir kam, rühmten sie sich ihrer Barbarei und, als wollten sie mir alle Hiebe auf einmal versetzen und als er=

götze es sie, mein Herz in dem gleichen Augenblick zu zerreißen, in dem sie mein Blut vergossen, zog der ältere einen Brief aus der Tasche und überreichte ihn mir: ‚Lesen Sie, Mademoiselle', sagte er, ‚lesen Sie und vernehmen Sie, wem Sie Ihr Elend verdanken ...' Ich entfaltete zitternd das Papier; kaum haben meine Augen die Kraft, die unglückseligen Buchstaben zu entziffern; großer Gott ... Es war mein Geliebter selbst, er selbst war es, der mich verraten hatte. Der grausame Brief – seine Worte sind mir mit Blut ins Herz geschrieben – lautete folgendermaßen: ‚Ich habe die Torheit begangen, Monsieur, Ihre Schwester zu lieben, und ich war so unklug, sie zu verführen. Ich hatte vor, alles wiedergutzumachen. Von Gewissensbissen verzehrt, wollte ich mich Ihrem Vater zu Füßen werfen, ihm meine Schuld bekennen und um die Hand seiner Tochter bitten. Ich war der Zustimmung meines eigenen Vaters gewiß und fühlte mich wie geschaffen, Ihrer Familie anzugehören. Gerade als dieser Entschluß reifte ... mußte ich mich von meinen Augen, von meinen eigenen Augen überzeugen lassen, daß ich es nur mit einer Dirne zu tun hatte, die es wagte, im Schatten unserer von einem aufrichtigen und reinen Gefühl getragenen Begegnungen die schändlichen Gelüste des größten Wüstlings aller Männer zu befriedigen. Erwarten Sie also keine Wiedergutmachung mehr von mir, Monsieur, ich bin nicht mehr dazu verpflichtet; ich schulde Ihnen nur noch den Verzicht darauf, und Ihrer Schwester den unerschütterlichsten Haß und restlose Verachtung. Ich gebe Ihnen die Adresse des Hauses an, wo Ihre Schwester sich verderben ließ, Monsieur, damit Sie prüfen können, ob ich Sie täusche.' Kaum hatte ich diese unseligen Worte gelesen, verfiel ich abermals in einen entsetzlichen Zustand ... Nein, sagte ich, mir die Haare raufend, nein, Grausamer, du hast mich nie geliebt: Hätte nur das leiseste Gefühl dein Herz entflammt, würdest du mich dann verdammt haben, ohne mich zuvor anzuhören? Hättest du mich dann eines solchen Verbrechens für schuldig halten können, wo du es doch warst, den ich anbetete? ... Und es ist deine Hand, Verräter, die mich ausliefert! Es ist deine Hand, die mich in die Arme meiner Henker treibt, von denen ich jeden Tag ein wenig mehr getötet werde ... getötet, ohne vor dir gerechtfertigt zu sein ... getötet und verachtet von dem, den ich anbete, obgleich ich ihn niemals aus freiem Willen beleidigt habe, sondern ein hintergangenes Opfer bin! O nein, nein, meine Lage ist zu grausam, es geht über meine Kräfte, sie zu ertragen! Und ich warf mich tränenüberströmt meinen Brüdern zu Füßen und flehte sie an, mir entweder Gehör zu schenken oder mein Blut sogleich Tropfen um Tropfen verströmen und mich sterben zu lassen.

Sie waren bereit, mich anzuhören. Ich erzählte ihnen meine Geschichte, aber sie wollten mein Verderben; sie glaubten mir nicht. Sie behandelten mich nur um so schlechter. Nachdem sie mich mit Beleidigungen überhäuft und den beiden Frauen aufgetragen hatten, ihre Anordnungen bei Todesstrafe Punkt für

Punkt auszuführen, verließen sie mich mit der kaltherzigen Versicherung, daß sie mich niemals wiederzusehen hofften.
Sobald sie sich entfernt hatten, gaben mir die beiden Wärterinnen Brot und Wasser und sperrten mich ein. Nun war ich wenigstens allein. Ich konnte mich an dem Übermaß meiner Verzweiflung weiden und fühlte mich nicht mehr ganz so unglücklich. In meiner ersten Verzweiflung drängte es mich, den Verband von meinen Armen zu reißen und mich verbluten zu lassen. Aber die gräßliche Vorstellung, mein Leben zu beenden, ohne vor meinem Geliebten gerechtfertigt zu sein, peinigte mich so ungemein, daß ich mich zu dieser Tat beim besten Willen nicht entschließen konnte. Ein wenig Ruhe weckt wieder Hoffnung ... Hoffnung, trostspendendes Gefühl, das sich in Stunden größten Leides regt, göttliches Geschenk der Natur, den Kummer auszugleichen oder zu lindern ... Nein, sagte ich mir, ich werde nicht sterben, ohne ihn wiedergesehen zu haben. Darauf einzig und allein muß ich hinarbeiten, nur dies eine Ziel darf ich verfolgen. Wenn er sich nicht von meiner Unschuld überzeugen läßt, so ist immer noch Zeit genug, zu sterben; und dann werde ich es wenigstens ohne Bedauern tun; denn das Leben hätte keinen Reiz mehr für mich ohne seine Liebe.
In diesem Sinne beschloß ich, keine Möglichkeit außer acht zu lassen, die mich aus diesem hassenswerten Kerker befreien konnte. Vier Tage lang labte ich mich an diesem Gedanken; dann kamen meine beiden

Wärterinnen wieder, um neue Verpflegung zu bringen und mir zugleich die spärlichen Kräfte zu rauben, die ich aus der Nahrung schöpfte. Sie entnahmen aufs neue an beiden Armen Blut und ich blieb reglos auf dem Bett zurück. Am achten Tag erschienen sie abermals, und da ich mich ihnen zu Füßen warf und sie um Gnade bat, ließen sie mich nur an einem Arm zur Ader. Zwei Monate vergingen so, in deren Verlauf man mir regelmäßig alle vier Tage abwechselnd an dem einen und am anderen Arm Blut entzog. Meine Zähigkeit hielt mich aufrecht, mein Alter, der überstarke Wunsch, dieser entsetzlichen Lage zu entrinnen, die Stücken Brot, die ich verzehrte, um den Kräfteverlust zu ersetzen und meine Pläne ausführen zu können, alles das half mir. Gegen Anfang des dritten Monats, als ich glücklich eine Mauer durchbohrt hatte und durch ein ausgehöhltes Loch in ein unverschlossenes Nebenzimmer gekrochen und endlich aus dem Schloß entwichen war, versuchte ich so gut ich konnte, zu Fuß die Straße nach Paris zu erreichen. Da aber, genau dort, wo Sie mich gefunden haben, verließen mich die Kräfte vollständig. Ich erhielt von Ihnen, Monsieur, großzügige Hilfe, die ich Ihnen durch aufrichtige Dankbarkeit, so gut ich kann, vergelte, und ich bin so kühn, Sie sogar um weitere Unterstützung zu bitten, damit ich mein Heil in die Hände meines Vaters legen kann, dem man sicherlich Falsches berichtet hat. Er wird nie und nimmer so barbarisch sein, mich zu verdammen, ohne mir erlaubt zu haben, ihm meine Unschuld zu beweisen.

Ich werde ihn davon überzeugen, daß ich schwach gewesen bin; doch er wird einsehen, daß ich nicht so schuldig bin, wie es den Anschein hat. Durch Ihre Hilfe, Monsieur, werden Sie nicht nur ein unglückliches, Ihnen ewig dankbares Geschöpf wieder zum Leben erwecken, sondern auch einer Familie ihre Ehre zurückgeben, deren sie sich unverdientermaßen beraubt glaubte."

„Mademoiselle", sagte der Graf de Luxeuil, nachdem er Emilies Bericht mit allergrößter Aufmerksamkeit verfolgt hatte, „es würde einem schwerfallen, Sie anzusehen und Ihnen zuzuhören, ohne Ihnen die lebhafteste Anteilnahme entgegenzubringen: Zweifellos haben Sie sich nicht so schuldig gemacht, wie man glauben möchte; aber in Ihrem Verhalten liegt eine Unbesonnenheit, die Sie nur schwer leugnen können." „Oh, Monsieur!" „Hören Sie mich an, Mademoiselle! Ich beschwöre Sie, hören Sie auf einen Mann, der mehr als alle anderen den Wunsch hat, Ihnen zu helfen. Das Benehmen Ihres Geliebten ist entsetzlich. Es ist nicht nur ungerecht – denn er hätte sich Klarheit verschaffen und sich mit Ihnen aussprechen müssen –, sondern es ist auch grausam: Wenn das Vorurteil gegen eine Frau so groß ist, daß man sich nicht mehr mit ihr befassen will, so verläßt man die Frau, aber man denunziert sie nicht bei ihrer Familie; man verrät nicht ihre Ehre, man liefert sie nicht auf unwürdige Art denjenigen aus, die sie zugrunde richten werden; man stachelt diese Menschen nicht auf, sich zu rächen ... Die Haltung des Mannes, der Ihnen so teuer war, tadele ich also unsäglich ... Aber das Verhalten Ihrer Brüder ist noch weit unwürdiger; es ist in jeder Hinsicht abscheulich; nur Henkersknechte können so handeln. Vergehen dieser Art rechtfertigen nicht eine solche Bestrafung. Noch nie haben Ketten wirklich zu etwas gedient. Man schweigt in solchen Fällen, aber man beraubt die Schuldigen weder ihres Blutes noch ihrer Freiheit; diese verabscheuenswerten Methoden entehren diejenigen, die sie anwenden, bei weitem mehr als ihre Opfer. Verdienterweise zieht man den Haß dieser Opfer auf sich und erregt größtes Aufsehen, aber gebessert wird nichts dadurch. Wie sehr uns auch die Tugend unserer Schwester am Herzen liegen mag, ihr Leben muß in unseren Augen einen viel höheren Wert besitzen; die Ehre kann man zurückgewinnen, nicht aber das Blut, das verströmt ist. Eine solche Handlungsweise ist dermaßen grauenhaft, daß sie bestimmt gestraft würde, wenn man vor der Regierung Klage erhöbe. Aber wir dürfen keine Maßnahmen ergreifen, die den von Ihren Peinigern gewählten Mitteln entsprächen und in der Öffentlichkeit verbreiten würden, was wir doch für uns behalten wollen. Ich werde also ganz anders vorgehen, um Ihnen zu helfen, Mademoiselle. Aber eines sei vorausgeschickt: Ich kann es nur unter folgenden Bedingungen: Erstens brauche ich schriftlich die Adressen Ihres Vaters, Ihrer Tante, der Berceil und des Mannes, zu dem die Berceil Sie geführt hat. Und zweitens, Mademoiselle, müssen Sie mir ohne Um=

schweife die Person benennen, die Sie suchen. Dieser Vorbehalt ist entscheidend. Ich mache kein Hehl daraus, daß ich Sie nicht zu unterstützen vermag, wenn Sie auf die Geheimhaltung dieses Namens bestehen."
Verstört beginnt Emilie zunächst damit, die erste Bedingung zu erfüllen, und nachdem sie dem Grafen die Adressen aufgegeben hat, sagt sie errötend: „Sie verlangen also, Monsieur, daß ich Ihnen den Namen meines Verführers nenne." „Unbedingt, Mademoiselle, ich kann sonst nichts unternehmen." „Nun gut, Monsieur ... Es ist der Marquis de Luxeuil ..." „Der Marquis de Luxeuil", rief der Graf, außerstande, die Verwirrung zu verbergen, in die er bei der Namensnennung seines Sohnes geriet ... Er war zu dieser Tat fähig, sein Sohn! ... Er faßte sich: „Er wird es wiedergutmachen, Mademoiselle ... Er wird es wiedergutmachen und Sie werden gerächt werden ... Darauf gebe ich Ihnen mein Ehrenwort!'
Die sonderbare Erregung, die den Grafen de Luxeuil bei Emiliens letzter Äußerung packte, überraschte die Unglückliche im höchsten Maße. Sie vermeinte, eine Indiskretion begangen zu haben. Indessen, die Worte, die der Graf im Weggehen gesagt hatte, flößten ihr wieder Mut ein, und da sie in Unkenntnis ihres Aufenthaltsortes von der Verknüpfung der für sie unentwirrbaren Zusammenhänge nichts wußte, beschloß sie, das Ergebnis der Unternehmungen ihres Wohltäters geduldig abzuwarten. Und die Sorge, die man ihr auch in der folgenden Zeit angedeihen ließ, beruhigte sie vollends und über-

zeugte sie, daß man nur um ihr Wohl bemüht war. Sie hatte allen Grund, voll darauf zu vertrauen; denn vier Tage nach dieser Aussprache führte der Graf den Marquis de Luxeuil zu ihr ins Zimmer. „Mademoiselle“, sagte der Graf, „ich bringe Ihnen den Urheber Ihres Unglücks und zugleich denjenigen, der es wiedergutmachen wird, indem er Sie auf den Knien anfleht, ihm Ihre Hand nicht zu verweigern.“ Bei diesen Worten warf sich der Marquis der Angebeteten zu Füßen. Doch die Überraschung war überwältigend für Emilie. Sie sank ohnmächtig in die Arme ihres Kammermädchens. Da man sich sogleich um sie bemühte, kam sie nach kurzem wieder zur Besinnung und fand sich in den Armen ihres Geliebten wieder. „Grausamer Mann“, sagte sie tränenüberströmt, „welches Leid haben Sie der Frau zugefügt, die Sie liebten! Konnten Sie diese Frau wirklich der Schandtat für fähig halten, der Sie sie zu bezichtigen wagten? In ihrer Liebe zu Ihnen wurde Emilie zwar das Opfer ihrer Schwäche und der Schurkerei anderer Menschen, niemals aber konnte sie Ihnen untreu werden.“ „Oh, du, die ich anbete“, rief der Marquis, „verzeih diesen Anfall von entsetzlicher Eifersucht! Er gründete sich auf trügerische Beweise; dessen sind wir jetzt alle ganz sicher. Aber ach, sprachen denn diese finsteren Scheinbeweise nicht gegen dich?“ „Sie hätten mich achten müssen, Luxeuil, dann hätten Sie mir diese Arglist nicht zugetraut. Sie hätten weniger Ihrer Verzweiflung verfallen sollen als den Gefühlen, die ich Ihnen eingeflößt zu haben ver=

meinte. Dieses Beispiel möge andere Mädchen davor warnen, daß wir fast immer durch allzuviel Liebe . . ., daß wir fast immer durch allzu schnelle Hingabe die Achtung unseres Geliebten verlieren . . . Oh, Luxeuil, Sie hätten mich besser geliebt, wenn ich Ihnen nicht so rasch verfallen wäre. Sie haben mich für meine Schwäche gestraft und das, was Ihre Liebe festigen sollte, hat nur Ihren Zweifel an der meinen geweckt."
„All das sei nun auf beiden Seiten vergessen", unterbrach sie der Graf; „Luxeuil, Ihr Verhalten war tadelswert, und hätten Sie sich nicht erboten, es auf der Stelle zu sühnen, ja, wäre ich mir nicht über Ihre Herzensbereitschaft sicher gewesen, so hätte ich Sie mein Lebtag aus meiner Sicht verbannt. ‚Wenn man sehr liebt', sagten einst unsere Troubadoure, ‚und man hört oder sieht etwas, das dem Liebchen zum Nachteil gereicht, dann darf man weder seinen Ohren noch seinen Augen trauen, dann muß man nur auf sein Herz hören.'

Das sagten die provenzalischen Troubadoure, nicht die der Pikardie.

Mademoiselle, ich erwarte mit Ungeduld Ihre Genesung", fuhr der Graf zu Emilie gewandt fort, „ich will Sie Ihrer Familie nur in Ihrer Eigenschaft als Gattin meines Sohnes zuführen und ich bin überzeugt, daß sie sich nicht weigern wird, im Verein mit mir Ihr Unglück wiedergutzumachen. Wenn sie es nicht tut, steht mein Haus zu Ihrer Verfügung,

Mademoiselle; dann feiern wir hier Ihre Hochzeit, und ich werde Sie bis zum allerletzten Atemzug als meine geliebte Schwiegertochter betrachten, die mir Ehre macht, ob man ihre Ehe billigt oder nicht." Luxeuil umarmte seinen Vater, Mademoiselle de Tourville verging in Tränen und drückte die Hände ihres Wohltäters. Man gab ihr einige Stunden Zeit, sich von dieser Szene zu erholen, die, allzu lange fortgesetzt, die beiderseits mit soviel Ungeduld herbeigesehnte Genesung hätte verzögern können.

Am fünfzehnten Tag ihrer Rückkehr nach Paris war Mademoiselle de Tourville imstande, sich zu erheben und einen Wagen zu besteigen. Der Graf ließ ihr, der Unschuld ihres Herzens gemäß, ein weißes Kleid anlegen; nichts wurde versäumt, ihr bezauberndes Aussehen noch zu heben, das durch eine Spur von Blässe und Schwäche nur gewann. Der Graf, sie und Luxeuil begaben sich zum Präsidenten de Tourville, der völlig unvorbereitet und höchst überrascht war, seine Tochter eintreten zu sehen. Er befand sich in Gesellschaft seiner beiden Söhne, auf deren Stirn sich bei diesem unverhofften Anblick Zorn und Wut abzeichneten; sie wußten von dem Entweichen ihrer Schwester, wähnten sie aber tot in irgendeinem Winkel des Waldes und trösteten sich darüber, wie man sah, mit großem Gleichmut hinweg.

„Monsieur", sagte der Graf, Emilie zu ihrem Vater geleitend, „hier ist die Unschuld selbst, die auf Knien zu Ihnen zurückkehrt." Emilie warf sich nieder...

„Ich erflehe Ihre Gnade, Monsieur", fuhr der Graf

fort, „ich wäre der letzte, der Sie darum bäte, wenn ich nicht genau wüßte, daß dieses Mädchen sie verdient. Außerdem, Monsieur", fügte er rasch hinzu, „dürfte die Tatsache, daß ich für meinen Sohn um ihre Hand anhalte, der beste Beweis dafür sein, daß ich eine große Hochachtung für Ihre Tochter empfinde. Unsere gesellschaftliche Stellung ist zu einer Verbindung wie geschaffen, Monsieur, und wenn meine Besitzverhältnisse nicht den Ihren entsprächen, so würde ich allen Besitz verkaufen, um meinem Sohn ein Vermögen zusammenzustellen, das wert ist, Ihrem Fräulein Tochter geboten zu werden. Entscheiden Sie sich, Monsieur, und erlauben Sie mir hierzubleiben, bis ich Ihr Wort habe." Der alte Präsident de Tourville, der seine liebe Emilie immer angebetet hatte, der im Grunde die Güte selbst war und wegen seines hervorragenden Charakters seit mehr als zwanzig Jahren sogar sein Amt nicht mehr ausübte, der alte Präsident, sagte ich, erwiderte dem Grafen, indem er die Brust des geliebten Kindes mit Tränen benetzte, er sei überaus beglückt von dieser Wahl; es bekümmere ihn nur eines, daß seine liebe Emilie dieser Wahl nicht würdig sei. Der Marquis de Luxeuil warf sich nun seinerseits vor dem Präsidenten auf die Knie und beschwor ihn, seine Fehler zu verzeihen und ihm die Möglichkeit zu geben, sie wiedergutzumachen. Alles wurde zugesagt, alles kam in Ordnung, alles beruhigte sich beiderseits, nur die Brüder unserer bemerkenswerten Heldin lehnten es ab, die allgemeine Freude zu teilen. Sie stießen ihre Schwester zurück, als diese auf sie zutrat und sie umarmen wollte. Erbost hierüber, versuchte der Graf den einen der beiden zurückzuhalten, als er das Zimmer verlassen wollte. Monsieur de Tourville aber rief: „Lassen Sie, Monsieur, lassen Sie! Die beiden haben mich grausam getäuscht; wenn das geliebte Kind so schuldig wäre, wie sie mir sagten, wären Sie dann bereit, sie Ihrem Sohn zu geben? Die beiden hatten, indem sie mir meine Emilie raubten, das Glück meiner Tage zerstört ... Sie mögen gehen!“ ... Vor Wut kochend entfernten sich die Elenden. Darauf unterrichtete der Graf den Monsieur de Tourville über den wirklichen Fehltritt seiner Tochter und die Greueltaten seiner Söhne. Als der Präsident erkannte, daß Emiliens Vergehen in keinem Verhältnis zu der schändlichen Strafe stand, schwor er, seine Söhne nie mehr wiedersehen zu wollen. Der Graf beschwichtigte ihn und ließ ihn versprechen, diese Vorgänge aus seinem Gedächtnis zu löschen. Acht Tage danach feierte man Hochzeit, ohne daß die Brüder dabeisein wollten. Aber man verzichtete auf sie. Man verachtete sie. Monsieur de Tourville beschränkte sich darauf, ihnen unter Androhung einer Gefängnisstrafe größtes Stillschweigen zu empfehlen; und sie schwiegen auch, aber doch nicht so sehr, als daß sie sich nicht, die Nachsicht ihres Vaters rügend, ihrer schändlichen Tat gebrüstet hätten. Aber wer auch immer von dem unglücklichen Abenteuer erfuhr, rief, entsetzt über die barbarischen Einzelheiten: „O gerechter Himmel, das also sind die Abscheulichkeiten, die sich gewisse Leute stillschwei=

gend erlauben, die sich zugleich anmaßen, die Verbrechen anderer zu strafen! Man hat allen Grund zu sagen, daß derartige Schändlichkeiten nur den rasenden und unfähigen Helfershelfern der blinden Themis vorbehalten sein können. Von einer törichten Strenge erfüllt, von Kindheit an taub für das Stöhnen des Unglücks, seit der Wiege her mit Blut besudelt, alles tadelnd und sich zu allem hergebend, bilden sie sich ein, sie könnten ihre geheimen Schandtaten und ihre öffentliche Pflichtvergessenheit dadurch am besten verdecken, daß sie eine harte Unnachgiebigkeit zur Schau tragen. Das aber führt nur dazu, daß sie, nach außen hin Gänsen, innerlich aber Tigern gleichend, durch ihre schmutzigen Verbrechen die Dummen zwar täuschen, dem weisen Mann hingegen vor ihren hassenswerten Prinzipien, ihren blutrünstigen Gesetzen und ihren verachtungswürdigen Handlangern nichts als Abscheu einflößen.

AUGUSTINE DE VILLEBLANCHE
oder
DIE LISTEN DER LIEBE

„Keine Abartigkeit der Natur ist den Pseudo=Philosophen — die alles untersuchen wollen, ohne jemals etwas zu begreifen — verdächtiger erschienen und hat ihnen mehr Anlaß zum Diskutieren gegeben als die seltsame Vorliebe, die manche Frauen von gewisser Art oder bestimmtem Temperament für Personen ihres eigenen Geschlechts empfinden." So sprach Mademoiselle de Villeblanche — mit der wir uns gleich noch beschäftigen wollen — eines Tages zu einer ihrer besten Freundinnen. „Dabei gab es weder vor noch nach der unsterblichen Sappho irgendein Land der Welt, darin man nicht Frauen mit dieser Neigung angetroffen hätte. Man hat nie aufgehört, sie zu tadeln, obgleich es sehr viel vernünftiger gewesen wäre, die Natur selbst gewisser Merkwürdigkeiten anzuklagen, als jenen Frauen ein Verbrechen wider die Natur vorzuwerfen. Wenn unser Geschlecht nicht allenthalben so gewaltig bevorzugt würde, wer weiß, ob nicht irgendein Cujas,

Jacques Cujas, 1552—1590, franz. Rechtsgelehrter (Vlg.)

irgendein Bartolus

Bartolus de Sassoferrato, 1314—1357, römischer Rechtsgelehrter (Vlg.)

oder Ludwig IX. gegen uns so sensible und unglück=

liche Geschöpfe schmähliche Gesetze erlassen haben würde? Vielleicht hätte man gegen die Frauen ebenso harte Gesetze ersonnen wie gegen jene Männer, die mit der gleichen eigentümlichen Neigung geboren wurden und die zweifellos aus dem gleichen guten Grunde meinten, sich untereinander befriedigen zu dürfen, zumal sie zu der Einsicht gelangt waren, daß die für die Fortpflanzung so unentbehrliche Vermischung der Geschlechter für das Vergnügen durchaus nicht notwendig zu sein braucht. Es ist Gott nicht wohlgefällig, daß wir hier Partei ergreifen ... nicht wahr, meine Liebe", fuhr die schöne Augustine de Villeblanche fort und warf ihrer Freundin Kußhände zu, die ein wenig deplaciert wirkten.

„Wäre es bei einem Tun, an dem einerseits die Gesellschaft ebensowenig beteiligt ist, wie es andererseits Gott und der Natur vielleicht von größerem Nutzen ist, als man glaubt –, wäre es bei einem solchen Tun nicht unendlich viel einfacher, jeden nach seinem Geschmack handeln zu lassen ...? Was hat man von diesem Laster zu fürchten ...? Wahrhaft kluge Menschen werden einsehen, daß es – im Gegenteil – Schlimmeres verhütet, und man wird mich niemals davon überzeugen können, daß es schlimme Folgen haben könne ... Gerechter Himmel! Befürchtet man gar, die Launen dieser Wesen männlichen oder weiblichen Geschlechts könnten das Ende der Welt bewirken? Die kostbare Gattung der Menschen werde eines Tages aussterben, da das angebliche Laster sie aus Mangel an Vermehrung schwächen müsse?

Wenn man hierüber nachdenkt, wird man einsehen, daß all diese chimärenhaften Verluste der Natur völlig gleichgültig sind. Nicht nur, daß sie dieselben nicht verdammt –, sie zeigt uns vielmehr an Tausenden von Beispielen, daß sie dergleichen wünscht und will. Wenn diese Verluste sie beunruhigen würden, wenn die Nachkommenschaft ihr so wichtig wäre, wie könnte dann eine Frau nur den dritten Teil ihres Lebens in der Lage sein, diesem Ziel zu dienen? Und wie wäre es zudem möglich, daß so viele der von ihr erschaffenen Wesen einen Geschmack entwickeln, der nicht zu der von ihr ersehnten Nachkommenschaft führt? Kurzum, die Natur gestattet die Vermehrung, aber fordern tut sie diese keineswegs. Da es stets mehr Lebewesen geben wird, als sie benötigt, ist sie weit davon entfernt, die Neigungen derjenigen zu verurteilen, die nicht um Nachwuchs bemüht sind, sondern es vorziehen, ihre eigenen Wege zu gehen. Ach, lassen wir getrost die gute Mutter sorgen. Wir dürfen überzeugt sein, daß ihre Quellen nie versiegen werden, daß nichts, was wir auch tun mögen, ihr zuwider ist und daß wir zu Verbrechen, die gegen ihre Gesetze verstoßen, gar nicht fähig sind."
Mademoiselle Augustine de Villeblanche, deren Logik wir soeben – zum Teil – kennenlernten, ist 20 Jahre alt; sie kann über dreißigtausend Pfund Rente verfügen und ist ganz unabhängig. Ihrer Neigung entsprechend, hatte sie beschlossen, niemals zu heiraten. Ohne einer berühmten Familie zu entstammen, war sie – als Tochter eines Mannes, der in

Indien Vermögen erworben und sie als einziges Kind hinterlassen hatte – von guter Herkunft. Der Vater war gestorben, ohne sie zu einer Eheschließung bewegen zu können. Es läßt sich nicht verheimlichen, daß er die Neigung, die Augustine soeben verteidigte, durch den Ekel, den er selbst hinsichtlich der Ehe zeigte, stark beeinflußt hatte. Aber ob es nun väterlicher Rat, Erziehung, eine körperliche Veranlagung, die Hitze des Blutes – sie war in Madras geboren –, eine Eingebung der Natur oder was immer man will gewesen sei –, fest steht, daß Mademoiselle de Villeblanche die Männer verachtete. Sie frönte voll und ganz dem, was man für keusche Ohren als gleichgeschlechtliche Liebe bezeichnet, fand wollüstigen Genuß nur im Umgang mit ihresgleichen und entschädigte sich für die Liebe durch die deutlich bezeigte Verachtung für dieselbe.

Für die Männer war Augustine ein rechter Verlust: Groß, zum Malen schön, herrliches braunes Haar, eine römische Nase, prachtvolle Zähne, sehr ausdrucksvolle, lebhafte Augen, eine äußerst feine, weiße Haut ... Mit einem Wort: ihre ganze Erscheinung war von so pikanter Sinnlichkeit und ihr Anblick wirkte so verführerisch, daß ihre Entschlossenheit, sich niemals der Liebe zu weihen, von zahllosen Männern mit vielerlei Sarkasmen bedacht wurde und man diese ihre Neigung bekämpfte. Mademoiselle de Villeblanche lachte aus vollem Herzen über diesen Tadel und über alles schändliche Gerede, ohne ihren Launen deshalb weniger nachzugeben.

„Es gibt nichts Verrückteres“, sagte sie, „als über Neigungen zu erröten, die man von der Natur empfangen hat. Einen Menschen an den Pranger zu stellen, der eigenartige Neigungen hat, ist ebenso barbarisch, wie einen Mann oder eine Frau zu verspotten, die einäugig oder hinkend aus dem Schoß ihrer Mutter geboren wurden. Aber zu versuchen, Dummköpfen diesen Grundsatz zu erklären, heißt, den Lauf der Gestirne hemmen zu wollen. Es liegt eine Art Genuß in dem Stolz, Fehler verurteilen zu können, die man selbst nicht hat. Und dieser Genuß ist den Menschen — und insbesondere den Toren unter ihnen — so süß, daß sie nur selten auf ihn verzichten mögen ... Er ist es, der Bosheiten, zynische Witzeleien und platte Beleidigungen hervorbringt. Und in einer Gesellschaft — daß heißt, inmitten einer Ansammlung von Leuten, die durch Langeweile zusammengeführt werden und die sich nur durch den Grad ihrer Dummheit unterscheiden —, ist nichts herrlicher, als zwei oder drei Stunden zu reden, ohne etwas gesagt zu haben, und nichts köstlicher, als auf Kosten anderer zu brillieren. Durch die Bloßstellung eines Lasters anzudeuten, daß man selbst weit davon entfernt ist, diesem Laster selbst verfallen zu sein, heißt, sich auf unauffällige Weise selbst zu loben. Zu diesem Preis ist man bereit, sich den anderen anzuschließen und Intrigen zu spinnen mit dem Ziel, einen bestimmten Menschen zu vernichten, dessen großes Unrecht es ist, anders zu denken als die übrigen Sterblichen. Hernach geht man nach Haus und freut sich an dem Geist, den man bewiesen hat, obwohl die Haltung, die man gezeigt hat, in Wirklichkeit nur Ausdruck von Dummheit und Pharisäertum ist."

So dachte Mademoiselle de Villeblanche. Sie war fest entschlossen, sich niemals irgendwelchen Zwang auferlegen zu lassen, machte sich lustig über alle Heiratsanträge, fühlte sich — da sie reich genug war, unabhängig zu leben — erhaben über den Ruf, in dem sie stand, und hatte dabei nichts weiter im Sinn, als ein heiteres, genußvolles Leben zu führen. Sie strebte weder nach Glückseligkeit, an die sie ohnehin nicht glaubte, noch nach Unsterblichkeit, die ihren Sinnen zu wenig faßlich schien. Umgeben von einem kleinen Kreise gleichgesinnter Frauen gab sich die liebe Augustine allen sie erfreuenden Genüssen hin.

Sie hatte schon viele Bewerber gehabt, sie aber sämtlich so schlecht behandelt, daß man schließlich schon begann, von ihrer Eroberung abzulassen, als sich ein junger Mann namens Franville unsterblich in sie verliebte, der ungefähr ihres Standes und mindestens ebenso reich war wie sie. Er ließ sich durch ihre Strenge nicht abschrecken, sondern ging vielmehr so weit, allen Ernstes einen Platz erobern zu wollen, der bislang noch frei war. Seine Freunde, denen er seinen Plan anvertraute, machten sich über ihn lustig. Er war jedoch von seinem Erfolg überzeugt. Obwohl ihn niemand ermutigte, begann er das Wagnis.

Franville war zwei Jahre jünger als Mademoiselle de Villeblanche und noch fast gänzlich bartlos; er hatte

eine schöne Figur, sehr feine Züge und das schönste Haar der Welt. Wenn man ihm Frauenkleider anzog, so standen ihm dieselben so perfekt, daß es ihm stets gelang, beide Geschlechter hinters Licht zu führen. Und in diesem Gewand gedachte Franville Mademoiselle de Villeblanche zu verführen. Wir wollen sehen, wie er zu Werke ging.
Augustines größtes Vergnügen war es, alle Karnevalsfeste in Männerkleidung zu besuchen. Der ihr überall nachspionierende Franville, der bis jetzt vorsichtig genug gewesen war, sich ihr nicht allzuoft zu zeigen, fand eines Tages heraus, daß die so zärtlich von ihm Angebetete am Abend des gleichen Tages einen Ball zu besuchen beabsichtigte, der von den Teilnehmern der Oper gegeben wurde und zu dem jedermann Zutritt hatte, der kostümiert war. Gewohnheitsgemäß würde das reizende Mädchen dort als Kapitän oder Dragoner erscheinen.
Er also verwandelt sich in eine Frau, putzt sich, richtet sich her mit aller Eleganz und Sorgfalt, legt sehr viel Rouge auf und geht so – ohne Maske, jedoch in Begleitung einer seiner weit weniger hübschen Schwestern – auf jenes Fest, das die liebenswürdige Augustine einzig in der Absicht aufsuchte, dort neues Glück zu finden.
Franville hatte noch keine drei Runden durch den Saal unternommen, als die Kennerblicke Augustines ihn schon entdeckt hatten. „Wer ist das schöne Mädchen dort . . .? Mir scheint, ich habe sie noch nie gesehen. Wie konnte ein so bezauberndes Wesen uns

bisher entgehen?" Augustine hat diese Worte kaum ausgesprochen, als sie schon nach Kräften bemüht ist, ein Gespräch mit der falschen Demoiselle de Franville anzuknüpfen. Diese versucht zunächst zu entfliehen, dreht und wendet sich und entkommt. All dies geschieht, um die Wünsche Augustines noch heftiger zu entflammen. Endlich trifft man sich. Nachdem die nichtssagenden ersten Worte gewechselt sind, wird die Unterhaltung nach und nach interessanter. „Es herrscht eine schreckliche Hitze auf diesem Ball", sagt Mademoiselle de Villeblanche, „wir sollten unsere Gefährten allein lassen und in die kleinen Separées gehen, um frische Luft zu schöpfen; man kann dort spielen und sich erfrischen." „Oh, aber Monsieur", erwidert Franville – um weiterhin den Eindruck zu erwecken, er hielte sie für einen Mann –, „das wage ich wirklich nicht. Ich bin zwar mit meiner Schwester hier, aber ich weiß, daß später auch meine Mutter kommen wird, zusammen mit dem Gatten, den sie für mich bestimmt hat, und wenn sie oder er mich so mit Ihnen fände ..." „Nun, nun, irgendwann einmal muß man die kindliche Angst doch überwinden. Wie alt sind Sie, schöner Engel?" „Achtzehn, Monsieur." „Oho, mit achtzehn Jahren sollte man sich das Recht erobert haben, zu tun, was man will. Lassen Sie uns gehen. Kommen Sie mit und haben Sie keine Angst ..."

Franville läßt sich entführen.

„Bezauberndes Fräulein", fährt Augustine fort, während sie das von ihr immer noch für ein Mädchen gehaltene Wesen zu den am Ende des Ballsaales gelegenen kleinen Gemächern führt, „Sie wollen sich wirklich verheiraten ...? Ich bedaure Sie ... Wer ist der Mensch, den man Ihnen zugedacht hat? Ich wette, ein langweiliger Patron ... Der Glückspilz ...! Ich wünschte, ich wäre an seiner Stelle. Würden Sie, rund heraus gesagt, einwilligen, mich zu heiraten, Sie göttliches Mädchen?" „Ach, Monsieur! Kann man denn, wenn man jung ist, der Stimme seines Her=zens folgen?" „Nun, weisen Sie ihn doch zurück, den häßlichen Alten; wir beide werden miteinander viel intimer bekannt ... Und wenn wir uns einig sind ... Warum sollen wir uns nicht verbünden? Ich für mein Teil bedarf — Gott sei Dank — keiner Erlaubnis. Ich bin zwar erst zwanzig Jahre alt, doch kann ich über mein Vermögen frei verfügen. Wenn Sie Ihre Eltern zu meinen Gunsten umzustimmen vermögen, so sind wir vielleicht schon in weniger als acht Tagen für immer vereint."

Unter diesem Gespräch hatte man den Ball verlas=sen. Auf geschickte Weise brachte Augustine ihre Beute — die sie nicht aus wirklicher Liebe mitgenom=men hatte — in ein ziemlich isoliert gelegenes Ka=binett, das sie sich gemäß einer Absprache mit den Veranstaltern des Balles hatte reservieren lassen. „O Gott!" ruft Franville, als er Augustine die Tür des Zimmerchens schließen sieht und sie ihn in die Arme nimmt, „oh, gerechter Himmel, was haben Sie mit mir vor ...! So innig mit Ihnen vereint, Monsieur, an einem so verschwiegenen Ort ... Lassen Sie mich, ich bitte Sie ...! Sonst rufe ich um Hilfe!" „Ich werde dich daran hindern, mein göttlicher Engel", sagt Augustine und drückt ihre Lippen auf den schönen Mund Franvilles. „Nun schrei, wenn du kannst. Der reine Hauch deines Rosenatems wird nur mein Herz umschmeicheln." Franville verteidigt sich nur schwach. Man gerät kaum in Wut, wenn man gerade auf zarte Weise den ersten Kuß eines angebeteten Wesens empfängt. Augustine, hierdurch ermutigt, attackiert heftiger; sie entwickelt jene Intensität, die nur den köstlichen Frauen eigen ist, die von dieser Art Phantasie entflammt werden. Alsbald verirren sich die Hände. Franville spielt die Frau, die gewährt. Auch seine Hände schweifen ab. Die Kleider fallen. Fast gleichzeitig gelangen die Finger an jenen Ort, an dem beide zu finden hoffen, was sie ersehnen ... Ganz plötzlich wechselt jetzt Franville die Rolle. „Oh, gerechter Himmel!" ruft er aus, „Sie sind nur ein Weib ..." „Abscheuliches Wesen", sagt Augustine – wobei ihre Hand etwas berührt, dessen Beschaffenheit keine Täuschung mehr zuläßt –, „die viele Mühe habe ich mir nicht gemacht, um einen häßlichen Mann zu finden ... Was für eine Enttäuschung für mich!" „Für mich wahrhaftig nicht weniger", erwidert Franville, bringt sich wieder in Ordnung und gibt sich den Anschein tiefster Verachtung. „Ich bediente mich nur meiner Verkleidung, um Männer zu verführen; ich liebe Männer und stoße stattdessen auf eine H ..." „Oh", antwortet Augustine bitter, „das bin ich nie gewesen. Es gibt keinen Grund, mich wie dergleichen zu behandeln, nur weil ich die Männer verabscheue ...“ „Wieso? Sie sind eine Frau und mißachten die Männer?“ „Gewiß, aus dem gleichen Grund, aus dem Sie ein Mann sind, der die Frauen verabscheut.“ „Dazu läßt sich nur sagen, daß diese Begegnung einzigartig ist.“ „Für mich ist sie recht traurig“, sagt Augustine, wobei es den Anschein hat, als fände sie die Sache zum Lachen. „Mademoiselle“, gibt Franville verdrießlich zurück, „Sie können versichert sein, daß sie für mich weit ärgerlicher ist. Ich bin nun drei Wochen lang so etwas wie ein Aussätziger. Wir haben in unserem Kreis ein Gelübde abgelegt, nie eine Frau berühren zu wollen.“ „Mir will doch scheinen, daß man eine Frau meiner Art wohl berühren darf, ohne dadurch entehrt zu sein.“ „Oh, meine Schöne“, fährt Franville fort, „ich wüßte keinen Grund, da eine Ausnahme zu machen; ich verstehe nicht, wie Ihnen ein Laster als Verdienst ausgelegt werden sollte.“ „Ein Laster ...? Sind Sie vielleicht besonders berufen, mich zu tadeln?“ „Also gut“, sagt Franville, „wir wollen nicht länger lamentieren. Wir sind beide betroffen. Das beste ist, wir trennen uns jetzt und sehen uns nie wieder.“ Nach diesen Worten schickt Franville sich an, die Tür zu öffnen. „Ich wette, Sie werden unser Abenteuer aller Welt erzählen. Vielleicht werde ich mich auch darüber lustig machen. Die Folgen sind mir gleichgültig. Ich stehe — Gott sei Dank — über solchem Gerede. Gehen Sie also, Monsieur, und erzählen Sie, was Ihnen Spaß macht.“ Dann hält sie ihn nochmals zurück.

„Wissen Sie“, fragt sie lächelnd, „daß diese Geschichte eigentlich sehr ungewöhnlich ist? Wir haben uns gegenseitig hereingelegt.“ „Oh, ich finde dieses Mißverständnis wesentlich grausamer“, sagt Franville. „Leute mit meinem Geschmack werden durch diese Leere abgestoßen.“ „Sie können mir glauben, mein Teuerster, daß unsereinem mindestens ebenso mißfällt, was Sie uns bieten. Lassen Sie nur – die Abneigungen halten sich die Waage. Aber man kann sich darüber einig sein, daß das Abenteuer selbst sehr amüsant war ... Werden Sie auf den Ball zurückkehren?“ „Ich weiß es noch nicht.“ „Ich werde es nicht tun“, sagt Augustine, „denn Sie haben mich etwas erleben lassen ... Dergleichen Unannehmlichkeiten ... Ich werde mich zu Bett legen.“ „Zur rechten Zeit.“ „Ob Sie wohl Kavalier genug sind, mir bis zu mir nach Haus Ihren Arm zu bieten? Ich wohne nur zwei Schritte von hier entfernt.“ „Ich werde Sie gern bringen. Unsere Neigungen hindern uns nicht, höflich gegeneinander zu sein ... Hier ist mein Arm.“ „Ich nehme ihn nur, weil sich kein besserer findet.“ „Sie dürfen versichert sein, daß ich Ihnen denselben nur der Schicklichkeit wegen anbiete.“

Man gelangt an die Pforte des Hauses von Augustine und Franville will Abschied nehmen. „Sie sind köstlich“, wendet Mademoiselle de Villeblanche ein, „wollen Sie mich auf der Straße stehen lassen?“ „Ich bitte tausendmal um Verzeihung“, sagt Franville, „ich wagte gar nicht ...“ „Oh, sind die Männer ungalant, die keine Frauen lieben!“ „Ich wollte“, sagt Franville und reicht Mlle. de Villeblanche seinen Arm bis zu ihrer Wohnung, „rasch auf den Ball zurückkehren, um meine Dummheit dort wiedergutzumachen.“ „Ihre Dummheit? Es ärgert Sie also ziemlich, mich getroffen zu haben?“ „Das will ich nicht sagen. Aber ist es nicht so, daß wir beide hätten etwas Besseres treffen können?“ „Gewiß, da haben Sie recht“, sagt Augustine und tritt endlich in ihre Wohnung ein. „Da haben Sie recht, Monsieur. Ich fürchte nur, daß dieses unheimliche Zusammentreffen mich das Glück meines Lebens kosten wird.“ „Wie? Sind Sie Ihrer Gefühle so wenig sicher?“ „Ich war es noch gestern.“ „Halten Sie nicht an Ihren Grundsätzen fest?“ „Ich halte an gar nichts fest. Sie machen mich ungeduldig.“ „Schon gut, ich gehe, mein Fräulein ... Behüte Gott, daß ich Sie länger geniere.“ „Nein, bleiben Sie! Ich befehle es Ihnen. Könnten Sie es über sich bringen, ein einziges Mal in Ihrem Leben einer Frau zu gehorchen?“ „Ich habe Ihnen schon gesagt“, gibt Franville zurück und setzt sich höflich, „daß ich gut erzogen bin.“ „Wissen Sie, daß es abscheulich ist, in Ihrem Alter derartig widerlichen Neigungen zu folgen?“ „Glauben Sie etwa, es sei anständig, in Ihrem Alter Ihren Eigentümlichkeiten nachzugehen?“ „Oh, da besteht ein großer Unterschied. Bei uns geschieht dergleichen aus Zurückhaltung, aus Scham, aus Stolz, ja wenn Sie wollen: aus Furcht davor, sich einem Geschlecht auszuliefern, das uns nur verführt, um uns zu beherrschen ... Trotzdem verlangen auch unsere Sinne das ihre und wir entschädigen uns gegen=

seitig. Dabei verstehen wir es, im Verborgenen zu bleiben, und das verleiht uns eine Art Sittsamkeit. Die Natur wird zufriedengestellt, dem Anstand Rechnung getragen und die Sitten werden nicht verletzt." „Und das alles sind nichts als hübsche Sophismen. Wenn man so argumentiert, kann man alles rechtfertigen. Glauben Sie nicht, daß wir das gleiche zu unseren Gunsten anführen könnten?" „Durchaus nicht. Unter so andersartigen Voraussetzungen können Sie nicht die gleiche Abneigung haben. Ihr Triumph liegt in unserer Niederlage ... Je mehr Eroberungen Sie machen, desto größer wird Ihr Ruhm. Sie können sich gegen Gefühle — die wir immer noch in euresgleichen wecken, nicht anders wehren als durch Laster und Verderbtheit." „Ich glaube wahrhaftig, Sie überzeugen mich." „Ich wünschte, es wäre so." „Was würden Sie dabei gewinnen, da Sie sich selbst auf einem Irrweg befinden?" „Ich sehe darin eine Verpflichtung meinem Geschlecht gegenüber. Ich liebe die Frauen, und also liegt es mir am Herzen, ihnen zu nützen." „Aber selbst wenn Ihnen dieses Wunder gelingen sollte, wären die Auswirkungen nicht so allgemein, wie Sie zu glauben scheinen. Ich würde höchstens einer einzigen Frau zuliebe konvertieren ... probeweise." „Das ist ein ehrenwerter Grundsatz." „Es mag ja — ich gebe es zu — ein gewisses Vorurteil darin liegen, sich für etwas zu entscheiden, ohne zuvor alles andere gekostet zu haben." „Wie? Sie haben nie mit einer Frau zu tun gehabt?" „Niemals. Und Sie? Verfügen Sie etwa zufällig auch noch über Ihre Primizien?" „Primizien? Nein ... Die Frauen unserer Bekanntschaft sind zu geschickt und zu eifersüchtig, um uns irgend etwas zu lassen. Doch habe ich in meinem Leben noch niemals einen Mann gekannt." „Ist das ein Ehrenwort?" „Ja. Und ich will niemals einen sehen oder kennen, der nicht die gleiche Neigung hat wie ich." „Ich bin untröstlich, nicht das gleiche Gelübde abgelegt zu haben." „Nun, größer kann die Unverschämtheit nicht sein."

Nach diesen Worten erhebt sich Mlle. de Villeblanche und gibt Franville zu verstehen, daß er sich zurück=ziehen möge. Unser immer noch kühles Blut bewah=render junger Liebhaber macht eine tiefe Verbeu=gung und beeilt sich zu gehen.

„Sie kehren also auf den Ball zurück?" fragt Mlle. de Villeblanche trocken und mustert ihn mit einem Blick, darin sich höchster Verdruß und glühende Liebe mischen. „Aber gewiß. Mir scheint, das habe ich Ihnen schon einmal gesagt." „Dann sind Sie also des Opfers nicht würdig, das ich Ihnen bringe." „Wieso? Sie hätten mir ein Opfer gebracht?" „Ich gehe meinerseits nicht auf den Ball zurück, weil ich nichts mehr sehen mag, seit ich das Unglück hatte, Sie kennenzulernen." „Das Unglück?" „Sie zwingen mich zu diesem Ausdruck. Es hängt von Ihnen ab, daß ich einen anderen wählen kann." „Und wie wol=len Sie das mit Ihrem Geschmack vereinen?" „Was alles gibt man nicht auf, wenn man liebt!" „Oh, ge=wiß. Nur wird es Ihnen unmöglich sein, mich zu lie=ben." „Wenn Sie fortfahren, diesen schrecklichen Ge=

wohnheiten nachzugehen, die ich an Ihnen finden mußte – dann allerdings." „Und wenn ich sie aufgebe?" „Dann würde ich auch die meinen auf dem Altar der Liebe opfern ... Ah! Treulose Kreatur! Dieses Gelübde kostet mich meinen Ruhm. Welches Geständnis hast du mir abgelockt", ruft Augustine, bricht in Tränen aus und sinkt auf einen Stuhl nieder. „Ich habe aus dem schönsten Munde der Welt das allerbezauberndste Gelübde vernommen", sagt Franville und wirft sich vor Augustine auf die Knie ... „Oh meine Geliebte, vernimm, daß ich geheuchelt habe, und strafe mich nicht dafür. Zu Ihren Füßen werde ich um Gnade bitten, bis mir Verzeihung gewährt wird. Sie sehen Ihren treuesten und leidenschaftlichsten Verehrer vor sich, mein Fräulein. Ich hielt diese List für notwendig, um Ihr Herz, dessen Widerstandskraft ich kannte, erweichen zu können. Habe ich mein Ziel erreicht, schöne Augustine? Werden Sie der Liebe ohne Laster verweigern, was Sie dem schuldigen Liebhaber andeuteten ...? Wie können Sie glauben, daß in der Seele dessen, der für Sie entflammt ist, Platz wäre für eine unreine Leidenschaft!"

„Verräter! Du hast mich betrogen! Ich verzeihe dir. Aber du opferst mir nichts, Treuloser! Meinem Stolz wird weniger geschmeichelt. Indes – was tut's – ich opfere dir alles ... Geh! Ich entsage freudig dem, wohin wir ebensooft durch Irrtümer und Eitelkeit, wie durch unsere Neigungen gebracht wurden. Ich fühle, wie schon alles, was durch meine Absonderlichkeit erstickte, von der Natur gelöst wird. Wie ich das alles jetzt von ganzem Herzen verachte! Es ist nicht möglich, sich der Herrschaft der Natur zu entziehen; sie hat uns nun einmal für euch erschaffen. So wollen wir ihren Gesetzen folgen. Ihre Gebote, die sie mir durch die Liebe gezeigt hat, sollen mir in Zukunft heilig sein. Hier ist meine Hand, Monsieur. Ich halte Sie für einen Ehrenmann und finde, Sie sind dazu geschaffen, um mich zu werben. Falls ich Ihre Hochachtung für einen Augenblick verloren haben könnte, werde ich mein Unrecht durch Aufmerksamkeit und Zärtlichkeit sühnen. Ich werde Sie davon überzeugen, daß die trügerischen Vorstellungen der Phantasie eine gute Seele nicht unbedingt verderben müssen."

Franville – am Ziel seiner Wünsche angelangt – bedeckt die schönen Hände, die er hält, mit Tränen, erhebt sich und stürzt sich in die Arme, die sich ihm öffnen: „Dies ist der glücklichste Tag meines Lebens!" ruft er aus, „mein Sieg ist unvergleichlich. Ich bringe das Herz, darin ich für alle Zeiten herrschen werde, in den Schoß der Tugend zurück." Noch tausendmal umarmt Franville das herrliche Wesen, dem seine Liebe gilt; dann scheidet er.

Am nächsten Tag berichtet er seinen Freunden von seinem Glück. Mademoiselle de Villeblanche war eine zu gute Partie, als daß seine Eltern sie ihm verweigert hätten. Er heiratet sie noch in der gleichen Woche. Zärtlichkeit, Vertrauen, Zurückhaltung und Bescheidenheit standen Pate bei seiner Hochzeit. Und

nachdem er sich selbst zum glücklichsten aller Män=
ner gemacht hatte, war er klug genug, dafür zu sor=
gen, daß aus dem zügellosesten Mädchen die sitt=
samste und tugendhafteste aller Frauen wurde.

DIE SCHLANGE

Zu Beginn dieses Jahrhunderts war die Präsidentin de C... jedermann als eine der liebenswürdigsten und schönsten Frauen von Dijon bekannt. Alle Welt hatte sie jene weiße Schlange zärtlich liebkosen sehen, die sie offen auf ihrem Bett liegen hatte und die der Gegenstand dieser Anekdote sein wird.

„Dieses Tier ist der beste Freund, den ich auf Erden habe", erklärte sie eines Tages einer sie besuchenden fremden Dame, die neugierig war, den Grund für die Zuneigung zu erfahren, die die hübsche Präsidentin ihrer Schlange entgegenbrachte. „Ich habe einmal einen bezaubernden jungen Mann leidenschaftlich geliebt, Madame", fuhr die Präsidentin fort. „Er mußte mich verlassen, um den Lorbeeren des Ruhms nachzujagen. Unabhängig von unserer Bindung hatte er gefordert, wir sollten uns zu einer bestimmten vereinbarten Stunde – jeder für sich – an einen einsamen Ort zurückziehen, um uns dort ausschließlich unseren zärtlichen Gefühlen füreinander hinzugeben. Als ich mich eines Tages um fünf Uhr abends – um das ihm gegebene Wort zu halten – in einen üppig mit Blumen geschmückten Pavillon tief hinten in meinem Garten einschließen wollte, bemerkte ich zu meinen Füßen plötzlich dieses bezaubernde, von mir abgöttisch geliebte Tier. Es war unmöglich, daß eine solche Schlange in meinen Garten eindringen konnte. Ich wollte fliehen, doch das Tier windet sich vor mir, scheint um Gnade zu bitten und mir zeigen zu wollen, daß es weit von der Absicht entfernt sei, mir Schaden zuzufügen. Ich halte inne und blicke das Tier an. Sobald es mich ruhig sieht, nähert es sich, vollführt hundert blitzschnelle Drehungen um meine Füße und ich kann mir nicht versagen, es mit der Hand zu berühren. Ganz zart läßt es seinen Kopf hineingleiten. Ich nehme ihn und wage es, ihn auf meine Knie zu betten. Das Tier duckt sich nieder und scheint dort einzuschlafen. Ein furchtbarer Zweifel bemächtigt sich meiner ... Tränen stürzen mir aus den Augen und benetzen das bezaubernde Tier ... Durch meinen Schmerz erweckt, blickt es mich an ... Es seufzt ... Es wagt, den Kopf zu heben, ihn in meinen Schoß zu betten ... Es vollführt zärtliche Bewegungen und sinkt vernichtet nieder ... „O Himmel, es ist grausam!" schreie ich auf, „mein Geliebter ist tot!" Ich entfliehe diesem unheimlichen Ort und nehme die Schlange — an die mich irgendein Gefühl zu binden scheint — wie gegen meinen Willen mit mir ... Sie mögen diese verhängnisvolle Vorahnung auslegen, Madame, wie es Ihnen Ihr Urteil erlaubt. Acht Tage später jedenfalls erfahre ich, daß mein Geliebter getötet wurde, und zwar zur selben Stunde, in der mir die Schlange erschien. Ich habe mich niemals wieder von diesem Tier trennen wollen; es wird mich bis zu meinem Tode nicht verlassen. Ich habe mich später verheiratet, jedoch nur unter der ausdrücklichen Bedingung, daß man es mir nicht fortnimmt." Ihre Worte vollendend, nimmt die liebenswürdige

Präsidentin ihre Schlange, legt sie an ihre Brust und läßt sie hundert schöne Windungen vollführen wie einen Wachtelhund, der seine Herrin, die ihn ausführt, umwirbt.
O Vorsehung! Wie unerklärlich sind doch deine Beschlüsse, wenn dieses Abenteuer so wahr ist, wie es die ganze Provinz Burgund versichert!

DER GASKOGNISCHE WITZ

Ein gaskognischer Offizier hatte von Ludwig XIV. ein Geschenk von hundertundfünfzig Pistolen erhalten und trat mit der Zahlungsanweisung in der Hand unangemeldet bei Herrn Colbert ein, der gerade mit einigen hohen Herren an der Tafel saß. „Wer von den Herren", sagte er mit einem Akzent, der seine Heimat verriet, „wer ist, bitte, Herr Colbert?" „Ich, mein Herr", antwortete ihm der Minister, „womit kann ich Ihnen dienen?" „Eine ganze Kleinigkeit, Monsieur; Sie sollen mir nur sofort eine Gratifikation von hundertundfünfzig Pistolen auszahlen lassen."

Herr Colbert sah sogleich, daß man sich mit dem Mann einen Spaß machen könne, und bat ihn, zuerst sein Mahl beenden zu dürfen; damit der Offizier nicht ungeduldig würde, lud er ihn ein, sich mit an die Tafel zu setzen. „Gern", antwortete der Gaskogner, „zumal ich noch nicht gegessen habe." Der Minister nutzte die Zeit und ließ derweil den ersten Kassenbeamten unterrichten; nach der Mahlzeit bedeutete er dem Offizier, daß er ins Bureau hinaufgehen könne und daß der Beamte ihn erwarte. Der Gaskogner trat ein . . . aber man zahlte ihm nur hundert Pistolen aus. „Scherzen Sie, mein Herr", sagte er zu dem Kassenbeamten, „oder sehen Sie nicht, daß meine Zahlungsanweisung auf hundertundfünfzig lautet?" „Monsieur", anwortete der Federfuchser, „ich sehe sehr wohl, was auf Ihrer Anweisung steht; aber ich behalte fünfzig Pistolen für Ihr Diner ein." „Donnerwetter, fünfzig Pistolen; in meiner Herberge hätte es mich nur zwanzig Kreuzer gekostet." „Das sehe ich ein, aber dort hätten Sie nicht den Vorzug gehabt, mit dem Minister zu speisen." „Also gut", sagte der Gaskogner, „wenn es so liegt, dann behalten Sie alles, Monsieur; ich komme morgen wieder und bringe einen meiner Freunde mit und wir sind quitt."

Diese Antwort und der Scherz, auf den sie erfolgt war, belustigten eine Weile den Hof. Man erhöhte die Gratifikation des Gaskogners um fünfzig Pistolen; der kehrte triumphierend in seine Heimat zurück, lobte die Diners des Herrn Colbert und ganz Versailles und pries die Art, mit der man dort die gaskognischen Scherze belohne.

BETRÜGT MICH RUHIG WEITER SO

Es gibt wenige Menschen auf der Welt, die so laster=haft und ausschweifend sind wie der Kardinal von . . . , dessen Namen man mir in Anbetracht sei=ner noch gesunden und kräftigen Vitalität zu ver=schweigen erlauben möge. Seine Eminenz hatte in Rom eine Abmachung mit einer jener Frauen getrof=fen, deren Gewerbe darin besteht, die Wüstlinge mit dem zu versorgen, was zur Nährung ihrer Leiden=

schaften notwendig ist. Jeden Morgen führte sie ihm ein junges Mädchen von höchstens dreizehn oder vierzehn Jahren zu, aber da der hohe Herr sich ihrer nur in jener ungebührlichen Weise erfreute, in der die Italiener gemeinhin ihre Lust finden, ging die Vestalin jeweils wieder genauso oder doch fast so jungfräulich aus den Händen seiner Hochwürden hervor, wie er sie erhalten hatte, und sie konnte vielleicht zum zweiten Male als unberührt an einen etwas anständigeren Lüstling verkauft werden. Die Matrone war genau über die Gewohnheiten des Kardinals unterrichtet und als sie eines Tages nicht eines jener Objekte habhaft werden konnte, welche zu liefern sie sich verpflichtet hatte, kam sie auf den Gedanken, einen sehr hübschen Chorknaben aus der Kirche des obersten Apostels als Mädchen zu verkleiden. Man setzte ihm die Frisur zurecht, drückte ihm ein Häubchen auf, zog ihm Röcke an und versah ihn mit solch täuschenden Reizen, daß der heilige Gottesmann bestimmt darauf hereinfallen mußte. Dennoch hatte man dem Knaben nicht das geben können, was ihm tatsächlich eine vollständige Ähnlichkeit mit dem Geschlecht hätte verleihen können, das er darstellen sollte. Aber dieser Umstand beunruhigte die Kupplerin wenig ... „Nie in seinem Leben hat er jenen Ort berührt", sagte sie zu ihrer Freundin, die ihr bei dem betrügerischen Werk behilflich war, „er stattet mit Sicherheit nur dort seinen Besuch ab, wo dieses Kind jedem Mädchen der Welt völlig ähnlich ist. Wir haben also nichts zu befürchten ..."

Die gute Frau hatte sich verrechnet; sie hatte zweifellos nicht gewußt, daß ein italienischer Kardinal ein viel zu feines Gefühl und einen viel zu ausgeprägten Geschmack hat, als daß er sich in derartigen Dingen täuschen ließe. Das Opfer traf ein, der große Priester wollte es darbringen, aber beim dritten Weihestoß rief der Mann Gottes aus: „Per Dio santo, sono ingannato, quésto bambino è ragazzo, mai non fu putana!" Und er überzeugte sich ... Dennoch fand jener Bewohner der heiligen Stadt an diesem Umstand nichts, was ihm die Freude verdorben hätte; Seine Eminenz ging ihren Weg unbeirrt weiter und sagte sich vielleicht wie jener Bauer, den man mit Trüffeln bedient hatte an Stelle der verlangten Kartoffeln: ‚Betrügt mich ruhig weiter so.' Als dann das Werk vollbracht war, sagte er zu der Dueña: „Gnädige Frau, ich tadle Sie nicht wegen Ihrer geringen Hochachtung, die ich in Ihrem Verhalten erkennen könnte." „Euer Hochwürden, ich bitte um Vergebung." „Aber nein, nein, sage ich Ihnen, ich tadle Sie darum nicht; aber wenn es Ihnen wiederum passieren sollte, so dürfen Sie nicht versäumen, mich vorher zu unterrichten; denn ... was ich sonst nicht sehen will, möchte ich mir in diesem Fall nicht entgehen lassen."

DER GEFÄLLIGE GATTE

Ganz Frankreich wußte, daß der Prinz de Bauffremont etwa den gleichen Geschmack hatte wie jener Kardinal, von dem wir im vorigen Kapitel erzählt haben. Man hatte ihn mit einer jungen Dame verheiratet, die noch ganz unerfahren war und die man – der Sitte entsprechend – erst am Vorabend der Eheschließung aufklärte. „Ich will es kurz machen", sagte die Mutter, „denn der Anstand verbietet mir, in Details zu gehen. Ich habe Ihnen nur eines ans Herz zu legen, meine Tochter: hüten Sie sich vor den ersten Annäherungsversuchen Ihres Gatten und sagen Sie ihm ganz entschieden: ‚Nein, Monsieur, eine ehrbare Frau nimmt man nicht so herum! Überall sonst soviel Sie wollen, aber dort auf keinen Fall.' "
Man begab sich zu Bett. Angeborenes Zartgefühl jedoch und eine Höflichkeit, die man bei dem Prinzen nicht vermutet hatte, veranlaßten ihn, sich wenigstens dieses erste Mal so zu verhalten, wie es allgemein die Regel ist: er wollte nichts, als seiner Frau die reinen Freuden der Ehe bieten. Das junge, gut erzogene Kind erinnert sich jedoch der empfangenen Lektion: „Für wen halten Sie mich, Monsieur?" sagte sie zu ihm. „Haben Sie erwartet, daß ich mich auf dergleichen einlassen würde? Überall anderswo: soviel Sie wollen; aber dort: auf gar keinen Fall." – „Aber, Madame ..." „Nein, Monsieur; das möchte Ihnen wohl gefallen, aber dazu werden Sie mich nie-

mals bringen.“ „Nun gut, Madame, ich werde Sie zufriedenstellen“, sagt der Prinz und bemächtigt sich der von ihm bevorzugten Altäre, „ich würde sehr betrübt sein, wenn man mir nachsagen dürfte, ich hätte Ihnen auch nur einmal Mißvergnügen bereitet.“ Jetzt wage noch einer zu behaupten, es sei der Mühe wert, ein junges Mädchen darüber aufzuklären, was sie ihrem Gatten eines Tages schuldig ist.

DAS UNBEGREIFLICHE, DOCH VON EINER GANZEN PROVINZ BEZEUGTE EREIGNIS

Noch vor kaum hundert Jahren fand man in mehreren Gegenden Frankreichs den Unglauben, daß man nur seine Seele unter bestimmten genau so grausamen wie phantastischen Zeremonien dem Teufel zu verschreiben brauche, um von diesem höllischen Geist alles zu erhalten, was man wolle. Es ist noch kein Jahrhundert her, daß sich ein solches Ereignis — wie wir gleich berichten werden — in einer unserer südlichen Provinzen zutrug, wo es noch heute in den Annalen zweier Städte bescheinigt und von Zeugen bestätigt wird, die auch die ungläubigsten Zuhörer überzeugen können. Der Leser darf die Begebenheit getrost glauben, denn wir erzählen sie erst, nachdem wir sie nachgeprüft haben. Natürlich garantieren wir ihm nicht für das tatsächliche Geschehen, aber wir versichern ihm, daß mehr als hunderttausend Menschen daran geglaubt haben und daß noch heute mehr als fünfzigtausend die Unverfälschtheit bestätigen können, mit der es sich in den verläßlichen Registern aufgezeichnet findet. — Man wird uns erlauben, die Provinz und die Namen zu ändern.

Der Baron de Vaujour verband seit seiner zartesten Jugend ein zügelloses Freidenkertum mit der Vorliebe für alle Wissenschaften, hauptsächlich aber für jene, die den Menschen auf Irrwege zu führen pflegen und bei denen er in Träumereien und Phantasievorstellungen seine kostbare Zeit verliert, die er auf entschieden bessere Weise nutzen könnte. Er war Alchimist, Astrologe, Zauberer und Schwarzkünstler, jedoch auch ein recht guter Astronom und ein mittelmäßiger Arzt. Im Alter von fünfundzwanzig Jahren hatte der Baron, der Herr seiner Güter und seiner Handlungen war, in seinen Büchern gefunden — so behauptete er jedenfalls —, daß man den Teufel erscheinen lassen könne, wenn man ihm ein Kind opfere und während der grauenhaften Zeremonie bestimmte Sprüche hersage und vorgeschriebene Verrenkungen mache, und daß man von dem Dämon alles erhalten könne, was man wolle, vorausgesetzt, daß man ihm die Seele verspräche. Er entschloß sich zu dieser Greueltat unter der alleinigen Bedingung, daß er bis zu seinem zwölften Lustrum glücklich leben könne, daß es ihm niemals an Geld fehlen werde und daß er bis zu diesem Alter stets den höchsten Grad der Zeugungskraft besäße.

Nachdem der verruchte Akt vollzogen und der Pakt geschlossen war, begab sich folgendes. Bis zum Alter von sechzig Jahren verbrauchte der Baron, der nur eine Rente von fünfzehntausend Pfund hatte, ständig zweihunderttausend, ohne dabei jemals einen Pfennig Schulden zu machen. Wie in den besten Zeiten seiner wollüstigen Heldentaten konnte er bis in dieses Alter hinein pro Nacht fünfzehn= bis zwanzigmal eine Frau aufsuchen. Mit fünfundvierzig Jahren ge=

wann er einmal hundert Louis bei einer Wette mit einigen Freunden, die behauptet hatten, daß er nicht fünfundzwanzig Frauen schnell hintereinander befrie= digen könnte; er tat es und überließ die hundert Louis den betreffenden Frauen. Ein andermal, als man nach einem Abendessen ein Glücksspiel beginnen wollte, sagte der Baron zunächst, daß er nicht mit von der Partie sein könne, weil er keinen Pfennig bei sich habe. Man bot ihm Geld an, aber er lehnte es ab. Er ging, während man bereits zu spielen begonnen hatte, zwei= oder dreimal im Zimmer umher, kam dann zurück, ließ sich Platz machen und setzte auf eine Karte zehntausend Louis, die er in zehn= oder zwölffachen Rollen aus seinen Taschen zog; die Summe wurde nicht gehalten; der Baron fragte, war= um nicht; einer seiner Freunde antwortete scherzend, daß die Karte noch nicht hoch genug belegt sei, worauf der Baron noch weitere zehntausend Louis nachsetzte. – All diese Dinge sind in zwei ehrwür= digen Rathäusern aufgezeichnet, und wir haben sie gelesen.

Mit fünfzig Jahren entschloß sich der Baron zur Ehe= schließung. Er vermählte sich mit einem reizenden Mädchen aus seiner Provinz und führte mit ihr, trotz seiner Seitensprünge, die man ihm in Anbetracht sei= ner heißblütigen Veranlagung kaum verübeln konnte, eine sehr gute Ehe. Von dieser Frau hatte er sieben Kinder, und nach einiger Zeit ließen ihn die Lieb= reize seiner Gattin weit häuslicher werden. Er be= wohnte mit seiner Familie das gleiche Schloß, in dem er in seiner Jugend den schrecklichen Schwur getan hatte, von dem wir berichtet haben. Er empfing dort gelehrte Leute, deren Umgang er liebte und mit denen er sich gerne unterhielt. Je mehr er sich aber seinem sechzigsten Lebensjahr näherte, desto häufiger erinnerte er sich wieder an seinen unheilvollen Pakt; er wußte nicht, ob sich der Teufel zu dem vereinbarten Zeitpunkt damit begnügen werde, seine Gaben und Fähigkeiten ihm zu entziehen, oder ob er ihm das Leben nehmen werde, und seine Gemütsverfassung änderte sich völlig. Er wurde träumerisch und traurig und ging fast nie mehr aus dem Hause.

Am festgesetzten Tage, genau zu der Stunde, in der unser Baron das Alter von sechzig Jahren erreichte, meldete ihm ein Diener einen Fremden, der von den Fähigkeiten des Barons gehört habe und um die ehrenhafte Gunst bitte, sich mit ihm unterhalten zu dürfen. Der Baron vergaß in diesem Augenblick, was ihn doch schon seit einigen Jahren unablässig beschäftigte, und sagte, man möge den Besucher in sein Arbeitszimmer führen. Dann stieg er selbst hinauf und sah sich einem Fremden gegenüber, der ihm seiner Sprechweise nach aus Paris zu stammen schien; es war ein gutgekleideter Mann von höchst ansehnlicher Gestalt, der sofort mit ihm über die erhabenen Wissenschaften zu diskutieren begann. Der Baron gab auf alles seine Antwort, und es entspann sich eine lebhafte Unterhaltung. Herr de Vaujour schlug seinem Gast einen Spaziergang vor, der Fremde willigte ein, und unsere beiden Philosophen verließen das Schloß. Es war gerade zu einer Jahres=zeit, in der alle Bauern auf dem Felde arbeiten. Einige sahen, wie Herr de Vaujour ganz allein daherkam und sich wild gebärdete; sie glaubten, er sei irre gewor=den, und gingen die gnädige Frau benachrichtigen; aber da niemand im Schloß antwortete, kehrten die guten Leute wieder um und beobachteten weiterhin ihren Gutsherrn, der mit irgend jemandem eine hef=tige Unterredung zu führen glaubte und so gestiku=lierte, wie man es in einem derartigen Fall zu tun pflegt. Schließlich erreichten unsere beiden Gelehrten auf ihrem Spaziergang eine Art Sackgasse, aus der man nur herauskommen konnte, wenn man auf den eigenen Spuren zurückkehrte. Dreißig Bauern konn=ten es sehen, dreißig Bauern wurden befragt, und dreißig Bauern antworteten, daß Herr de Vaujour allein und gestikulierend in diesen Laubengang hin=eingegangen sei.

Nach einer Stunde sagte der Mann, mit dem er zu=sammen zu sein glaubte: „Wie, Baron, du erkennst mich nicht? Hast du den Schwur deiner Jugend ver=gessen, und hast du vergessen, wie ich deine Wünsche erfüllt habe?“ Der Baron erschauderte. „Hab' keine Furcht“, sagte der Geist zu ihm, „ich bin nicht Herr über dein Leben, aber ich kann dir meine Gaben ent=ziehen und dir alles fortnehmen, was dir lieb ist. Gehe in dein Haus zurück; du wirst sehen, in wel=chem Zustand es sich befindet; du wirst dort die ge=rechte Strafe finden für deine Unklugheit und deine Verbrechen ... Ich liebe sie, die Verbrechen, Baron, ich begehre sie, und mein Schicksal zwingt mich, sie zu bestrafen. Kehre nach Hause zurück, sage ich dir, und laß dich bekehren; du hast noch ein Lustrum zu leben, du wirst in fünf Jahren sterben, aber du kannst die Hoffnung haben, daß du eines Tages Gott angehören wirst, wenn du dein Verhalten änderst... Adieu." Und der Graf fand sich plötzlich allein, ohne daß er jemanden sich entfernen gesehen hätte. Er kehrte auf der Stelle um und fragte alle Bauern, die er traf, ob sie ihn nicht in Begleitung eines Mannes mit dem und dem Aussehen in den Laubengang hätten eintreten sehen. Alles antwortete ihm, daß er dort allein hineingegangen wäre und daß man erschrocken gewesen sei, als man ihn derart habe gestikulieren sehen. Man habe sogar die gnädige Frau benachrichtigen wollen, aber im Schloß sei niemand anwesend gewesen. „Niemand?" rief der Baron erregt; „ich habe dort sechs Diener, sieben Kinder und meine Frau zurückgelassen." „Niemand ist dort, gnädiger Herr", gab man ihm zur Antwort. Von Angst getrieben eilte er zu seinem Hause zurück; er klopfte, aber niemand öffnete; er brach die Tür ein und drang ins Haus vor; Blut überschwemmte die Stufen und kündigte ihm das Unheil an, das ihn zugrunde richten sollte. Er öffnete den großen Saal und fand dort seine Frau, seine sieben Kinder und seine sechs Diener; erwürgt und verkrampft lagen sie in ihrem Blut auf der Erde umher. Er fiel in Ohnmacht; einige Bauern traten bereitwillig hinzu und sahen dasselbe Bild. Sie stützten ihren Herrn; er kam all=

mählich wieder zu sich; er bat sie, der unglücklichen Familie die letzte Schuldigkeit zu erweisen, und begab sich sogleich und zu Fuß zur Großen Kartause, wo er in der Übung höchster Frömmigkeit nach fünf Jahren starb.
Wir versagen uns jedes Urteil über dieses unbegreifliche Ereignis; es ist geschehen, es kann nicht widerrufen werden, aber es bleibt unvorstellbar. Man muß sich natürlich davor hüten, an Hirngespinste zu glauben; aber wenn eine Sache so allgemein bestätigt wird und wenn sie so einzigartig ist, dann muß man das Haupt neigen, die Augen schließen und sagen: Ich kann nicht begreifen, wie die Welten im All schweben; also kann es auch auf Erden Dinge geben, die mir unbegreiflich sind.

DER ZURECHTGEWIESENE EHEMANN

Einem schon betagten Mann kam es — obgleich er bislang ohne Weib gelebt hatte — in den Sinn, zu heiraten. Das ungeschickteste daran war vielleicht, daß er, seinem Instinkt folgend, ein junges, achtzehnjähriges, mit den interessantesten Gesichtszügen und der vorteilhaftesten Figur der Welt begabtes Mädchen ehelichte. Monsieur de Bernac, so lautete der Name des Ehemannes, beging, indem er sich eine Frau nahm, eine um so größere Dummheit, als er keinem Genuß weniger zugetan war als den Freuden der Ehe. Es war sehr fraglich, ob eine junge Person vom Wesen der Mademoiselle de Lurcie — so hieß die Unglückliche, die Bernac an sich gekettet hatte —, genügend Gefallen an seinen wunderlichen Gewohnheiten finden würde, um durch dieselben für die keuschen und zarten Freuden der ehelichen Fesseln entschädigt zu werden. Schon in der Hochzeitsnacht — er hatte ihr zuvor den Schwur abgenommen, ihren Eltern nichts zu verraten — offenbarte er seiner jungen Frau seine Vorliebe. Es handelte sich, wie der berühmte Montesquieu sagte, um jene schandvolle Behandlung, die das Kindesalter in die Erinnerung zurückruft: In der Haltung eines kleinen Mädchens, das Bestrafung verdient, ließ die junge Frau fünfzehn oder zwanzig Minuten die brutalen Launen ihres alten Ehemannes über sich ergehen. Das Trugbild dieser Szene versetzte ihn in die Lage, einen köst=

lichen Sinnenrausch zu genießen, den jeder andere, verständigere Mann als Bernac gewiß nur in den reizenden Armen der Lurcie hätte verspüren wollen. Dieses Verfahren kam dem zarten, hübschen, im Wohlstand und frei von aller Pedanterie aufgewachsenen Mädchen etwas hart vor; indessen, da man sie zum Gehorsam ermahnt hatte, hielt sie es für eine Gewohnheit aller Ehemänner. Vielleicht hatte Bernac sie in dieser Ansicht noch bestärkt, jedenfalls stellte sie sich auf treuherzigste Weise den Ausschweifungen ihres Satyrn zur Verfügung. Alle Tage war es dasselbe, oft eher zwei= als einmal. Mademoiselle de Lurcie, die wir weiterhin bei diesem Namen nennen, da sie noch so jungfräulich war wie am Hochzeitstag, verlor am Ende des zweiten Ehejahres Vater und Mutter und zugleich die Hoffnung, von ihnen Beistand zu erwirken.

Dieser Verlust machte Bernac nur noch kühner, und wenn er zu Lebzeiten seiner Schwiegereltern gewisse Grenzen gewahrt hatte, so kannte er kein Maßhalten mehr, seit seine Frau die Eltern verloren hatte und ein Gedanke an Rache somit hinfällig geworden war. Was anfangs nur wie ein Scherz anmutete, wurde nach und nach zur wirklichen Qual; Mademoiselle de Lurcie konnte das alles nicht mehr ertragen; ihr Herz wurde verbittert, sie sann nur noch auf Vergeltung. Andere Menschen bekam sie selten zu Gesicht; ihr Mann hielt sie von der Außenwelt weitgehend fern. Nur d'Aldour, ihr Vetter, ließ sich trotz aller Vorstellungen Bernacs nicht daran hindern, seine Verwandte aufzusuchen. Dieser junge Mann war der hübscheste Mensch der Welt, und nicht ohne eigennützige Interessen bestand er darauf, seine Kusine zu besuchen. Da er viel Umgang in gesellschaftlichen Kreisen hatte, fehlte dem eifersüchtigen Bernac — aus Furcht vor Spötteleien — der Mut, ihn allzu streng von der Wohnung fernzuhalten ... Und in der Absicht, sich aus der Sklaverei, in der sie lebte, zu befreien, warf Mademoiselle de Lurcie ein Auge auf diesen Verwandten: Sie lauschte den wohlklingenden Reden, die ihr Vetter ihr tagtäglich hielt, und schließlich vertraute sie sich ihm an und offenbarte ihm alles. „Rächen Sie mich an diesem abscheulichen Menschen", beschwor sie ihn, „rächen Sie mich durch einen so gewaltigen Streich, daß er selber sich davor scheut, die Sache auszuplaudern: Der Tag, an dem Ihnen das gelingt, wird der Tag Ihres Triumphes sein; nur um diesen Preis allein werde ich Ihnen gehören." Entzückt erklärt d'Aldour sich einverstanden und arbeitet von nun an unermüdlich auf den so köstliche Augenblicke versprechenden Erfolg des Abenteuers hin. Als eines Tages alle Vorbereitungen getroffen waren, sagt er zu Bernac: „Monsieur, ich habe die Ehre, Ihnen besonders nahe zu stehen, und mein Vertrauen in Sie ist so vollkommen, daß ich Ihnen die Nachricht meiner heimlichen Verheiratung nicht vorenthalten möchte." „Sie haben heimlich geheiratet?" fragte Bernac, erfreut, sich eines Rivalen entledigt zu sehen, der ihm nie ganz geheuer gewesen war. „Ja, Monsieur, ich werde von nun an mein Leben an der Seite einer reizenden Frau fortsetzen und morgen ist der Tag, an dem sie mich glücklich machen soll; das Mädchen hat kein Vermögen, zugegeben, aber was kümmert's mich? Ich habe genügend Geld für zwei; ich heirate zwar eine ganze Familie – sie besteht aus vier unzertrennlichen Schwestern – aber da deren Gesellschaft angenehm ist, so ist mein Glück nur um so größer ... Ich hoffe, Monsieur", fuhr der junge Mann fort, „daß meine Kusine und Sie mir morgen die Ehre erweisen, wenigstens zum Hochzeitsmahl zu kommen." „Ich gehe nur selten aus, Monsieur, und meine Frau noch weniger, wir leben beide sehr zurückgezogen. Sie hat Gefallen daran und mir liegt es nicht, sie zu nötigen." „Ich kenne Ihre Neigungen, Monsieur", erwiderte d'Aldour, „und ich versichere Ihnen, daß alles Ihren Wünschen entsprechen wird ... Auch ich liebe die Einsamkeit und überdies habe ich, wie gesagt, Gründe, die Ehe geheimzuhalten: Die Hochzeitsfeier findet auf dem Lande statt; es ist strahlendes Wetter, alles lädt dazu ein, und ich gebe Ihnen mein Ehrenwort, daß wir absolut unter uns sein werden." Lurcie, die in das Spiel eingeweiht ist, läßt durchblicken, daß sie Lust hat, aufs Land zu fahren. Ihr Mann möchte ihr in Gegenwart ihres Vetters nicht widersprechen und so kommt die Verabredung zustande. „Wie konnten Sie sich nur darauf einlassen", begann der Zänker zu schimpfen, sobald er wieder mit seiner Frau allein war. „Sie wissen doch genau, daß ich mir nichts aus derartigen Festen mache. Ich werde Ihre Vergnügungssucht unterbinden. Ich sage Ihnen schon jetzt, daß es mein Plan ist, Sie binnen kurzem auf eine meiner Besitzungen zu bringen, wo Sie niemanden außer mir zu sehen bekommen." Und da Vorhaltungen dieser Art — ob begründet oder nicht — den Reiz der unzüchtigen Szenen noch erhöhten, für die Bernac sich gern einen Grund ausdachte, sofern es ihm an realen Anlässen mangelte, so nahm er die Gelegenheit wahr, führte Lurcie in sein Zimmer und sagte: „Wir werden hingehen ..., ja, ich habe es versprochen, aber Sie sollen mir Ihre Vergnügungssucht schwer büßen ..." Die arme, kleine, unglückliche Person, die sich bald erlöst glaubte, duldete alles ohne zu klagen. „Tun Sie, was Ihnen gefällt, Monsieur", sagte sie demütig, „Sie haben mir eine Bitte erfüllt, ich bin Ihnen zu Dankbarkeit verpflichtet." Soviel Sanftmut und Ergebenheit hätte jeden anderen entwaffnet, nur nicht ein vom Laster versteinertes Herz wie das des Wüstlings Bernac; nein, nichts kann ihn zurückhalten, er befriedigt sich und danach geht man friedlich schlafen. Wie verabredet holt d'Aldour am nächsten Tag die beiden Eheleute ab.

„Sie sehen", sagte Lurcies junger Vetter, während er mit dem Ehemann und dessen Frau in ein vollkommen abgelegenes Haus eintrat, „Sie sehen, hier kündigt sich kein Volksfest an; weit und breit ist kein einziger Wagen, kein einziger Lakai zu sehen. Ich habe es Ihnen vorausgesagt: Wir sind absolut allein." Indessen treten vier stark und kräftig gebaute, allesamt fünfeinhalb Fuß große, etwa dreißigjährige Frauen auf die Vortreppe und begrüßen Monsieur und Madame de Bernac auf ehrbarste Weise. „Hier ist meine Frau, Monsieur“, sagt d'Aldour, indem er eine von ihnen vorstellt, und diese drei sind ihre Schwestern; wir haben heute bei Morgengrauen in Paris geheiratet und erwarten Sie nun, um die Hochzeit zu feiern.“ Man sagt einander Artigkeiten und nach kurzem Beisammensein im Salon, wo Bernac mit Befriedigung feststellt, daß er so allein ist, wie es seinen Wünschen entsprach, bittet ein Diener zu Tisch. Man setzt sich; nichts hätte heiterer verlaufen können als diese Mahlzeit. Die vier vermeintlichen Schwestern, die von Witz sprudelten, wurden beim Essen sehr lebhaft und fröhlich; da man aber die Grenzen des Anstands nicht eine Sekunde überschritt, glaubte sich der gänzlich getäuschte Bernac in der besten Gesellschaft der Welt. Indessen vergnügte sich Lurcie, voller Entzücken, ihren Tyrannen überlistet zu sehen, mit ihrem Vetter und da sie in ihrer Verzweiflung entschlossen war, der Keuschheit endlich zu entsagen, die ihr bis jetzt nur Kummer und Tränen eingebracht hatte, schlürfte sie Champagner mit ihm und überschüttete ihn mit zärtlichen Blicken. Unsere Heldinnen, die Kräfte sammeln mußten, langten ihrerseits kräftig zu und auch Bernac, ganz begeistert und nur harmloses Vergnügen in diesem Geschehen vermutend, hielt sich nicht mehr zurück als alle übrigen Anwesenden. Aber da man keinesfalls von Sinnen kommen durfte, machte d'Aldour zur rechten Zeit ein Ende und schlug vor,

den Kaffee einzunehmen. „Wahrhaftig, Vetter, haben Sie die Güte und sehen Sie sich mein Haus an“, sagte er nach dem Kaffee, „ich weiß, Sie sind ein Mann von Geschmack; ich habe das Haus eigens aus Anlaß meiner Heirat gekauft und eingerichtet, aber ich fürchte, es war ein schlechter Handel. Sagen Sie mir doch bitte Ihre Ansicht darüber.“ „Gerne“, erwiderte Bernac, „niemand versteht sich so gut wie ich auf diese Dinge, und ich wette, ich werde Ihnen alles bis auf zehn Louisdor genau schätzen.“
D'Aldour stürzt auf die Treppe zu, indem er seiner schönen Kusine die Hand reicht, die vier Schwestern nehmen Bernac in ihre Mitte, und in dieser Anordnung tritt man in ein sehr düsteres und abgelegenes Zimmer am äußersten Ende des Hauses. „Hier ist das Brautgemach“, sagte d'Aldour zu dem alten Eifersüchtler, „sehen Sie das Bett, Vetter, dort wird die Frau ihre Jungfräulichkeit aufgeben; hat sie nicht schon lange Zeit danach geschmachtet?“ So lautete das Stichwort: Im selben Augenblick werfen sich unsere vier Spitzbübinnen, jede mit einem Rutenbündel bewaffnet, auf Bernac; man zieht ihm die Beinkleider vom Körper, zwei halten ihn fest, die beiden anderen züchtigen ihn abwechselnd und während man ihn kräftig bearbeitet, ruft d'Aldour: „Mein lieber Vetter, habe ich Ihnen nicht gestern versprochen, Sie nach Ihrem Geschmack zu bedienen? Es ist mir nichts Besseres zu Ihrer Unterhaltung eingefallen, als Ihnen mit Gleichem zu vergelten, was Sie dieser reizenden Frau tagtäglich bescheren; Sie werden doch nicht so

roh sein, ihr eine Sache anzutragen, an der Ihnen selber nichts liegt. So hoffe ich also, Ihnen wohlgefällig zu sein. Eine Kleinigkeit fehlt allerdings noch zum Abschluß der Zeremonie: Meine Kusine ist, obgleich sie schon recht lange mit Ihnen zusammenlebt, angeblich so unberührt, als hätten Sie erst gestern geheiratet; ein solcher Verzicht Ihrerseits erklärt sich bestimmt nur aus Unwissenheit. Ich wette, Sie wissen nicht, wie Sie es anstellen sollen ... Ich werde es Ihnen zeigen, mein Freund." Und schon wirft der muntere Vetter seine Kusine beim Klang wohltönender Musik aufs Bett und macht sie vor den Augen ihres unwürdigen Gemahls zum Weib ... Erst in diesem Augenblick endigt die Zeremonie. „Monsieur", sagt d'Aldour zu Bernac, indem er von seinem Altar herabsteigt, „Sie halten diese Lehre vielleicht für etwas übertrieben, aber Sie müssen zugeben, die Kränkung Ihrerseits ist mindestens genauso schlimm; ich bin nicht der Liebhaber Ihrer Frau noch will ich es werden, Monsieur; hier ist sie, ich gebe Sie Ihnen zurück. Aber ich rate Ihnen, verhalten Sie sich in Zukunft anständiger ihr gegenüber; sonst fände sie in mir aufs neue einen Rächer, der Sie beim zweitenmal nicht mehr so schonen würde." „Madame", sagte Bernac wütend, „dieses Verhalten ist wahrhaftig ..." „... ganz wie Sie es verdienen, Monsieur", antwortete Lurcie, „aber wenn Sie etwas dagegen haben, dürfen Sie es gern unter die Leute bringen. Jeder von uns kann seine Gründe darlegen und dann wollen wir sehen, wer von uns beiden ausgelacht wird." Ver=

wirrt gibt Bernac seine Fehler zu. Er sucht keine Aus=flüchte mehr, sie zu rechtfertigen, sondern er wirft sich seiner Frau zu Füßen und bittet sie um Verge=bung: Sanftmütig und großzügig zieht ihn Lurcie em=por und umarmt ihn. Sie kehren gemeinsam in ihr Haus zurück und ich weiß nicht, zu welchen Mitteln Bernac nun griff — jedenfalls gab es in der Haupt=stadt von jenem Augenblick an keine innigere Ehe, weder zärtlichere Freunde noch tugendhaftere Ehe=leute als Bernac und seine Frau.

PLATZ FÜR ZWEI

Eine recht hübsche Bürgersfrau aus der Rue St. Honoré, etwa zweiundzwanzig Jahre alt, üppig, rundlich, jugendfrisch und appetitlich, im ganzen wohlgestalt, wenngleich auch etwas füllig, und außer diesen mannigfachen Reizen auch noch mit Schlagfertigkeit, Munterkeit und größtem Sinn für alle Freuden begabt, die ihr die strengen Gesetze der Ehe untersagten, diese hübsche Bürgersfrau also hatte sich vor etwa einem Jahr entschlossen, ihrem alten und häßlichen Ehemann zwei Gehilfen beizugeben. Denn nicht nur mißfiel ihr derselbe, er kam vielmehr obendrein auch nur selten und mangelhaft seinen Pflichten nach, mit deren besserer Erfüllung er die anspruchsvolle Domène – so nannte sich unsere hübsche Bürgerin – vielleicht hätte versöhnen können. Die Verabredungen, die sie mit den beiden Liebhabern getroffen hatte, waren meisterhaft arrangiert: Des-Roues, ein junger Soldat, fand sich gewöhnlich in der Zeit von vier bis fünf Uhr abends ein; von fünfeinhalb bis sieben kam Dolbreuse, ein junger Kaufmann von ausnehmend schönem Wuchs. Andere Stunden zu verabreden war unmöglich, denn nur zu dieser Tageszeit fühlte Madame Domène sich sicher: morgens hielt sie sich im Laden auf, und auch abends mußte sie zuweilen dort erscheinen, oder es kam der Ehemann nach Hause und nötigte sie, geschäftliche

Dinge mit ihm zu besprechen. Überdies hatte Madame Domène einer Freundin gestanden, wie angenehm es ihr sei, daß die Augenblicke der Leidenschaft so dicht aufeinander folgten: So, meinte sie, käme das Feuer der Phantasie nicht zum Verlöschen. Es gäbe nichts Berauschenderes als von einem Plaisir ins andere zu gleiten, man habe nicht die Mühe, sich aufs neue in Gang zu bringen. Madame Domène war ein reizendes Geschöpf, das alle Empfindungen der Liebe aufs beste berechnete. Sehr wenige Frauen tun dies ebensogut wie sie, und auf Grund ihrer Begabung kam sie nach reiflicher Überlegung zu der Erkenntnis, daß zwei Liebhaber weit mehr wert seien als nur einer. Was ihren guten Ruf anlangte, so war er ziemlich ungefährdet, denn einer deckte den anderen. Außerdem waren sich die Leute gar nicht sicher: Es konnte genausogut ein und derselbe sein, der täglich mehrfach kam und ging. Hingegen: was das Vergnügen betraf, welch ein Unterschied! Und schließlich hatte Madame Domène, die eine außerordentliche Scheu davor empfand, Kinder zu bekommen — ihr Mann würde freilich niemals die Torheit begehen, ihre Figur zu verderben — sogar bedacht, daß sie bei zwei Liebhabern in dieser Hinsicht nicht gar so ängstlich sein mußte; denn, so sagte sie sich als recht gute Kennerin der Anatomie, die beiden Keime würden einander ersticken.

Eines Tages geriet der regelmäßige Ablauf der Rendezvous in Unordnung, und unsere beiden Liebhaber, die einander noch nie begegnet waren, mach=

ten, wie man sehen wird, auf ziemlich spaßhafte Weise Bekanntschaft. Des-Roues war der erste, aber er kam zu spät, und, als hätte der Teufel seine Hand im Spiel, kam Dolbreuse, der zweite, etwas zu früh.

Der vernunftbegabte Leser wird schon gemerkt haben, daß die Koinzidenz dieser beiden kleinen Versehen unvermeidlich zu einer Begegnung führen mußte: Sie fand auch statt. Aber wir wollen ihren Verlauf erzählen und davon, soweit es uns gegeben ist, mit allem Zartgefühl und aller Zurückhaltung berichten, die eine der Natur nach schon sehr anstößige Angelegenheit verlangt.

Einer sonderbaren Laune folgend – aber man erlebt deren so viele bei den Menschen –, wollte unser junger Soldat, seiner Rolle als Liebhaber überdrüssig, einen Augenblick die seiner Mätresse übernehmen; statt von den Armen seiner Göttlichen verliebt umfangen zu werden, wollte er sie seinerseits umfassen: kurzum, er kehrte das Unterste zu oberst, und durch diesen Seitenwechsel geschah es, daß Madame Domène es war, die – wie die Venus Kallipygos sich über den Altar beugt – nackt über ihrem Liebhaber ausgestreckt lag. Auf diese Weise bot sie der Eingangstür des Zimmers, in dem diese Mysterien gefeiert wurden, den Anblick dessen, was die Griechen so hingebungsvoll an der eben genannten Statue bewundern, mit einem Wort: den Anblick jenes recht hübschen Körperteils, der – man braucht gar nicht so entlegene Beispiele zu suchen – auch in Paris genügend Bewunderer findet. Solcherart war also ihre Haltung, als Dolbreuse, der im allgemeinen ohne weitere Umstände bei ihr eintrat, ein Liedchen trällernd hereinkam und das vor sich sah, was eine wirklich ehrbare Frau, so sagt man, niemals zeigen darf. Was vielen anderen Leuten größtes Vergnügen bereitet hätte, versetzte Dolbreuse einen Schock. „Was sehe ich da“, rief er aus ... „Verräterin ... ist das alles, was du mir übrig läßt?“ Madame Domène, die sich gerade in einer jener Krisen befand, in denen eine Frau so viel besser handelt als denkt, beschloß, ihn durch Frechheit zu überrumpeln: „Was hast du denn, zum Teufel“, sagte sie zu ihrem zweiten Ado=

nis, ohne sich in ihrer Hingabe an den anderen zu unterbrechen, „ich sehe gar nicht ein, was dich verdrießen könnte; störe uns nicht, mein Freund, sondern halte dich an das, was für dich übrig ist; du siehst doch, daß für zwei Platz ist.“ Dolbreuse, der über die Kaltblütigkeit seiner Mätresse lachen mußte, hielt es für das einfachste, ihrem Rat zu folgen. Er ließ sich nicht weiter bitten und es ist zu vermuten, daß alle drei zum Zuge kamen.

DER EHEMANN ALS PRIESTER

Eine provenzalische Erzählung

Zwischen den Städten Menerbe in der Grafschaft Avignon und Apt en Provence befindet sich ein einsames kleines Karmeliterkloster namens St. Hilaire, das auf der Spitze eines Berges liegt, wo selbst die Ziegen nur mit Mühe grasen können. Dieser kleine Flecken ist so etwas wie die Kloake aller den Karmelitern benachbarten Gemeinden; jede derselben verbannt ihre schwarzen Schafe dorthin, und man kann sich leicht vorstellen, welche saubere Gesellschaft sich also in diesem Hause zusammengefunden haben wird: Säufer, Lüstlinge, Sodomiten und Spieler, das waren in etwa die auserlesenen Bewohner des Klosters, die in diesem empörenden Asyl — soweit sie es vermochten — Gott ihre Herzen darreichten, von denen die Welt nichts mehr wissen wollte. Ein oder zwei in der Nähe gelegene Schlösser sowie die nur eine Meile von St. Hilaire entfernte Burg von Menerbe, das war bereits der ganze Wirkungskreis der guten Mönche, die trotz ihres Rockes und ihres Standes bei weitem nicht alle Türen in der Umgebung offen fanden.
Einen der Heiligen dieser Einsiedelei, den Pater Gabriel, gelüstete es seit langem nach einer bestimmten Frau in Menerbe, deren Gatte — ein vollkommener Hahnrei — den Namen Rodin trug. Frau Rodin war eine Brünette von 28 Jahren, mit schelmischen Augen

und einem vorspringenden Hinterteil, das in jeder Hinsicht ein gutes Mönchskissen abzugeben schien. Herr Rodin war ein braver Mann, der ruhig sein Vermögen verwaltete. Er war Leinenhändler und Schultheiß gewesen, und er war also das, was man einen guten Bürger nennt. Wenn er auch an die Tugendhaftigkeit seiner besseren Hälfte nicht mit völliger Sicherheit glaubte, war er dennoch klug genug, zu merken, daß man sich dem allzu üppigen Wuchs des ehemännlichen Kopfschmuckes am besten widersetzt, indem man den Anschein erweckt, als ahne man nichts von seinem Vorhandensein auf der eigenen Stirn. Er hatte studiert, um Priester zu werden; er sprach Latein wie Cicero und spielte häufig Dame mit Pater Gabriel, der sehr wohl wußte, daß man stets dem Gatten ein wenig den Hof machen muß, wenn man seine Frau haben will. Dieser Pater Gabriel war ein wahrer Urvater der Kinder des Elias: wenn man ihn sah, hätte man sagen können, daß sich das ganze Menschengeschlecht — was seine Fortpflanzung betraf — ruhig auf ihn verlassen könnte; er war ein Kinderzeuger, wie es keinen zweiten gab: er hatte stämmige Schultern, ein ellenbreites Kreuz, ein dunkles, sonnengebräuntes Gesicht und Augenbrauen wie Jupiter; er war sechs Fuß groß, und — was, wie man sagte, einen rechten Karmeliter besonders auszeichnet — nach dem Vorbild der schönsten Maulesel der Gegend geschaffen. Wo ist die Frau, der solch ein Bursche nicht vorzüglich gefiele? Und so paßte er denn auch erstaunlich gut zu Frau Rodin, die bei dem guten Mann, den ihre Eltern ihr zum Gatten gegeben hatten, bei weitem nicht solche hervorragenden Fähigkeiten finden konnte. Herr Rodin schien zwar — wie wir bereits festgestellt haben — über alles hinwegzusehen; aber er war darum nicht weniger eifersüchtig; er sagte zwar kein Wort, aber er entfernte sich auch nicht, sondern er blieb häufig in Augenblicken, in denen man ihn sehr weit fortgewünscht hätte; dennoch war die Frucht reif. Die einfältige Frau Rodin hatte ihrem Verehrer ganz offen erklärt, daß sie nur noch auf eine Gelegenheit warte, um seinen Wünschen zu entsprechen, die ihr zu heftig erschienen, als daß sie ihnen länger widerstehen könnte; Pater Gabriel seinerseits hatte auch Frau Rodin fühlen lassen, daß er bereit sei, ihre Wünsche zu befriedigen... Während Rodin einmal einen ganz kurzen Augenblick hatte hinausgehen müssen, hatte Gabriel seiner reizenden Geliebten sogar jene Dinge gezeigt, die eine Frau auch das letzte Zögern überwinden lassen... Es bedurfte also nur noch der Gelegenheit.

Eines Tages kam Rodin nach St. Hilaire, um seinen Freund zum Essen zu bitten; er hatte die Absicht, ihm eine Jagdpartie vorzuschlagen, nachdem man eine Flasche Lanertewein getrunken haben würde; in den obwaltenden Umständen glaubte Gabriel gleich, der Augenblick sei gekommen, der seinem Verlangen günstig war. „O Himmel, Herr Schultheiß“, sagte der Mönch zu seinem Freund, „wie bin ich erfreut, Sie heute zu sehen! Sie hätten in keinem für mich gün=

stigeren Augenblick kommen können. Ich habe eine Angelegenheit von größter Wichtigkeit, bei der Sie mir von beispielloser Nützlichkeit sein können." „Worum handelt es sich, Pater?" „Sie kennen einen gewissen Renoult in Ihrer Stadt?" „Renoult, den Hutmacher?" „Eben den!" „Ja und?" „Nun, dieser Bursche schuldet mir hundert Taler, und ich habe soeben erfahren, daß er kurz vor dem Bankrott steht; vielleicht ist er in diesem Augenblick, in dem ich Ihnen davon erzähle, schon nicht mehr in der Grafschaft ... Ich müßte unbedingt zu ihm eilen, aber ich kann nicht." „Wer hindert Sie daran?" „Meine Messe, potztausend, die ich halten muß; ich wollte lieber, daß die Messe zum Teufel ginge und die hundert Taler in meiner Tasche wären." „Wie, kann man Sie nicht von dieser Pflicht befreien?" „O wahrhaftig, befreien! Wir sind zu dritt hier, und wenn wir nicht jeden Tag drei Messen abhalten, so gibt uns der Aufseher — der selbst niemals eine liest — beim Hof in Rom an. Aber es gibt eine Möglichkeit, mir zu helfen, mein Lieber; sehen Sie, wenn Sie es tun wollten, so hinge es nur von Ihnen ab." „Aber liebend gern, worum handelt es sich?" „Ich bin hier mit dem Kirchendiener allein. Die ersten beiden Messen sind bereits gehalten worden, die Mönche sind schon draußen; niemand wird den Streich ahnen; die Versammlung wird nicht sehr zahlreich sein; vielleicht ein paar Bauern, und höchstens noch diese kleine fromme Dame, die im Schloß von ... wohnt, ein engelhaftes Wesen, das sich einbildet, durch religiöse

Strenge die Fehltritte ihres Mannes wiedergutmachen zu können. Sie haben studiert, um Priester zu wer=den; das haben Sie, glaube ich, mir gesagt." „Natür=lich." „Nun also, dann müssen Sie auch gelernt haben, wie man eine Messe hält." „Ich lese sie wie ein Erz=bischof." „Oh, mein lieber und guter Freund", sagte Gabriel und umarmte Rodin, „um Gottes willen, ziehen Sie sich meinen Rock an, warten Sie, bis die elfte Stunde schlägt — jetzt ist es zehn Uhr — und dann halten Sie, ich bitte Sie darum, meine Messe. Unser Bruder, der Kirchendiener, ist ein guter Teufel, der uns nicht verraten wird. Denjenigen, die mich nicht erkannt zu haben glauben, wird man sagen, es sei ein neuer Mönch gewesen; die anderen kann man in ihrem Irrtum belassen. Ich werde zu dem Schuft Renoult eilen und ihn töten oder mein Geld wieder=erhalten, und in zwei Stunden bin ich zurück. Sie erwarten mich; lassen Sie Seezungen braten, Rind=fleisch schmoren und Wein zapfen. Bei meiner Rück=kehr werden wir frühstücken, und dann die Jagd ... Ja, mein Freund, die Jagd, und ich glaube, daß sie diesmal gut sein wird: Man hat, wie man sagt, vor kurzem ein gehörntes Tier in der Gegend gesehen; ich will, zum Teufel, daß wir es erwischen, und wenn wir später zwanzig Prozesse mit dem Besitzer dieser Ländereien führen müßten!" „Ihr Plan ist gut", sagte Rodin, „und um Ihnen einen Dienst zu erweisen, gibt es nichts, das ich nicht tun würde; aber ist es nicht sündhaft?" „Sündhaft, mein Freund? Keineswegs. Sündhaft wäre vielleicht, wenn man die Sache schlecht machen würde; aber wenn man sie tut, ohne befugt zu sein, so ist alles, was Sie sagen, als hätten Sie nichts gesagt. Glauben Sie mir, ich bin Kasuist; in diesem Vorgehen gibt es nichts, was man eine Erlassungssünde nennen könnte." „Aber muß ich auch die Worte sprechen?" „Und warum nicht? Diese Worte haben ihre tugendhafte Kraft nur in unserem Munde, und sie ist so stark bei uns ... Sehen Sie, mein Freund, sie ist so stark, daß ich diese Worte über dem Unterleib Ihrer Gattin sagen und denselben dadurch in einen Tempel, in einen Gott verwandeln könnte, dem Sie Ihr Opfer darbringen ... Nein, nein, mein Lieber, nur wir haben die Kraft der Transsubstantiation. Sie könnten diese Worte zwanzigtausendmal aussprechen, ohne daß irgend etwas vom Himmel herabsteigen würde, und selbst bei uns geht der Vorgang oft völlig fehl. Der Glaube macht hier alles; mit einem Körnchen Glauben kann man Berge versetzen, wie Sie wissen; Jesus Christus hat es gesagt; aber wer keinen Glauben hat, der vermag gar nichts ... Ich zum Beispiel, wenn ich zelebriere ... ich denke manchmal viel stärker an die Mädchen und Frauen der Gemeinde als an dieses teuflische Stück Teig, das ich in meinen Händen hin- und herbewege; und glauben Sie, daß ich dann irgend etwas geschehen lassen kann ... ? Ich würde eher an den Koran glauben, als mir das in den Kopf zu setzen. Ihre Messe wird also beinahe genausogut sein wie die meine: Darum, mein Freund, handeln Sie getrost ohne Gewissensbisse, und vor allem, haben Sie guten Mut."

„O Jemine", sagte Rodin, „ich habe einen Wolfshunger und soll noch zwei Stunden aushalten, ohne zu frühstücken!" „Wer hindert Sie daran, etwas zu essen? Hier, da haben Sie etwas." „Und die Messe, die ich halten muß?" „Zum Teufel, was macht das schon? Glauben Sie, Gott würde mehr beschmutzt, wenn er in einen vollen Magen fällt, statt in einen leeren Bauch? Ob das Essen drüber oder drunter ist, der Teufel soll mich holen, wenn das nicht gleichgültig ist. Nur zu, mein Freund! Wenn ich für jedesmal, das ich vor der Messe gegessen habe, nach Rom pilgern müßte, um es zu berichten, so würde ich mein Leben auf der Landstraße verbringen. Und außerdem sind Sie kein Priester; unsere Regeln können also für Sie nicht gelten; Sie werden ja nur ein Bild der Messe geben, Sie werden sie nicht richtig halten; also können Sie tun, was Ihnen beliebt, vorher oder nachher; Sie könnten sogar Ihre Frau küssen, wenn sie hier wäre; Sie sollen es ja nur machen wie ich, und weder das Opfer zelebrieren noch darbringen." „Also gut", sagte Rodin, „ich werde es tun, und Sie können beruhigt sein." „Schön", sagte Gabriel, machte sich auf und ließ seinen Freund in der Obhut des Kirchendieners. „... Sie können sich auf mich verlassen, mein Lieber, in kaum zwei Stunden werde ich Ihnen zu Diensten stehen." Und ganz entzückt eilte der Mönch davon.

Man kann sich gut vorstellen, daß er auf schnellstem Wege zu der Frau Schultheißin lief. Sie war erstaunt, ihn zu sehen, und da sie glaubte, daß er mit ihrem

Gatten zusammen sei, fragte sie ihn nach dem Grund seines unvorhergesehenen Besuches.
„Wir müssen uns beeilen, meine Liebe", sagte der Mönch atemlos, „schnell, wir haben nur einen kurzen Augenblick für uns ... Ein Glas Wein, und dann ans Werk." „Aber mein Gatte?" „Er hält die Messe." „Er hält die Messe?" „Nun ja, potztausend, ja, Liebling", antwortete der Karmeliter und schubste Frau Rodin auf ihr Bett, „ja, meine Seele, ich habe einen Priester aus Ihrem Mann gemacht, und während der Schelm ein göttliches Mysterium zelebriert, beeilen wir uns, ein weltliches zu vollziehen ..." Der Mönch war kräftig, und wenn er eine Frau ergriff, wäre es schwierig gewesen, ihm zu widerstehen; seine Überzeugungskraft war übrigens so eindeutig, daß er Frau Rodin leicht überredete; und da es ihm keineswegs mißfiel, eine kleine Spitzbübin von zweiundzwanzig Jahren mit Hilfe seines provenzalischen Temperaments zu überzeugen, wiederholte er seine Beweisführung mehr als einmal. „Aber, mein lieber Engel", sagte die Schöne schließlich völlig überzeugt, „weißt du, daß die Zeit drängt? Wir müssen uns trennen; wenn unser Vergnügen nicht länger als eine Messe dauern darf, so muß das ‚ite missa est' schon lange gesprochen sein." „Nein, nein, meine Gute", sagte der Karmeliter, denn er hatte noch ein letztes Argument für Frau Rodin bereit, „nur zu, mein Herz, wir haben noch genügend Zeit; noch einmal, meine liebe Freundin, noch einmal; diese Novizen gehen nicht so schnell vor wie wir ... Noch einmal,

sage ich dir; ich möchte wetten, daß der Hahnrei noch nicht einmal seinen Segen gesprochen hat." Dennoch mußten sie sich bald trennen; sie gaben sich aber das Versprechen, sich demnächst wiederzusehen; sie besprachen einige weitere Listen, und Gabriel eilte zurück zu Rodin. Dieser hatte so gut zelebriert wie ein Bischof. „Nur", so sagte er, „das ‚quod aures' hat mich ein wenig in Verwirrung gebracht; ich wollte essen statt zu trinken; aber der Kirchendiener hat mich daran gehindert. Und die hundert Taler, mein Pater?" „Ich habe sie, mein Sohn. Der Schurke hat Widerstand leisten wollen, aber ich habe eine Forke ergriffen und, meiner Treu, ich habe ihn von Kopf bis Füßen verdroschen." Unterdessen wurde der Handel zu Ende geführt und unsere beiden Freunde gingen auf die Jagd.

Bei seiner Rückkehr erzählte Rodin seiner Frau von dem Dienst, den er Pater Gabriel erwiesen hatte. „Ich habe die Messe zelebriert", sagte der große Einfaltspinsel und lachte aus vollem Herzen, „ja, Potzwetter, ich habe die Messe gehalten wie ein richtiger Pfaffe, derweil unser Freund die Schultern von Renoult mit einem Forkenstiel abmaß ... Er zeigte ihm seine Waffe; was sagst du dazu, meine Liebe, er setzte sie ihm vor die Stirn! Ha! Liebes kleines Mütterchen, wie diese Geschichte komisch ist, und wie ich über die betrogenen Männer lachen muß! Und du, mein Lieb, was hast du gemacht, während ich die Messe zelebriert habe?" „Ach, mein Freund", sagte die Frau Schultheißin, „es scheint, als habe der

Himmel es besonders gut mit uns gemeint; schau, wie die Dinge des Himmels uns beide erfüllt haben, ohne daß wir davon etwas wußten: während du die Messe gehalten hast, habe ich das schöne Gebet hergesagt, das die Jungfrau als Antwort sprach, als Gabriel ihr ankündigen kam, daß sie durch den Heiligen Geist schwanger werden würde. Schau, mein Freund, da werden wir gewiß die Seligkeit erhalten, wenn wir zur gleichen Zeit beide solch gute Handlungen begehen!"

DER GEFOPPTE PRÄSIDENT

**Oh! Verlaßt Euch auf mich, ich will sie besingen,
daß sie zwanzig Jahre in Stille verbringen!**

Mit tiefstem Bedauern sah der Marquis von Olin=court, Oberst der Dragoner, ein geistvoller, leut=seliger und lebhafter Mann, daß seine Schwägerin, das Fräulein von Téroze, in die Arme eines der schauderhaftesten Menschen gelangen sollte, der je=mals auf dieser Erde gelebt hat ... Das reizende Mädchen, das, achtzehn Jahre alt, frisch wie die Blu=mengöttin Flora und dabei schön wie die Grazien war, wurde seit vier Jahren von dem jungen Grafen von Elbène geliebt, der als Vize=Oberst im Regiment Olincourts diente und ebenfalls nur zitternd dem fatalen Augenblick entgegenblickte, der sie mit dem für sie bestimmten sauertöpfischen Gatten vereinen und auf ewig von dem einzigen Mann trennen sollte, der ihrer würdig gewesen wäre. Aber wie sollte sie sich diesem Schicksal widersetzen? Fräulein von Té=roze hatte einen alten, starrköpfigen, milzsüchtigen und gichtbrüchigen Vater, einen Mann, der sich leider einbildete, daß weder das gegenseitige Einvernehmen noch die charakterlichen Eigenschaften, sondern allein die Vernunft, das reife Alter und vor allem der Stand die Gefühle eines Mädchens für ihren Gatten be=stimmen sollten, und daß der Richterstand der ge=schätzteste und würdigste aller Stände der Monar=

chie sei, den übrigens auch er selbst über alles in der Welt liebte. So konnte notwendigerweise seine jüngere Tochter ausschließlich mit einem Mann aus dem Richterstand glücklich werden. Dennoch hatte der alte Baron von Téroze seine ältere Tochter einem Offizier gegeben, und was noch schlimmer war, einem Oberst der Dragoner; diese überaus glückliche Frau, die das Glück in jeder Hinsicht verdiente, hatte keinen Grund, sich über die Wahl ihres Vaters zu beklagen. Dieselbe hatte hingegen gar nichts zu bedeuten; wenn die erste Heirat ein Erfolg gewesen war, so in seinen Augen nur aus Zufall, zumal allein ein Mann aus dem Richterstand ein Mädchen wirklich glücklich machen konnte; daran war nicht zu rütteln; es mußte also ein solcher Mann gefunden werden. In den Augen des alten Barons war der liebenswürdigste von allen nur möglichen Männern aus dem Richterstand ein gewisser Herr von Fontanis, Präsident am Gerichtshof von Aix, den er in früheren Zeiten in der Provence kennengelernt hatte; ohne jede weitere Überlegung sollte dieser Herr von Fontanis der Gatte von Fräulein von Téroze werden.
Nur wenige Leute haben eine Vorstellung von einem Präsidenten am Gerichtshof von Aix; er ist eine Art Ungeheuer, von dem man schon oft gesprochen hat, ohne es genau zu kennen; unerbittlich streng von Amts wegen, schafsköpfisch, starrsinnig, hoffärtig, feige, geschwätzig und einfältig von Charakter; steif und unbeholfen in seiner Haltung wie eine Gans, schnarrend wie Pulcinell, dünnleibig bis zur Un=

schicklichkeit, lang, dürr und stinkend wie ein Kadaver ... Man könnte sagen, daß alles böse Blut und die ganze Steifheit der Magistratsbehörden des Königreiches ihre Zuflucht im Tempel der provenzalischen Themis gesucht haben, um sich von dort, je nach Bedarf, über das ganze Land auszubreiten, wenn immer ein französischer Gerichtshof sich veranlaßt sieht, Zurechtweisungen zu erteilen oder Bürger zu hängen. Aber Herr von Fontanis überbot diese flüchtige Schilderung seiner Landsleute. Auf dem hageren und sogar ein wenig gekrümmten Körper, den wir soeben beschrieben haben, bemerkte man bei Herrn von Fontanis einen schmalen, flachen und nach hinten stark ansteigenden Schädel, geziert von einer gelben Stirn, die bei den meisten Gelegenheiten schulmeisterlich von einer Perücke bedeckt wurde, deren Machart man in Paris nie zuvor gesehen hatte; zwei etwas schiefe Beine mußten sich ziemlich anstrengen, um diesen wandelnden Kirchturm zu stützen, aus dessen Brust nicht ohne Unannehmlichkeiten für die Nachbarn eine keifende Stimme aufstieg, die emphatisch lange, halb französische und halb provenzalische Komplimente herplapperte, über die er stets selbst zu lachen pflegte; hierbei riß er seinen Mund so weit auf, daß man bis zum Zäpfchen in einen schwarzen und zahnlosen Rachen blicken konnte, der an verschiedenen Stellen wund und der Öffnung gewisser Sitze nicht unähnlich war, die in Anbetracht unserer kümmerlichen menschlichen Natur ebensooft zum Thron der Könige wie zu dem der Bettler werden. Abgesehen von diesen körperlichen Reizen besaß Herr von Fontanis auch schöngeistige Ambitionen; nachdem er eines Nachts geträumt hatte, er wäre mit dem Heiligen Paul im dritten Himmel gewesen, hielt er sich für den größten Astronomen Frankreichs. Er räsonnierte über die Gesetzgebung, als sei er Farinacius oder Cujas, und man hörte oft, wie er in Übereinstimmung mit diesen beiden großen Männern und anderen Amtsbrüdern, die weniger große Männer waren, sagte, daß das Leben eines Bürgers, sein Besitz, seine Ehre, seine Familie und schließlich alles, was die Gesellschaft als heilig betrachtet, bedeutungslos würden, sobald es sich um die Enthüllung eines Verbrechens handelte, und daß es hundertmal besser sei, das Leben von fünfzehn Unschuldigen dranzugeben, als etwa einen Schuldigen zu schonen; denn der Himmel bleibe auch dann gerecht, wenn die Gerichtshöfe es nicht seien, so daß die Bestrafung eines Unschuldigen keinen anderen Nachteil aufweise, als daß sie eine Seele ins Paradies befördere, während die Schonung eines Schuldigen die Gefahr mit sich brächte, die Verbrechen auf Erden zu vermehren. Nur eine einzige Klasse von Individuen besaß einige Macht über die stahlharte Seele von Herrn von Fontanis, nämlich die der Dirnen; nicht daß er sie für gewöhnlich sehr stark in Anspruch genommen hätte: wenngleich er recht heißblütig war, blieben seine körperlichen Fähigkeiten begrenzt und er konnte sie kaum gebrauchen; seine Begierden reichten also stets sehr viel weiter als seine Kräfte. Herr von Fontanis strebte nach dem Ruhm, seinen erleuchteten Namen der Nachwelt zu überliefern, das war alles; und was diesen berühmten Magistraten bewog, gegen die Priesterinnen der Venus Nachsicht zu üben, war also seine Erwägung, daß es wenig Bürgerinnen gäbe, die dem Staate nützlicher wären; denn mit Hilfe ihrer Betrügereien, ihrer Heucheleien und ihrer Geschwätzigkeit könnten eine Menge verborgener Verbrechen entdeckt werden, und daran fand Herr von Fontanis Gefallen, zumal er ein geschworener Feind dessen war, was die Philosophen die menschlichen Schwächen nennen.

Diese groteske Zusammenstellung von ostgotischer Körpergestalt und justinianischer Rechtsauffassung verließ die Stadt Aix zum ersten Male im April 1779 und kam, gebeten von dem Herrn Baron von Téroze – den er aus Gründen, die hier belanglos sind, schon seit langem kannte –, um sich im Hause „Dänemark" einzumieten, das von dem des Barons nicht weit entfernt lag. Da es gerade die Zeit des Jahrmarktes von Saint-Germain war, glaubte jedermann im Hotel, dieses ungewöhnliche Geschöpf sei gekommen, um sich auf dem Jahrmarkt zur Schau zu stellen. Eines jener hilfsbereiten Wesen, die immer bereit sind, ihre Dienste an dergleichen öffentlichen Plätzen zur Verfügung zu stellen, schlug ihm sogar vor, sich an Nicolet zu wenden, der ihm mit wahrhaftem Vergnügen eine Bude herrichten würde, sofern der Herr es nicht vorziehen sollte, trotz allem lieber zuerst bei

Audinot aufzutreten. Der Präsident antwortete:

> **Der Leser wird darauf aufmerksam gemacht, daß man alle Reden des Präsidenten provenzalisch und mit geschnarrtem r aussprechen muß, obgleich die Orthographie dieser Aussprache nicht Rechnung trägt.**

„Als ich noch klein war, hat mir mein Kindermädchen schon gesagt, daß die Pariser ein spöttisches und possenhaftes Volk sind, die meinen Tugenden niemals Gerechtigkeit widerfahren lassen würden; gleichwohl hat mein Perückenmacher hinzugefügt, daß meine krause Perücke ihnen Respekt einflößen werde. Das gute Volk, es scherzt, wenn es vor Hunger stirbt und es singt, wenn es am härtesten bedrängt wird ... Oh! Ich habe schon immer behauptet, daß diesen Leuten eine Inquisition wie in Madrid und ein ständig aufgerichtetes Schafott wie in Aix fehlt."

Nach einer flüchtigen Toilette, die dazu angetan war, die auffälligen Merkmale eines Sechzigers noch zu erhöhen, nach einigen Spritzern Rosenwasser und Lavendel, die, wie Horaz sagt, keineswegs ruhmreiche Beigaben sind, nach alldem also und nach vielleicht noch anderen Vorkehrungen, die nicht zu unserer Kenntnis gelangt sind, begab sich der Präsident zu seinem Freund, dem alten Baron, um sich vorzustellen; die beiden Türflügel öffneten sich, der Präsident wurde gemeldet und trat ein. Zu seinem Unglück vergnügten sich gerade die beiden Schwestern und der Marquis von Olincourt in einer Ecke des Salons und alle drei benahmen sich wie die wahren Kinder, als diese originelle Gestalt auf der Bildfläche erschien; wie sehr sie sich auch anstrengen mochten, sie konnten sich eines heftigen Lachanfalls nicht er=wehren, wodurch die würdige Haltung des proven=zalischen Magistraten gehörig aus dem Gleichge=wicht gebracht wurde. Vor einem Spiegel hatte er seine Auftrittsbegrüßung des längeren eingeübt und er entledigte sich ihrer auch recht ordentlich, bis dann jenes vermaledeite Lachen, das unseren jungen Leuten unversehens entschlüpft war, den Präsiden=ten in der Stellung eines gespannten Bogens erheb=lich länger verharren ließ, als er beabsichtigt hatte; dennoch richtete er sich nach einiger Zeit wieder auf; ein gestrenger Blick des Barons trieb seine drei Kin=der wieder hinter die Schranken des Anstands zurück und die Konversation konnte endlich beginnen.

Der Baron, dessen Vorhaben feststand und der mög=lichst schnell zu Werke kommen wollte, ließ diese erste Aussprache nicht ungenutzt, dem Fräulein von Téroze zu erklären, daß dieses der Gatte sei, den er für sie bestimmt habe und daß sie ihm spätestens in einer Woche die Hand zur Ehe geben solle; Fräu=lein von Téroze sagte dazu kein Wort; der Präsi=dent zog sich zurück und der Baron wiederholte, daß er Gehorsam verlange. Die Umstände waren grau=sam: nicht nur, daß das schöne Mädchen Herrn von Elbène anbetete und von diesem vergöttert wurde;

sie hatte ihrem galanten Liebhaber leider auch bereits jene Blume zu pflücken gewährt, die, im Gegensatz zu den Rosen, mit denen man sie manchmal zu vergleichen pflegt, keineswegs die Fähigkeit besitzt, in jedem Frühling neu zu erblühen. Was sollte nun Herr von Fontanis denken ... ein Präsident am Gerichtshof von Aix ... wenn er seine Arbeit bereits getan fand? Ein provenzalischer Magistrat mag noch so lächerlich erscheinen, das gehört zu seinem Stand; in Primizien aber kennt er sich immerhin aus und wenigstens einmal in seinem Leben, bei seiner Frau möchte er sie finden. Das war es, was Fräulein von Téroze vor allem zögern ließ; denn obgleich sie sehr leichtfertig und schelmisch war, besaß sie doch das taktvolle Zartgefühl, das einer Frau in einem derartigen Fall gebührt, zumal wenn sie sehr richtig spürt, daß ihr Gatte sie wenig schätzen würde, sobald sie ihn davon überzeugen müßte, daß sie ihm, bevor sie ihn kannte, nicht die gehörige Achtung gezollt habe. Nichts ist so unbestritten wie unser Vorurteil gegenüber dieser Sache: ein unglückliches Mädchen muß nicht nur alle Gefühle seines Herzens dem Gatten opfern, den seine Eltern ihm geben, sondern es macht sich sogar schuldig, wenn es, bevor es den Tyrannen kennt, der sie gefangennehmen soll, auch nur für einen Augenblick der Stimme der Natur gelauscht und ihr nachgegeben hat. Fräulein von Téroze ging also mit ihrem Kummer zu ihrer Schwester, die weit ausgelassener als prüde und viel liebenswürdiger als gottesfürchtig war; sie lachte über die vertrauliche Mitteilung wie toll und lief damit sogleich zu ihrem ernsthafteren Gatten, der zu der Einsicht gelangte, daß, wenn die Dinge bereits in einem so zerstörten und unreparierbaren Zustand wären, man sich wohl hüten mußte, sie den Priestern der Themis darzubieten; denn diese Herren schienen ihm niemals über so bedeutsame Dinge zu scherzen und er hielt es für möglich, daß man die kleine Schwester, kaum in der Stadt des „ständig aufgerichteten Schafotts" angekommen, vielleicht schon auf dieses Schafott würde steigen lassen, um der Sittsamkeit ein Opfer zu bringen. Der Marquis dozierte — denn sonderlich nach dem Essen hatte er hin und wieder gelehrsame Anwandlungen — und er bewies, daß die Provence eine ägyptische Kolonie gewesen sei, daß die Ägypter sehr oft junge Mädchen geopfert haben und daß ein Präsident am Gerichtshof von Aix, der also ursprünglich ein ägyptischer Siedler war, auf ganz natürliche Weise der kleinen Schwester den schönsten Hals der Welt abschneiden lassen könnte ... Diese Siedler-Präsidenten seien richtige Halsabschneider. „Sie hacken euch den Nakken durch", fuhr d'Olincourt fort, „wie eine Krähe eine Nuß zerschlägt; ob zu Recht oder zu Unrecht, diese Frage betrachten sie nicht so genau; der Rigorismus trägt wie die Themis eine Binde vor den Augen; die Dummheit hat sie ihm umgelegt und in der Stadt Aix wird auch die Aufklärung diese Binde niemals herunterreißen können ..."

Es wurde also beschlossen, gemeinsam zu beraten:

Der Graf, der Marquis, Frau von Olincourt und ihre reizende Schwester begaben sich zu einem Diner in ein dem Marquis gehöriges kleines Haus im Bois de Boulogne und dort faßte der gestrenge Areopag in enigmatischem Stil – ähnlich den Antworten der Sibylle von Cumes oder den Verordnungen des Gerichtshofes von Aix, der wegen seines ägyptischen Ursprungs einiges Recht auf die Hieroglyphen hat – faßte den Entschluß, sage ich, daß der Präsident „heiraten und doch nicht heiraten sollte". Nachdem der Urteilsspruch getan und die Akteure in ihre Aufgaben eingewiesen waren, kehrte man zum Baron zurück; das junge Mädchen machte seinem Vater keinerlei Schwierigkeiten, d'Olincourt und seine Frau versicherten, sie würden diese so passende Hochzeit zu einem Freudenfest gestalten, sie schmeichelten dem Präsidenten in fast auffälliger Weise, hüteten sich wohlweislich, nochmals in seiner Gegenwart zu lachen, und gewannen so tiefes Vertrauen bei Schwiegersohn und Schwiegervater, daß beide Männer einwilligten, die Weihe der Ehe auf dem Schloß d'Olincourts in der Nähe von Melun – einem Besitz des Marquis – zu vollziehen. Jedermann stimmte freudig zu und nur der Baron bedauerte es, wie er sagte, nicht die Freuden eines so schönen Festes miterleben zu können; aber wenn es sich einrichten ließe, werde er das junge Paar besuchen kommen. Endlich nahte der Tag; am frühen Morgen und ohne den geringsten Aufwand wurden die beiden Brautleute in St. Sulpice durch das Sakrament vereint; und noch am gleichen Tag brach man zu dem Schloß d'Olincourts auf. Der Graf von Elbène, der sich in der Kleidung und unter dem Namen La Bries — des Kammerdieners der Marquise — verbarg, empfing die Gesellschaft bei ihrer Ankunft und führte die beiden Gatten nach dem Abendessen in das Hochzeitszimmer, dessen Ausstattung und maschinelle Einrichtung er selbst besorgt hatte und die er auch selbst in Aktion setzen sollte.

„In der Tat, mein liebes Kind", sagte der verliebte Provenzale, sobald er sich seiner Braut allein gegenübersah, „Sie sind so reizend wie Venus selbst! Caspita!

Provenzalischer Fluch.

Ich weiß nicht, von wem Sie diese Reize geerbt haben; aber man könnte die ganze Provence durcheilen, ohne ein Mädchen zu finden, das Ihnen gleichkäme." Und während er ihr unter die Röcke griff und die arme kleine Téroze nicht wußte, ob sie lachen oder sich fürchten sollte, fuhr er fort: „Hier ganz ausgezeichnet und dort ebenso; Gott möge mich strafen und mich niemals mehr über Dirnen urteilen lassen, wenn dies nicht die Gestalt der Liebe selbst unter den herrlichen Röckchen ihrer Mutter ist." Unterdessen trat La Brie ein und brachte zwei goldene Schalen, von denen er die eine der jungen Braut und die andere dem Herrn Präsidenten reichte: „Trinken Sie, keusches Brautpaar", sagte er, „und mögen Sie beide in diesem Getränk die Gaben der

Liebe und der Ehe finden. Herr Präsident", fügte La Brie hinzu, als er bemerkte, daß der Magistrat erfahren wollte, welche Bewandtnis es mit diesem Getränk habe, „dies ist ein in Paris üblicher Brauch, der auf die Taufe Chlodwigs zurückgeht: Bei uns pflegt man, bevor man die Mysterien feiert, wie Sie beide es eben zu tun im Begriffe sind, die notwendigen Kräfte für das Unternehmen aus diesem Getränk zu schöpfen, das durch die Segnung des Bischofs geheiligt ist." „Potztausend, gern", antwortete der Gerichtsherr, „geben Sie her, mein Freund ... Aber beim Himmel, wenn Sie das Werg entzünden, muß sich Ihre junge Herrin in acht nehmen; ich bin bereits fast zu stark entflammt und wenn Sie mich da hinbringen, daß ich mich nicht mehr kenne, weiß ich nicht, was alles passieren kann." Der Präsident stürzt das Getränk hinunter, seine junge Gattin tut es ihm gleich, der Diener zieht sich zurück und man begibt sich zu Bett; aber kaum hat man sich niedergelegt, als der Präsident von äußerst heftigen Leibschmerzen befallen wird und das dringende Bedürfnis verspürt, seine schwache Natur in der entgegengesetzten Richtung zu erleichtern, als er sollte; ohne darauf achtzugeben, wo er sich befindet und ohne Respekt für die Frau, die sein Lager teilt, überschwemmt er das Bett und die umliegenden Gegenstände mit einer so gewaltigen Gallenflut, daß das entsetzte Fräulein von Téroze kaum Zeit hat, sich aus dem Bett zu werfen und um Beistand zu rufen. Herr und Frau von Olincourt, die sich wohl gehütet hatten, schlafen zu gehen, eilen herbei und der bestürzte Präsident wickelt sich, um sich nicht zu zeigen, in die Laken ein; dabei bemerkt er gar nicht, daß er sich, je eifriger er sich zu verstecken sucht, desto mehr beschmutzt, bis er schließlich so abscheulich und widerlich anzusehen ist, daß seine junge Gattin und alle anderen Anwesenden seinen Zustand lebhaft bedauern, sich schnellstens zurückziehen und dem Präsidenten unterdessen versichern, daß sie auf der Stelle den Baron benachrichtigen werden, damit er sofort den besten Arzt der Hauptstadt zum Schloß schicke. „O gerechter Himmel", ruft der arme Präsident beschämt aus, sobald er alleine ist, „welch absonderliches Ereignis: Ich glaubte, wir könnten uns nur in unserem Gerichtspalast und über die Lilienblumen in dieser Weise ergehen; aber in der Hochzeitsnacht und im Brautbett, das kann ich wahrhaftig nicht verstehen."

Ein Leutnant aus dem Regiment d'Olincourts mit Namen Delgatz, dem die Pflege der Regimentspferde oblag und der darum zwei oder drei Kurse an der Veterinärschule besucht hatte, stellte sich am nächsten Morgen unter dem Titel und dem Emblem eines der berühmtesten Jünger des Äskulap ein. Man hatte Herrn von Fontanis eingeredet, nur im Morgenmantel zu erscheinen und die Frau Präsidentin von Fontanis, der wir freilich diesen Namen noch keineswegs beilegen dürfen, verheimlichte ihrem Manne durchaus nicht, wie reizend sie ihn in diesem Aufzug fände: er trug einen Morgenrock aus gelber Calmende mit roten Streifen gerade auf der Taille, geziert mit Umschlägen und Revers und darunter eine braune Straminweste, Matrosenbeinkleider in derselben Far=be und eine rote Wollmütze; all das und dazu die reizende Blässe vom Unfall des Vortages erhöhten die Liebe des Fräuleins von Téroze angeblich in sol=chem Maß, daß sie ihn auch nicht für eine Viertel=stunde verlassen wollte. „Péchaire“, sagte der Prä=sident, „wie sie mich liebt! Sie ist tatsächlich die Frau, die der Himmel für mein Glück ausersehen hat; ich habe mich in der vergangenen Nacht sehr schlecht betragen, aber nicht jeden Tag ist einem so übel.“ Inzwischen traf der Arzt ein, fühlte den Puls des Kranken und wunderte sich über dessen Schwäche; er bewies ihm an Hand der Aphorismen des Hippo=krates und der Kommentare des Galenus, daß, wenn er sich nicht beim Abendessen an einem halben Dut=zend Flaschen Weines aus Spanien und Madeira stärken würde; er die vorgesehene Defloration un=möglich durchführen könne; was die Verdauungs=schwierigkeiten vom Vortage betraf, so versicherte er, daß sie keine Bedeutung hätten. „Das, Monsieur“, sagte er, „rührt von der Galle her, die in der Leber=röhre nicht genügend gefoltert worden ist.“ „Aber“, sagte der Marquis, „das Mißgeschick war wohl nicht sehr ernst.“ „Ich bitte um Verzeihung, Monsieur“, antwortete der Anhänger des Epidaurostempels mit größter Ernsthaftigkeit, „in der Medizin kennen wir keine kleinen Ursachen, die nicht auch ungeheure Folgen herbeiführen könnten, wofern die Macht un=

serer Kunst nicht sofort die verhängnisvollen Folgen verhindert. Es könnte aus diesem kleinen Unglück eine beachtliche Änderung im Organismus des Herrn auftreten, wenn diese ungefilterte Galle vom Aortenbogen in die Arterie gelangt und von dort durch die Karotis in die zarten Membrane des Gehirns gebracht wird, würde sie die Zirkulation der Lebensgeister verändern, ihre natürliche Aktivität stören und den Wahnsinn hervorrufen." „O Himmel", rief Fräulein von Téroze aus, „mein Gatte wahnsinnig, Schwester, mein Gatte wahnsinnig!" „Beruhigen Sie sich, Madame, dank der raschen Wirkung meiner Pflege wird es nicht so weit kommen und jetzt übernehme ich für den Kranken die Verantwortung."

Bei diesen Worten sah man deutlich, wie in allen Herzen Freude aufstieg; der Marquis von Olincourt umarmte seinen Schwager auf das zärtlichste, bezeugte ihm in lebhafter und provenzalischer Weise, welch mächtigen Anteil er an seinem Wohlergehen nehme, und es wurde von nichts anderem mehr als vom Vergnügen gesprochen. An diesem Tage empfing der Marquis seine Vasallen und Nachbarn; der Präsident wollte sich umziehen gehen, aber man hinderte ihn daran und machte sich einen Spaß daraus, ihn in diesem Aufzug der ganzen Gesellschaft der Umgebung vorzustellen. „Aber so sieht er reizend aus", versichert die boshafte Marquise jeden Augenblick, „in der Tat, Herr von Olincourt, wenn ich, bevor ich Sie kennengelernt habe, gewußt hätte, daß die herrschaftliche Magistratur von Aix solche liebens=

würdigen Leute wie meinen Schwager beherbergt, so kann ich Ihnen versichern, daß ich niemals je= manden anders zum Gatten genommen hätte als eines der Mitglieder dieser hochachtbaren Versammlung." Der Präsident bedankte sich und verneigte sich hin und wieder lächelnd und schöntuend vor einem Spie= gel, wobei er mit leiser Stimme zu sich selbst sagte: „Es ist ganz sicher, häßlich bin ich nicht." Endlich nahte die Stunde des Abendessens, man hatte den verwünschten Arzt dabehalten, der selbst wie ein Schweizer trank und der keine große Mühe hatte, seinen Kranken zu überreden, es ihm gleich zu tun; man hatte in ihrer Nähe vorsorglich schwere Wei= ne aufgestellt, die ihnen den Verstand sehr schnell einnebelten und den Präsidenten in jenen Zustand versetzten, in dem man ihn haben wollte. Man er= hob sich, der Leutnant, der seine Rolle ausgezeichnet gespielt hatte, ging zu Bett und verschwand am näch= sten Morgen; unseren Helden ergriff seine junge Gattin und führte ihn in das Ehebett; er wurde von der ganzen Gesellschaft im Triumphzug begleitet und die Marquise, immer gut aufgelegt, besonders aber, wenn sie ein wenig Champagner geschlürft hatte, versicherte ihm, daß er sich zu sehr habe gehen lassen und sie befürchte, die Liebe könne ihn, ob= gleich er von den Bacchusdämpfen sehr erhitzt sei, auch in dieser Nacht nicht in ihren Bann schlagen. „Ganz im Gegenteil, Frau Marquise", antwortete der Präsident, „wenn diese beiden verführerischen Göt= ter vereint sind, werden sie um so gefährlicher; was die Vernunft betrifft, so spielt es keine Rolle, ob sie sich im Wein oder in der Flamme der Liebe verliert; von dem Moment an, wo man auf sie verzichten kann, ist es gleichgültig, welcher der beiden Gottheiten man sie geopfert hat. Wir Magistraten können von allen Dingen auf der Welt am ehesten auf die Vernunft verzichten; wir verbannen sie aus unseren Gerichtssälen wie aus unseren Köpfen und machen uns ein Spiel daraus, sie mit Füßen zu treten; dadurch werden unsere Verordnungen zu wahren Meisterwerken, denn obwohl sie niemals dem gesunden Menschenverstand entsprungen sind, führt man sie doch ebenso streng aus, als wüßte man, was sie bedeuten. So wahr Sie mich sehen, Frau Marquise", fuhr der Präsident ein wenig schwankend fort und hob seine rote Mütze auf, die ein Augenblick der Gleichgewichtsstörung von seinem kahlen Schädel getrennt hatte ... „Ja, in der Tat, so wahr Sie mich sehen, bin ich einer der besten Köpfe meiner Truppe; im vergangenen Jahr war ich es, der meine geistlichen Kollegen überredet hat, einen Edelmann, der dem König immer gut gedient hatte, für zwei Jahre in die Verbannung zu schicken und ihn auf diese Weise für alle Zeiten zu ruinieren und das nur wegen einer Dirnengeschichte: Man widersetzte sich, doch kaum tat ich meine Meinung kund, beugte sich die Herde meiner Stimme ... Sie sehen also, ich trete für die Sitten ein und ich liebe die Mäßigung und die Enthaltsamkeit; alles, was diese beiden Tugenden verletzt, empört mich und ich schreite hart ein; man muß streng sein; die Strenge ist die Tochter der Gerechtigkeit ... und die Gerechtigkeit ist die Mutter der ... Ich bitte um Verzeihung, Madame, aber in manchen Augenblicken läßt mich das Gedächtnis im Stich ..." „Ja, ja, das ist richtig", antwortete die Marquise belustigt und zog sich mit den anderen zurück, „geben Sie nur acht, daß es heute nacht nicht an allen anderen Dingen so mangelt wie an Ihrem Gedächtnis; denn man muß ja endlich zu Werke kommen und meine kleine Schwester, die Sie anbetet, wird sich nicht auf ewig mit solcher Abstinenz abfinden." „Fürchten Sie nichts, Madame, fürchten Sie nichts", versetzte der Präsident und wollte mit etwas schrägem Gang die Marquise zurückgeleiten, „ich bitte Sie, sorgen Sie sich nicht, morgen werde ich sie Ihnen ebenso sicher als Frau von Fontanis übergeben, wie ich ein Ehrenmann bin." „Es ist wahr, meine Kleine", sagte der Gerichtsherr zu seiner Gattin, als er zu ihr zurückkehrte, „gewähren Sie mir nur noch diese Nacht und unsere Aufgabe wird erfüllt sein ... Sie sehen, wie sehr man es wünscht; es gibt niemanden in Ihrer Familie, der sich nicht geehrt fühlt, sich mit mir zu verbinden; nichts ist schmeichelhafter für ein Haus als ein Magistrat." „Wer könnte daran zweifeln, Monsieur", antwortete die junge Frau, „ich kann Ihnen nur — was mich betrifft — versichern, daß ich niemals stolzer gewesen bin, als seitdem ich ‚Frau Präsidentin' genannt werde." „Das glaube ich gern. Also, entkleiden Sie sich, mein Stern, ich spüre eine leichte Müdigkeit und ich möchte, wenn möglich, daß unsere Tat getan ist, bevor mich der Schlaf völlig entführt." Aber da Fräulein von Téroze, wie es bei jungen Bräuten üblich ist, mit ihrer Toilette nicht fertig werden konnte, da sie niemals fand, was sie suchte, über ihre Kammerfrauen schimpfte und dabei zu keinem Ende kam, beschloß der Präsident, der nicht länger zu warten vermochte, sich ins Bett zu legen, und er mußte sich damit begnügen, eine Viertelstunde lang zu rufen: „So kommen Sie doch endlich, Donnerwetter, kommen Sie; ich verstehe gar nicht, was Sie da noch tun; gleich wird es zu spät sein." Dennoch geschah durchaus nichts und weil es sehr schwierig ist, in dem Zustand des Rausches, in dem sich unser moderner Lykurg befand, den Kopf auf einem Kissen liegen zu haben und doch nicht einzuschlafen, gab er schließlich dem dringenderen der Bedürfnisse nach und schnarchte bereits so laut, als hätte er irgendeine Dirne aus Marseille abgeurteilt, bevor Fräulein von Téroze überhaupt ihr Hemd gewechselt hatte. „So ist er richtig", sagte der Graf von Elbène, als er kurz darauf leise ins Zimmer trat, „komm, meine liebe Seele, komm und bereite mir die glücklichen Stunden, die uns dieser tierische Rohling rauben möchte." Während er so sprach, zog er den liebenswürdigen Gegenstand seiner Anbetung mit sich fort; im Brautzimmer erloschen die Lichter und sogleich bedeckte sich der Fußboden mit Matratzen; auf ein gegebenes Zeichen trennte sich die Betthälfte, in der unser Gerichtsherr lag von dem übrigen Teil und erhob sich, von einer Seilwinde emporgezogen, auf zwanzig Fuß über der Erde, ohne daß unser Gesetzesmann in seinem Schlaf etwas davon bemerkte. Gegen drei Uhr morgens erwachte er jedoch durch einen leichten Druck in der Blase und da er sich erinnerte, in seiner Nähe einen Tisch mit einem für solche Fälle vorgesehenen Gefäß gesehen zu haben, tastete er umher. Er war zunächst erstaunt, um sich herum alles leer zu finden; dann wagte er sich weiter vor, aber das Bett, das nur von Stricken gehalten wurde, paßte sich, als er sich vorbeugte, seinen Bewegungen an und schließlich gab es so weit nach, daß es sich einmal überschlug und seine Last mitten ins Zimmer fallen ließ; der Präsident stürzte auf die ausgebreiteten Matten und seine Überraschung war so groß, daß er kläglich wie ein Kalb zu brüllen begann, das man in die Metzgerei führt. „Eh, was zum Teufel soll das bedeuten", rief er, „Madame, Madame, Sie sind doch wohl hier; also verstehen Sie, wieso ich eben gefallen bin? Gestern habe ich mich vier Fuß über dem Boden niedergelegt und eben, als ich mein Nachtgeschirr nehmen wollte, fiel ich mehr als zwanzig Fuß hinab." Aber niemand antwortete auf diese jämmerlichen Klagen und der Präsident, der im Grunde auf den Matten gar nicht so schlecht lag, gab seine Untersuchungen auf und beendete dort unten seine Nacht, als hätte er sich auf seinem provenzalischen Strohsack befunden. Nach dem Sturz hatte man das Bett natürlich langsam wieder herabgelassen und es so genau wieder an den anderen

Teil gesetzt, daß es mit diesem zusammen ein einziges Lager bildete. Gegen neun Uhr morgens war auch Fräulein von Téroze leise wieder ins Zimmer zurückgekehrt. Sie öffnete sofort alle Fenster und läutete nach ihren Kammerfrauen. „In der Tat, Monsieur", sagte sie zu dem Präsidenten, „Ihre Gesellschaft ist nicht eben angenehm, das muß man schon zugeben und ganz sicher werde ich mich bei meiner Familie über die Mittel beschweren, die Sie mir gegenüber anwenden." „Welche Mittel?" fragte der ausgenüchterte Präsident, rieb sich die Augen und konnte nicht einsehen, warum er sich auf dem Fußboden befand. „Wie, welche Mittel?" sagte die junge Gattin und ließ ihre Launen spielen, „als ich mich Ihnen, getrieben von den Gefühlen, die mich an Sie binden sollten, heute nacht näherte, um die Versicherung der gleichen Gefühle von Ihrer Seite zu empfangen, haben Sie mich wütend von sich gestoßen und auf die Erde geworfen ..." „O gerechter Himmel", rief der Präsident, „sehen Sie, meine Kleine, ich beginne etwas von dem Ereignis zu verstehen ... Ich bitte Sie daher tausendmal um Entschuldigung ... Bedrängt von einem Bedürfnis habe ich in dieser Nacht nach einem Weg gesucht, diesem abzuhelfen und als ich dabei aus dem Bett stürzte, habe ich Sie vermutlich mitgerissen; ich bin um so mehr zu entschuldigen, als ich tatsächlich geträumt habe, denn es war mir, als sei ich aus einer Höhe von mehr als zwanzig Fuß herabgefallen, also das tut nichts, überhaupt nichts, mein Engel, wir müssen eben die Sache auf die kommende Nacht verschieben und ich verbürge mich dafür, daß ich mich in acht nehmen werde, ich will nur noch Wasser trinken, aber küssen Sie mich wenigstens, mein kleines Herz, und lassen Sie uns Frieden schließen, bevor die anderen kommen, sonst müßte ich glauben, Sie wären gegen mich verbittert und das wollte ich nicht für ein Königreich." Fräulein von Téroze war gerade bereit, eine ihrer noch vom Feuer der Liebe glühenden Rosenwagen dem alten Faun für seinen widerlichen Kuß darzubieten, als die Gesellschaft eintrat und die beiden Gatten die fatale Katastrophe der letzten Nacht sorgsam verhehlten.

Der ganze Tag wurde mit allen erdenklichen Vergnügungen und vor allem mit ausgedehnten Spaziergängen verbracht, die Herrn von Fontanis weit genug vom Schloß entfernten, so daß La Brie Zeit fand, neue Szenen vorzubereiten. Der Präsident war redlich entschlossen, seine Vermählung auch richtig zu vollziehen, und er blieb bei den Mahlzeiten so vorsichtig, daß man hier kein Mittel finden konnte, seinen Verstand in Verwirrung zu bringen; aber glücklicherweise wußte man mehr als eine andere Möglichkeit, zu viele Feinde hatten sich gegen den werten Fontanis verschworen, als daß er ihren Fallen hätte entgehen können. Man begab sich zu Bett. „Oh! In dieser Nacht, mein Engel", sagte der Präsident zu seiner jungen Ehehälfte, „will ich behaupten, daß Sie mir nicht wieder versagt bleiben werden." Aber während er also prahlte, hätte sich auch die Waffe, mit der er drohte, im rechten Zustand befinden müssen und da dieselbe sich nicht wie gewöhnlich sturmbereit zeigen wollte, unternahm der arme Provenzale in seiner Ecke unglaubliche Anstrengungen ... Er reckte und streckte sich, krampfte all seine Muskeln zusammen ... und beanspruchte dabei sein Lager zwei- oder dreimal so stark, als wenn er ruhig gelegen hätte; schließlich brachen die Balken, die von unten angesägt waren, und ließen den unglücklichen Magistraten in einen Schweinestall stürzen, der sich genau unter seinem Zimmer befand. Bei Geselligkeiten auf dem Schloß d'Olincourts diskutierte man noch lange darüber, wer wohl erstaunter gewesen sein mochte, der Präsident, als er sich plötzlich mitten unter den ihm aus seiner Heimat so vertrauten Tieren wiederfand, oder diese Tiere, als sie einen der berühmtesten Magistraten des Gerichtshofes von Aix bei sich sahen. Einige Leute behaupteten, daß auf beiden Seiten die gleiche Genugtuung geherrscht habe: tatsächlich kann der Präsident sich nicht fremd gefühlt haben in dieser Gesellschaft, in der er für einige Zeit dem heimatlichen Boden nahe verbunden war, und auf der anderen Seite mußten die unreinen, von dem braven Vater Moses verbotenen Tiere dem Himmel Dank sagen, daß endlich ein Mann des Gesetzes zu ihnen gestoßen war und noch dazu einer vom Gerichtshof zu Aix, der von Kindheit an daran gewöhnt war, Fälle abzuurteilen, die sich in dem von diesen reizenden Tieren bevorzugten Element zutrugen und der eines

Tages jede Streitfrage meiden und schlichten konnte, die in der für beide Seiten so passenden Umgebung entstehen würde.

Wie dem auch sei; man erkennt sich nicht immer auf den ersten Blick, und da die Zivilisation, die Mutter der Höflichkeit, bei den Mitgliedern des Gerichtshofes von Aix kaum weiter fortgeschritten ist als unter den vom Judentum verachteten Tieren, gab es zunächst eine Art von Zusammenprall, bei dem der Präsident nicht gerade Lorbeeren erntete: er wurde geschlagen, gestoßen und von Rüsselhieben geschunden, er erteilte Verweise, aber man hörte nicht auf ihn, er versprach Eintragungen, nichts, er redete von Verordnungen, die gleiche Wirkung, er drohte mit Verbannung und er wurde mit Füßen getreten und der arme Fontanis, blutüberströmt, arbeitete bereits an einem Urteil, in dem es um nichts weniger als um den Scheiterhaufen ging, als man ihm endlich zu Hilfe kam.

La Brie und der Oberst eilten mit Fackeln herbei und versuchten, den Magistraten aus dem Schlamm zu ziehen, in den er tief eingesunken war, aber die Frage blieb, wo man ihn anfassen sollte, denn er war regelrecht von Kopf bis Fuß beschmutzt und es konnte weder angenehm noch wohlriechend sein, ihn zu packen; La Brie ließ eine Mistgabel suchen, der sofort herbeigerufene Stallknecht brachte noch eine zweite und so wollten sie unseren Mann so gut es eben ging von der verwünschten Kloake in die sein Sturz ihn eingetaucht hatte, abschlämmen ... Aber da ergab sich eine weitere, nicht leicht zu lösende Schwierigkeit: wo sollte man ihn hinbringen? Die sündhafte Beschmutzung verlangte eine gründliche Läuterung; der Schuldige mußte reingewaschen werden, der Oberst schlug Abolitionsbriefe vor, aber der Stallknecht, der sich unter solchen großen Worten nichts vorstellen konnte, fand, man solle den Herrn ganz einfach in eine Pferdeschwemme tauchen, wo er nach einigen Stunden genügend durchgeweicht wäre, so daß man ihn mit Strohwischen abreiben und wieder einen hübschen Kerl aus ihm machen könne. Aber der Marquis meinte, das kalte Wasser könne der Gesundheit seines Schwagers schaden, worauf La Brie versicherte, daß der Waschkessel des Küchenjungen noch voll heißen Wassers wäre; also schaffte man den Präsidenten in die Küche und vertraute ihn dort dem Comus=Jünger zur Pflege an, der ihn auch im Handumdrehen so rein wusch wie eine Porzellanschale. „Ich würde Ihnen nicht raten, zu Ihrer Gattin zurückzukehren", sagte d'Olincourt, als er sah, wie gut man den Gerichtsherrn abgeseift hatte, „ich kenne Ihr Taktgefühl, La Brie wird Sie besser in eine kleine Knechtekammer führen, wo Sie den Rest der Nacht ruhig verbringen können." „Gut, gut, mein lieber Marquis", sagte der Präsident, „ich stimme Ihrem Vorschlag zu ... aber Sie werden mir doch beipflichten, daß ich verhext sein muß? Jede Nacht, seit ich in diesem verwünschten Schloß bin, passiert mir dergleichen Mißgeschick!" „Dafür gibt es gewiß irgendeine körper=

liche Ursache", sagte der Marquis, „morgen kommt der Arzt wieder zu uns, ich rate Ihnen, ihn zu konsultieren." „Das will ich tun", antwortete der Präsident und als er mit La Brie in die kleine Kammer ging, sagte er noch: „Wahrlich, mein Lieber, niemals bin ich meinem Ziel so nahe gewesen wie heute." „Leider, Monsieur", antwortete ihm der geschickte Junge und zog sich zurück, „es scheint darin eine unglückliche Fügung des Himmels zu liegen und ich kann Ihnen nur versichern, daß ich Sie von ganzem Herzen bedaure."

Delgatz fühlte dem Präsidenten den Puls und behauptete, daß der Bruch der Balken nur auf eine übermäßige Verstopfung der Lymphgefäße zurückzuführen sei, wodurch die Masse der Schwermut und damit auch in gleichem Maße das tierische Volumen verdoppelt worden seien; demzufolge werde eine strenge Diät notwendig, die die Bitterkeit der Laune beheben, zwangsläufig das Körpergewicht verringern und dazu beitragen werde, das Vorhaben zum gewünschten Erfolg zu führen und übrigens ..." „Aber Monsieur", unterbrach ihn Fontanis, „ich habe mir bei dem furchtbaren Sturz die Hüfte ausgerenkt und auch den halben linken Arm ..." „Das glaube ich gerne", antwortete der Doktor, „aber diese sekundären Unfälle geben mir keinerlei Anlaß zur Besorgnis, ich gehe immer auf die Ursachen der Dinge zurück und ich sage Ihnen, wir müssen auf das Blut einwirken, Monsieur, wenn wir die Schärfe der Lymphen vermindern, machen wir die Gefäße wieder

frei und die Blutzirkulation in den Adern wird wie=
der leichter, damit verringern wir notwendigerweise
auch die Körpermasse, woraus sich dann ergibt, daß
die Decke unter Ihrem Gewicht nicht wieder nach=
geben wird, von diesem Augenblick an können Sie
sich in Ihrem Bett wieder jeder beliebigen Tätigkeit
und Übung hingeben, ohne neue Gefahren fürchten
zu müssen." „Und mein Arm, Monsieur, und meine
Hüfte?" „Werden wir reinigen, Monsieur, und dann
versuchen wir einige örtliche Aderlässe und alles
wird sich langsam normalisieren." Noch am glei=
chen Tag mußte mit der Diät begonnen werden; Del=
gatz, der seinen Patienten während der ganzen
Woche nicht verließ, setzte ihn auf Hühnerbrühe,
ließ ihn dreimal nacheinander zur Ader und verbot
ihm vor allen, an seine Frau zu denken. So unwis=
send der Leutnant Delgatz auch war, seine Kur zei=
tigte wundervolle Ergebnisse und er versicherte der
Gesellschaft, daß er früher einmal, als er an der
Veterinärschule gearbeitet hatte, mit der gleichen Me=
thode einen Esel kuriert habe, der in ein tiefes Loch
gefallen war; er behauptete, das gesundete Tier habe
einen Monat später wieder fröhlich seine Gipssäcke
getragen wie zuvor. Tatsächlich wurde der Präsident,
der zunächst vergrämt blieb, wieder frisch und blü=
hend, die Verletzungen heilten aus und man gab sich
große Mühe, ihn wieder vollends herzustellen, auf
daß er genügend Kräfte besäße, alles das durchzuste=
hen, was ihm noch zustoßen sollte.

Am zwölften Tage der Behandlung nahm Delgatz

seinen Patienten bei der Hand und führte ihn zu Fräulein von Téroze: „Hier ist er wieder", sagte er zu ihr, „und ich übergebe Ihnen diesen gegen die Gesetze des Hippokrates rebellierenden Mann gesund und munter; wenn er nun zügellos die Kräfte gebraucht, die ich ihm wiedergegeben habe, so werden wir noch vor sechs Monaten die Freude haben", fuhr Delgatz fort und legte seine Hand dem Fräulein von Téroze leicht auf den Unterleib, „... ja, Madame, dann werden wir alle die Genugtuung haben, diesen schönen Schoß sich durch die Macht der Erde runden zu sehen." „Gott möge Sie erhören, Doktor", antwortete die Schelmin, „denn Sie werden mir beipflichten, daß es sehr hart für mich ist, seit vierzehn Tagen eine Frau und doch noch immer ein Mädchen zu sein." „Über alle Maße hart", sagte der Präsident, „aber man hat nicht in jeder Nacht Verdauungsstörungen, nicht in jeder Nacht stürzt das Bedürfnis des Wasserlassens einen Gatten aus dem Bett, und nicht immer findet man sich in einem Schweinestall wieder, wenn man in die Arme einer schönen Frau zu fallen glaubt." „Wir werden ja sehen", sagte die junge Téroze und seufzte tief, „wir werden es sehen, Monsieur, aber wenn Sie mich so lieben würden wie ich Sie liebe, so wäre Ihnen all dieses Mißgeschick wahrhaftig nicht passiert." Beim Abendessen gab man sich sehr fröhlich; die Marquise war liebenswürdig und schelmisch zugleich; gegen ihren Gatten hielt sie eine Wette auf den Erfolg ihres Schwagers und man zog sich endlich zu=

rück. Diesmal war die Toilette schnell beendet, aus Schamgefühl bat Fräulein von Téroze ihren Gatten, kein Licht im Zimmer zu dulden, und der Präsident war zu gefügig, um ihr irgend etwas zu versagen; er gewährte ihr alles, was sie wünschte, so begab man sich ins Bett. Alle Hindernisse schienen nun beseitigt zu sein, der Präsident triumphierte unentwegt; er pflückte die kostbare Blume – oder glaubte sie zu pflücken –, der man eine so übertriebene Bedeutung beilegt und fünfmal nacheinander krönte ihn die Liebe; als dann endlich der Tag heraufzog, die Fenster geöffnet wurden und die Strahlen der Sonne ins Zimmer drangen und dem Sieger schließlich das Opfer vor Augen führten, das er dargebracht hatte ... Gerechter Himmel, wie war ihm da zumute, als er bemerkte, daß eine alte Negerin den Platz seiner Frau einnahm und daß eine ebenso schwarze wie widerliche Gestalt die zarten Reize ersetzte, in deren Besitz er sich geglaubt hatte! Er wirft sich zurück und brüllt, daß er behext worden sei; seine Frau selbst kommt herbei und da sie ihn mit dieser Göttin der Finsternis überrascht, fragt sie ihn voller Bitterkeit, womit sie es verdient habe, so grausam von ihm betrogen zu werden. „Aber, Madame, ich bin doch mit Ihnen gestern ...“ „Ich, Monsieur, wie sehr ich auch beschämt und gedemütigt worden bin, ich habe mir wenigstens nicht vorzuwerfen, daß ich Ihnen die gebührende Unterwürfigkeit verweigert hätte; als Sie diese Frau neben mir erblickten, stießen Sie mich sogleich brutal zur Seite, um sie zu er=

greifen und ihr meinen Platz in Ihrem Bett anzuwei=sen und ich bin verwirrt von dannen gegangen und habe nur meine Tränen zur Tröstung gehabt." „Und sagen Sie, mein Engel ... sind Sie der Richtigkeit dieser Begebenheit, die Sie hier vorbringen, sicher?" „Der Unmensch, er will mich sogar noch beleidigen nach so maßlosen Ungeheuerlichkeiten, und Verspot=tung ist mein Lohn, wo ich Trostspendung erwarte ... Eilt alle herbei, meine Schwester und meine ganze Familie sollen kommen und sehen, was für einem unwürdigen Individuum ich geopfert werde ... Da ... seht sie euch an ... Da ist sie, die abscheuliche Ri=

valin!“ rief die junge Gattin, die sich um ihre Rechte betrogen sah, und sie vergoß einen Strom von Tränen. „Vor meinen Augen sogar wagt er es, in ihren Armen zu liegen. Oh, meine Freunde“, fuhr Fräulein von Téroze voller Verzweiflung fort und versammelte all ihre Leute um sich, „helft mir, gebt mir Waffen gegen diesen Treulosen; habe ich das verdient, die ich ihn so sehr liebte ...“
Nichts konnte komischer sein als Fontanis Gestalt während dieser überraschenden Worte; bald warf er wilde Blicke auf seine Negerin; dann wieder betrachtete er seine junge Gattin mit einer blödsinnigen Aufmerksamkeit, die wegen des Zustandes seines Hirns tatsächlich beunruhigend wirken konnte. Seitdem der Präsident sich auf dem Schloß d'Olincourts befand, war La Brie, dieser verkleidete Rivale, den er am meisten hätte fürchten müssen, durch eine eigenartige und verhängnisvolle Fügung gerade zu der Person geworden, der er von allen Anwesenden am tiefsten vertraute; er rief ihn zu sich. „Mein Freund“, sagte er, „Sie sind mir immer als ein wahrhaft vernünftiger Bursche erschienen; wollen Sie mir vielleicht die Freude machen und mir sagen, ob Sie tatsächlich irgendeine Veränderung an meinem Verstand bemerkt haben?“ „Meiner Treu, Herr Präsident“, antwortete La Brie mit trauriger und bestürzter Miene, „ich hätte niemals davon zu sprechen gewagt, aber da Sie mir die Ehre erweisen, mich nach meiner Meinung zu fragen, will ich Ihnen nicht verschweigen, daß Ihre Gedanken seit dem Sturz in den

Schweinekoben niemals mehr ungetrübt aus den Filtern Ihres Gehirns hervorgetreten sind, aber Sie brauchen sich deswegen nicht zu beunruhigen, Monsieur; der Arzt, der Sie schon behandelt hat, ist einer der größten Männer, die wir jemals in diesem Land gehabt haben ... Sehen Sie, wir hatten hier auf den Besitztümern des Herrn Marquis einen Richter, der geisteskrank geworden war, und zwar in dem Maße, daß es keinen jungen Libertin in der ganzen Gegend gab, dem dieser Schurke, wenn der Jüngling sich mit einem Mädchen vergnügt hatte, nicht sofort einen Verbrecherprozeß gemacht hätte mit allen den Verordnungen, Urteilen, Verbannungen und den üblichen Plattheiten, die solche komischen Käuze gleich immer im Munde führen. Also diesem Mann, Monsieur, hat unser Doktor, diese universelle Persönlichkeit, der bereits die Ehre hatte, Sie mit achtzehn Aderlassen und zweiunddreißig Medikamenten zu kurieren, den Kopf genauso gesund gemacht, als hätte der Patient nie zuvor in seinem Leben die Rechtsprechung versucht. Aber sehen Sie", fuhr La Brie fort und wandte sich nach einem Geräusch um, das er gehört hatte, „man sagt wohl ganz richtig, daß man kaum vom Wolf spricht, ohne gleich darauf sein Fell zu sehen ... Da kommt er schon selbst."
„Ah, guten Tag, lieber Doktor", sagte die Marquise, als sie Delgatz eintreten sah. „Ich glaube wirklich, daß wir Ihre Dienste niemals zuvor so sehr benötigt haben wie jetzt; unser lieber Freund, der Präsident, hat gestern abend eine kleine Störung im Kopf ge-

habt, derzufolge er trotz des Widerstandes aller An=wesenden diese Negerin an Stelle seiner Frau ge=nommen hat." „Wie, trotz des Widerstandes aller Leute", fragte der Präsident, „hat man es tatsächlich zu verhindern gesucht?" „Ich als erster, und mit all meiner Kraft", antwortete La Brie, „aber der Herr ging so rücksichtslos vor, daß ich ihn lieber gewähren ließ, als mich der Gefahr auszusetzen, von ihm miß=handelt zu werden." Daraufhin rieb sich der Präsi=dent die Stirn und wußte plötzlich nicht mehr, woran er sich halten sollte; der Arzt trat auf ihn zu und fühlte ihm den Puls: „Dieser Unfall ist schwerwie=gender als der vorherige", sagte Delgatz und senkte die Augen, „das ist ein unbewußter Rest unserer letzten Krankheit, ein bedecktes Feuer, das dem scharfsichtigen Auge des Fachmannes entgeht und in einem Augenblick zum Durchbruch kommt, in dem man es am wenigsten erwartet. Es handelt sich ent=schieden um eine Obstruktion im Diaphragma und um einen gewaltigen Erethismus in den Organen." „Ein Häretismus", rief der Präsident wütend aus, „man sieht sogleich, alter Dummkopf, daß du in der Geschichte Frankreichs wenig bewandert bist; es scheint dir unbekannt zu sein, daß gerade wir die Häretiker verbrennen: du solltest einmal unsere Hei=mat besuchen, du gottvergessener Bastard von Sa=lerno! Geh, mein Lieber, und sieh dir Merindol und Cabrières an, wie sie noch rauchen von dem Feuer, das wir dort entfacht haben! Geh gefälligst einmal auf den Blutströmen spazieren, mit denen die ehren=

werten Mitglieder unseres Tribunals die Provence so bewundernswert überflutet haben! Höre dir auch das Stöhnen der Unglücklichen an, die wir in unserem Zorn niedermetzeln ließen, die Seufzer der Frauen, die wir aus den Armen ihrer Männer gerissen haben, die Schreie der Kinder, die wir im Schoße ihrer Mütter zermalmt haben, prüfe schließlich alle jene heiligen Schrecknisse, die wir verursacht haben, und du wirst sehen, ob nach einem so weisen Verhalten es einem Einfaltspinsel wie dir zukommt, uns als Häretiker zu behandeln." Der Präsident, der noch immer im Bett der Negerin lag, hatte ihr in der Hitzigkeit der Rede einen so groben Faustschlag auf die Nase versetzt, daß die Arme eilends entfloh, heulend wie eine Hündin, der man die Jungen fortgenommen hat. „Aber, aber, regen Sie sich nicht auf, mein Freund", sagte d'Olincourt und trat auf den Kranken zu. „Herr Präsident, muß man sich denn gleich derartig aufführen? Sie sehen doch, daß Ihre Gesundheit einen Wandel durchmacht und daß es für Sie vor allem darauf ankommt, an sich selbst zu denken." „Das läßt sich eher hören; wenn man so mit mir spricht, werde ich zuhören. Aber wenn ich höre, wie mich dieser Straßenkehrer von St. Come als einen Häretiker bezeichnet, werden Sie zugeben, daß ich dergleichen nicht dulden darf." „Er hat doch daran nicht gedacht, mein lieber Schwager", sagte die Marquise mit aller Freundlichkeit, „Erethismus ist synonym für Entzündung und hat mit Häresie nichts zu tun." „Ach, Verzeihung, Frau Marquise, Verzeihung; aber manchmal höre ich etwas schwer. Also dieser ernsthafte Schüler des Averroès möge fortfahren in seiner Rede, ich werde ihn anhören ... Ich will noch mehr tun; ich werde ausführen, was er mir aufträgt.“ Delgatz, der bei dem jähen Zornesausbruch des Präsidenten in den Hintergrund getreten war, aus Furcht, ebenso wie die Negerin behandelt zu werden, trat wieder vor ans Bett. „Ich wiederhole also, Monsieur“, sagte der moderne Galenos und fühlte nochmals den Puls des Kranken, „ein großer Erethismus in den Organen.“ „Häre ...“ „Erethismus, Monsieur“, sagte der Doktor eilig und krümmte den Rücken, aus Angst vor einem Faustschlag, „weshalb ich einen sofortigen Aderlaß der Halsader für nötig halte, dem wir einige wiederholte Eisbäder folgen lassen werden.“ „Ich halte nicht sehr viel vom Aderlaß“, sagte d'Olincourt, „der Herr Präsident ist nicht mehr in dem Alter, solche gewaltsamen Behandlungen durchzustehen, wenn sie nicht unbedingt erforderlich sind; übrigens bin ich nicht – wie die Jünger der Themis und des Äskulap – blutgierig; mein Grundsatz ist vielmehr, daß es ebenso wenige Krankheiten gibt, die ein Blutvergießen notwendig machen, wie es wenige Verbrechen gibt, die es verdienen, daß ihretwegen Blut vergossen wird; Herr Präsident, Sie pflichten mir, wie ich hoffe, sicherlich bei, wenn es darum geht, Ihr Blut zu schonen; aber vielleicht sind Sie Ihrer Ansicht nicht ebenso sicher, wenn Sie weniger direkt an der Sache beteiligt sind.“ „Monsieur“, antwortete der Präsident, „ich stimme dem ersten Teil Ihrer

Rede bei, aber Sie werden erlauben, daß ich den zweiten verurteile; nur durch Blut kann man das Verbrechen auslöschen, durch Blut allein läßt es sich läutern und verhüten; vergleichen Sie, Monsieur, alles Übel, das die Verbrechen auf Erden anrichten können, mit dem kleinen Übel jener ein oder zwei Dutzend Unglücklicher, die man jedes Jahr hinrichtet, um das Verbrechen zu verhüten." „Ihre paradoxe Ansicht zeugt von keinem vernünftigen Sinn, mein Freund", sagte d'Olincourt, „sie wird von Unerbittlichkeit und Dummheit bestimmt; Sie hegen bei sich einen Standesdünkel und einen Sinn für Grausamkeit, dem Sie für immer abschwören sollten; unabhängig davon, daß Ihre blödsinnige Härte in keiner Weise dem Verbrechen Einhalt geboten hat, ist es absurd zu behaupten, daß ein Verbrechen ein anderes ungeschehen machen und daß der Tod eines zweiten Menschen dem Tode eines ersten helfen könnte. Sie sollten, Sie und die Ihrigen, über derartige Grundsätze erröten, die weniger Ihre Rechtschaffenheit als vielmehr Ihre starke Neigung zum Despotismus beweisen; man hat vollkommen recht, wenn man Sie als die Henker der Menschheit bezeichnet; Sie allein töten mehr Menschen als alle Geißeln der Natur zusammen." „Meine Herren", sagte die Marquise, „mir scheint, es ist hier weder ein Anlaß noch der Augenblick für eine solche Diskussion; anstatt meinen lieben Schwager zu beruhigen", fuhr sie fort und wandte sich an ihren Gatten, „reizen Sie sein aufgebrachtes Blut nur noch mehr und machen damit die Krankheit

am Ende vielleicht unheilbar.“ „Die Frau Marquise hat recht“, sagte der Doktor; „erlauben Sie, Monsieur, daß ich La Brie anweise, in das Bad vierzig Pfund Eis zu legen und die Wanne dann mit Brunnenwasser zu füllen, und daß ich während dieser Vorbereitungen meinen Patienten veranlassen werde, sich aus dem Bett zu erheben.“ Sofort zogen sich alle Anwesenden zurück; der Präsident erhob sich und feilschte noch einen Augenblick über das Eisbad, das ihn, wie er sagte, wenigstens für sechs Wochen zu jeder Tat unfähig machen würde; aber es gab keine Möglichkeit, sich dieser Prozedur zu entziehen; er stieg also hinab, man tauchte ihn unter und zwang ihn, zehn oder zwölf Minuten lang in dem Badekübel zu bleiben – vor den Augen der ganzen Gesellschaft, die sich auf alle Ecken verteilt hatte, um sich über die Szene zu amüsieren; dann wurde der Kranke gut abgerieben, zog sich wieder an und erschien im Kreise der anderen, als sei nichts geschehen.
Die Marquise schlug nach dem Essen einen Spaziergang vor: „Die Zerstreuung müßte dem Präsidenten gut tun, nicht wahr, Doktor?“ fragte sie Delgatz. „Ganz gewiß“, antwortete dieser, „Madame sollte sich daran erinnern, daß es keine Anstalt gibt, in der man nicht auch einen Hof hat, um den Geisteskranken Gelegenheit zu geben, an die frische Luft zu gehen.“ „Aber ich glaube doch“, sagte der Präsident, „daß Sie mich nicht für einen völlig hoffnungslosen Fall halten.“ „Keineswegs, Monsieur“, antwortete Delgatz, „diese leichte Geistesgestörtheit, die Sie bei

einer bestimmten Gelegenheit befallen hat, dürfte keine ernsthaften Folgen haben; aber man muß den Herrn Präsidenten sich abkühlen lassen, und er bedarf der Ruhe." „Wie, mein Herr, glauben Sie, daß ich heute abend die eingetretene Panne nicht wiedergutmachen kann?" „Heute abend, Monsieur? Allein bei dem Gedanken muß ich erschaudern. Wenn ich bei Ihnen die gleiche Strenge anwenden würde, mit der Sie den anderen gegenüber verfahren, so müßte ich Ihnen die Frauen für wenigstens drei oder vier Monate verbieten." „Drei oder vier Monate, gerechter Himmel ..." und während er sich an seine Gattin wandte: „Drei oder vier Monate, Liebling, werden Sie das aushalten können, mein Engel, könnten Sie das durchstehen?" „Oh, Herr Delgatz wird nicht so hart sein, wie ich hoffe", antwortete das junge Fräulein Téroze mit geheuchelter Treuherzigkeit, „er wird wenigstens mit mir Mitleid haben, wenn er gegen Sie keine Nachsicht zeigen will ..." Und man begab sich auf den Spaziergang. Um zu einem benachbarten Edelmann zu gelangen, der gut unterrichtet war und die Gesellschaft zum Essen erwartete, mußte man sich auf eine Fähre begeben. Als man sich auf dem Boot befand, begannen die jungen Leute sofort, alle möglichen Streiche zu vollführen, und Fontanis, um seiner Frau zu gefallen, tat es ihnen sogleich nach. „Präsident", sagte der Marquis, „ich wette, daß Sie sich nicht so wie ich an das Bootsseil hängen und daran mehrere Minuten lang bleiben können." „Nichts wäre leichter als das", antwortete der Präsi=

dent, nahm noch eine Prise Tabak und erhob sich auf die Zehenspitzen, um das Seil besser erreichen zu können. „Gut, gut, weit besser als Sie, mein Schwager", sagte die kleine Téroze, als sie ihren Gatten dort hängen sah. Aber während der Präsident so baumelnd seine Anmut und seine Geschicklichkeit bewundern ließ, ruderten die Schiffer schneller, das Boot entwich rasch und ließ den Unglücklichen zwischen Himmel und Wasser ... Er schrie und rief um Hilfe, man befand sich erst in der Mitte des Flusses, und es waren noch mehr als fünfzehn Klafter bis zum Rand. „Sie müssen selbst zusehen, was Sie tun können", rief man ihm zu, „ziehen Sie sich mit den Händen bis zum Ufer, denn Sie sehen doch, daß uns der Wind forttreibt, und es ist uns unmöglich, zu Ihnen zurückzukehren." Und der Präsident rutschte strampelnd und zappelnd hinter der Fähre her und versuchte mit aller Kraft, das Boot einzuholen, das noch immer mit harten Ruderschlägen entfloh; wenn es jemals einen köstlichen Anblick gegeben hat, so war es dieser, der einen der würdigsten Magistraten des Gerichtshofes von Aix mit großer Perücke und schwarzem Anzug hängend zeigte. „Präsident", rief der Marquis und lachte heftig, „tatsächlich ist dies kein bloßer Zufall, sondern das ist eine Talionslehre, mein Freund, eine Vergeltung, wie sie von Ihrem Tribunal bevorzugt wird; warum beklagen Sie sich, so aufgehängt zu sein? Haben Sie zu derselben Strafe nicht oft genug Leute verurteilt, die sie ebensowenig verdient hatten wie Sie?" Aber der Präsident konnte das nicht mehr hören: durch die schreckliche Ermüdung bei dieser übermäßigen Anstrengung, zu der man ihn zwang, versagten ihm die Arme, und er fiel wie ein schwerer Sack ins Wasser. Sofort eilten ihm zwei Taucher, die man bereitgehalten hatte, zu Hilfe, und er wurde, durchnäßt wie ein Pudel und fluchend wie ein Fuhrmann wieder an Bord geholt. Er wollte sich zunächst über den Scherz, der nicht sehr zeitgemäß gewesen sei, beklagen ... Aber man versicherte ihm, daß man keineswegs gescherzt habe, sondern daß ein Windstoß das Boot entfernt hätte; man erwärmte ihn in der Kabine des Fährmanns, wechselte seine nassen Kleider, beschwichtigte ihn, und seine kleine Frau tat alles für ihn, um ihn sein kleines Mißgeschick vergessen zu lassen; und bald begann der verliebte und schwache Fontanis wie alle anderen über das Schauspiel zu lachen, das er soeben geboten hatte.

Endlich kommt man bei dem Edelmann an; man wird herzlich empfangen, und ein sehr reichliches Mahl erwartet die Gesellschaft; man sorgt dafür, daß der Präsident von einer Pimpernußcreme ißt, und er hat sie kaum in seinen Gedärmen, als er sich schon nach dem geheimen Örtchen erkundigen muß. Man öffnet ihm eine sehr dunkle Kammer: fürchterlich bedrängt, setzt er sich sofort und und erleichtert sich schnell; aber nach dieser Erledigung kann sich der Präsident nicht mehr erheben. „Was ist nun das schon wieder", ruft er aus und arbeitet mit den Lenden ... Aber so sehr er sich anstrengt: er kann sich, ohne alles in

Stücke zu schlagen, nicht befreien; inzwischen verursacht seine Abwesenheit eine große Aufregung; man informiert sich, wo er sein könnte, und auf seine Schreie, die man weithin vernehmen kann, läuft schließlich die ganze Gesellschaft vor dem fatalen Örtchen zusammen. „Was zum Teufel tun Sie denn da so lange, mein Freund", ruft d'Olincourt ihm zu, „hat Sie etwa eine Kolik befallen?" „Ei, zum Donnerwetter", flucht der arme Kerl und verdoppelt seine Anstrengungen, sich zu erheben, „sehen Sie denn nicht, daß ich hier festsitze . . ." Aber um der Gesellschaft ein noch köstlicheres Schauspiel zu bieten und die Anstrengungen des Präsidenten, sich von diesem verteufelten Sitz zu erheben, noch mehr anzutreiben, hielt man ihm von unten her unter seine Schenkel eine kleine Spiritusflamme, die ihm die Haut verbrannte, und wenn die Flamme ihm zu nahe kam, vollführte er ganz außergewöhnliche Sprünge und schnitt dazu schreckliche Grimassen. Je mehr man über den Präsidenten lachte, desto zorniger wurde er; dabei schalt er die Frauen und bedrohte die Männer, und seine illuminierte Gestalt wurde immer lächerlicher anzusehen, je stärker er sich erregte; bei seinen krampfhaften Bewegungen hatte sich seine Perücke vom Schädel gelöst, und sein entblößtes Hinterhaupt paßte immer noch besser zu den komischen Zuckungen der Gesichtsmuskeln. Endlich kam der Edelmann herbeigelaufen und entschuldigte sich tausendmal bei dem Präsidenten, ihn nicht darauf aufmerksam gemacht zu haben, daß dieses Klosett nicht im rechten Zustand sei, ihn aufzunehmen; er und seine Leute erlösten den armen Gerichtsherrn so vorsichtig wie möglich, allerdings nicht ohne ihn einen Kranz seiner Haut verlieren zu lassen, der trotz aller Behutsamkeit an dem runden Sitz haften blieb; die Maler hatten denselben mit starkem Klebstoff präpariert, um später die Farbe aufzutragen, mit der man den Sitz zu streichen beabsichtigte. „Tatsäch=lich", sagte Fontanis, als er sich wieder zu einer küh=neren Haltung aufraffen konnte, „Ihr seid alle recht fröhlich, mich bei Euch zu haben, und ich diene Euch zu Eurem schönsten Vergnügen." „Ungerechter Freund", antwortete d'Olincourt, „warum machen Sie immer uns für das Mißgeschick verantwortlich, das Ihnen das Schicksal sendet; ich glaubte, das Halfter der Themis würde genügen, um die Gerechtigkeit zu einer Tugend zu machen, aber ich sehe, daß ich mich geirrt habe." „Weil Sie keine klare Vorstellung von der Gerechtigkeit besitzen", sagte der Präsident; „bei Gericht nehmen wir mehrere Arten der Gerechtigkeit an; es gibt die relative und die persönliche Gerechtig=keit . . ." „Nur langsam", sagte der Marquis, „ich habe niemals gesehen, daß man die Tugend, die man so definiert, auch praktiziert; was ich Gerechtigkeit nenne, mein Freund, ist ganz einfach das Gesetz der Natur; man ist immer auf dem rechten Wege, wenn man ihr folgt, und nur wenn man sich von ihr ent=fernt, wird man ungerecht. Sagen Sie mir, Präsident, wenn Sie in Ihrem Haus verborgen irgendeiner Laune Ihrer Phantasie nachgegeben haben, würden Sie dann eine Bande von Tölpeln für gerecht halten, die daher=kommen und bis in die Tiefen Ihrer Familie hinein=leuchten und dort mittels inquisitorischer Listen und Betrügereien und auf Grund von Denunziationen irgendwelche in dreißig Jahren entschuldbaren Ver=fehlungen entdecken, würden Sie schließlich derartig ungeheuerliche Unrechtmäßigkeiten zur Grundlage nehmen, sich selbst ins Verderben zu stürzen, sich selbst zu verbannen, Ihre Ehre zu beschmutzen, Ihre Kinder zu entehren und Ihr Eigentum zu rauben? Mein Freund, sagen Sie mir, was Sie darüber denken; würden Sie diese Strolche für sehr gerecht halten? Wenn es wahr ist, daß Sie an die Existenz eines Höchsten Wesens glauben, würden Sie dann diese Art von Gerechtigkeit verehren, soweit dieses Wesen sie auch den Menschen gegenüber anwendet? Wür=den Sie nicht bei dem Gedanken erschaudern, ihm unterworfen zu sein?" „Und was meinen Sie damit, bitte? Wie! Wollen Sie uns zum Vorwurf machen, daß wir dem Verbrechen nachspüren . . . darin be=steht doch unsere Pflicht." „Das stimmt nicht; Ihre Pflicht besteht nur darin, das Verbrechen zu bestra=fen, wenn es sich selbst entdeckt; überlassen Sie den dummen und grausamen Methoden der Inquisition die barbarische und abgeschmackte Arbeit, wie ver=ächtliche Spione oder schändliche Denunzianten das Verbrechen aufzufinden; welcher Bürger könnte noch ruhig leben, wenn er sich umgeben sähe von Knech=ten, die von Euresgleichen gedungen wurden, und wenn er somit seine Ehre und sein Leben ständig in der Hand von Leuten wüßte, die verbittert sind über die Ketten, die sie selber tragen, und die sich von diesen Ketten nur dadurch befreien oder lösen zu können glauben, daß sie diejenigen an Euresgleichen verkaufen, die ihnen die Ketten auferlegen? Auf diese Weise würden Sie die Strolche im Staate vermehren, Sie würden treulose Frauen, verleumderische Diener und undankbare Kinder schaffen, Sie würden die Anzahl der Laster verdoppeln und hätten keine einzige Tugend hervorgebracht." „Es handelt sich nicht darum, Tugenden hervorzubringen, sondern darum, das Verbrechen zu beseitigen." „Aber die Mittel, die Sie anwenden, vermehren es." „Das lasse ich gelten; aber so will es das Gesetz, und das müssen wir befolgen; wir sind keine Gesetzgeber, mein lieber Marquis, wir sind nur Vollstrecker des Gesetzes." „Sagen Sie es genauer, Präsident, noch genauer", antwortete d'Olincourt, der sich zu erhitzen begann, „sagen Sie, daß Sie Scharfrichter sind, Erzhenker, die als natürliche Feinde des Staates ihre Freude einzig darin finden, sich seinem Aufblühen entgegenzustellen, seinem Glück Hindernisse in den Weg zu legen, seinen Ruhm zu schmälern und kostbares Blut seiner Untertanen grundlos zu vergießen." Trotz der beiden kalten Bäder, die Fontanis an diesem Tage schon genommen hatte, blieb seine eines Gerichtsherren würdige Galle doch eine schwer zerstörbare Sache; der arme Präsident zitterte vor Wut, als er hören mußte, wie man einen Beruf derart verunglimpfte, den er für höchst respektabel hielt: er konnte nicht begreifen, wie man die sogenannte Magistratur auf solche Weise beschimpfen konnte, und wahrscheinlich wollte er gerade in der Art eines Matrosen aus Marseille antworten, als die Damen herbeikamen und vorschlugen, daß man zurückkehren solle. Die Marquise fragte den Präsidenten, ob nicht ein neues Bedürfnis ihn in das heimliche Kämmerlein riefe? „Nein, nein, Madame“, sagte der Marquis, „unser ehrenwerter Magistrat hat nicht immer die Kolik; man muß es ihm nachsehen, wenn er ein wenig heftig davon befallen wurde. Ein kleiner Aufruhr in den Gedärmen ist in Marseille oder in Aix eine dauernde Krankheit, und seit wir erlebt haben, wie eine Bande von Strolchen – nämlich die Kollegen von diesem Kauz hier –, ein paar Dirnen, die nur die Kolik hatten, als vergiftet betrachtet haben, dürfen wir nicht darüber erstaunt sein, daß die Kolik bei einem provenzalischen Magistraten eine ernsthafte Angelegenheit darstellt.“ Fontanis, der als grimmigster Richter in dieser Sache die Magistraten der Provence für immer mit Schande bedeckt hatte, befand sich in einem schwer zu beschreibenden Zustand; er stammelte, stampfte mit den Füßen, schäumte vor Wut und glich den Bullenbeißern bei einem Stierkampf, wenn es ihnen nicht gelingt, den Gegner zu fassen; d'Olincourt nahm die Situation in die Hand: „Schauen Sie ihn an, schauen Sie ihn an, meine Damen, und sagen Sie mir bitte, ob Sie das Schicksal eines unglücklichen Edelmannes für angenehm halten, der auf seine Unschuld und seinen guten Glauben vertraut und plötzlich an seinen Hosen fünfzehn solche Köter kläffen sieht wie diesen hier.“ Der Präsident wollte sich ernsthaft aufregen, aber der Marquis, der es noch nicht zum offenen Ausbruch einer Feindseligkeit kommen lassen wollte, hatte sich vorsichtshalber in seinen Wagen begeben und überließ es Fräulein von Téroze, Balsam auf die Wunde zu legen, die er soeben geschlagen hatte. Sie mußte sich große Mühe geben, aber schließlich gelang es ihr; die Fähre überquerte wiederum den Fluß, ohne daß der Präsident diesmal Lust verspürte, unter dem Seil zu tanzen, und man gelangte unangefochten zum Schloß. Man setzte sich zum Abendessen, und der Doktor erinnerte Fontanis nochmals nachdrücklich daran, die von ihm angeordnete Abstinenz auch richtig einzuhalten. „Meiner Treu, diese Ermahnung ist überflüssig“, sagte der Präsident, „wie könnte denn ein Mann, der die Nacht mit einer Negerin verbracht hat, den man am Morgen als einen Häretiker behandelt hat, dem man zum Frühstück ein Eisbad verordnet hat, der kurz darauf in den Fluß gefallen ist, der sich auf dem stillen Örtchen gefangen sah wie ein Sperling auf dem Leim und dem das Gesäß angesengt wurde, während er seinen Stuhlgang hatte, dem man schließlich sogar ins Gesicht zu sagen gewagt hat, daß die Richter, die das Verbrechen verfolgen, nur verächtliche Schurken seien und daß die an der Kolik leidenden Dirnen nicht vergiftet waren, wie könnte also nach Ihrer Meinung ein solcher Mann noch daran denken, ein Mädchen zu entjungfern?“ „Ich freue

mich sehr, daß Sie so vernünftig sind", sagte Delgatz und geleitete Fontanis in die kleine Knechtekammer, die der Präsident so lange bewohnen sollte, wie er keinen Anspruch auf seine Frau erhob, „ich bitte Sie, so weiterzumachen, und Sie werden bald die Besserung spüren, die sich daraus ergeben muß."
Am nächsten Tag wurden die Eisbäder wieder aufgenommen: solange man diese Kur anwandte, brauchte man dem Präsidenten gegenüber nicht die Notwendigkeit seiner Zurückhaltung zu betonen; das liebliche Fräulein von Téroze konnte die Freuden der Liebe während dieser Zeit getrost in den Armen ihres charmanten Liebhabers d'Elbène genießen; nach vierzehn Tagen schließlich begann Fontanis, da er sich wieder frisch und kräftig fühlte, seiner Frau gegenüber den Galan zu spielen. „Oh, wahrlich, Monsieur", sagte die kleine Schelmin zu ihm, sobald sie merkte, daß sie sich ihm kaum länger würde entziehen können, „ich habe augenblicklich weit andere Dinge im Kopf als die Liebe; lesen Sie, was man mir geschrieben hat, Monsieur, ich bin ruiniert." Und gleichzeitig reichte sie ihrem Gatten einen Brief, aus dem hervorging, daß das Schloß von Téroze, das vier Meilen von dem gegenwärtigen Aufenthaltsort entfernt in einem Winkel des Waldes von Fontainebleau lag, in den noch kein Mensch vorgedrungen war, daß dieses Grundstück, dessen Einkünfte die Mitgift seiner Gattin bildeten, seit sechs Monaten von Gespenstern heimgesucht werde, die dort eine furchterregende Polterei veranstalteten, den Pächtern

allen möglichen Schaden zufügten und dadurch den Landbesitz entwerteten, so daß weder der Präsident noch seine Frau jemals einen roten Heller von jenem Besitz sehen würden, wenn man dort nicht unverzüglich wieder Ordnung schaffen würde. „Das ist eine schreckliche Nachricht", sagte der Präsident, als er den Brief zurückgab, „aber könnte man Ihren Vater nicht bitten, uns an Stelle dieses leidigen Schlosses etwas anderes zu geben?" „Und was könnte er uns nach Ihrer Meinung geben, Monsieur; Sie müssen bedenken, daß ich nur die Jüngste bin, daß er meiner Schwester bereits sehr viel mitgegeben hat und daß es respektlos von mir wäre, wenn ich von ihm etwas anderes verlangte; wir müssen uns zufriedengeben mit dem, was wir bekommen haben und wir sollten versuchen, dort Ordnung zu schaffen." „Aber Ihr Vater kannte doch wohl diese Mißstände, als er Sie verheiratete?" „Das gebe ich zu; aber er glaubte nicht, daß es so schlimm stünde; übrigens tut das dem Wert der Mitgift keinen Abbruch, sondern verzögert lediglich die Nutznießung." „Und weiß der Marquis davon?" „Ja, aber er wagt es nicht, mit Ihnen darüber zu sprechen." „Damit hat er unrecht; denn es ist sehr wohl notwendig, daß wir gemeinsam darüber beraten." D'Olincourt wurde herbeigerufen; er konnte die Tatsache nur bestätigen, und schließlich kam man überein, daß es das einfachste wäre, sich trotz aller Gefahren dorthin zu begeben und zwei oder drei Tage lang auf dem Schloß zu verbringen, um der Unordnung dort ein

Ende zu setzen und bei dieser Gelegenheit zu prüfen, welche Einkünfte man aus dem Besitz ziehen könnte. „Haben Sie auch ein wenig Mut, Herr Präsident?" fragte der Marquis. „Nun, wie man's nimmt", sagte Fontanis, „der Mut wird in unserem Amt wenig gepflegt." „Das weiß ich wohl", sagte der Marquis, „dort brauchen Sie nur Roheit zu besitzen; wie bei fast allen anderen Tugenden verstehen Sie es ausgezeichnet, auch den Mut derartig zu entblößen, daß nur sein wilder Kern zurückbleibt." „Schon recht, da sind Sie wieder bei Ihrem Sarkasmus, Marquis; aber ich bitte Sie, lassen wir die Bosheiten und reden wir vernünftig." „Also gut, wir müssen aufbrechen und uns in Téroze einrichten, um dort die Gespenster zu vertreiben und die Ordnung auf Ihrem Pachthof wiederherzustellen, worauf Sie hierher zurückkehren können, um endlich mit Ihrer Frau zu schlafen." „Ich bitte Sie, Monsieur, warten Sie einen Augenblick; wir wollen die Sache nicht übereilen; bedenken Sie auch die Gefahr, die darin liegt, daß man sich in die Gesellschaft solcher Leute begibt? Ein guter Prozeß und eine scharfe Verordnung würden da vielleicht weit besser angebracht sein." „Da haben wir's wieder! Prozesse und Dekrete ... Warum exkommunizieren Sie nicht, wie es die Priester tun? Grausame Waffenknechte der Tyrannei und der Dummheit! Wann werden nur alle diese Heuchler im Ornat, diese Pedanten in der Richterrobe, diese Schandgesellen der Themis und der Maria zu glauben aufhören, daß ihr unverschämtes Geschwätz und ihr sinnloser Papierkram irgendeine Wirkung in dieser Welt haben könnte? Du solltest dir merken, mein lieber Schwager, daß man bei diesen unverbesserlichen Strolchen mit dergleichen Fetzen nichts ausrichten kann, sondern daß man mit Säbeln und mit Pulver und Blei gegen sie vorgehen muß; entschließe dich also, entweder Hungers zu sterben oder dich ihnen mutig zum Kampf zu stellen." „Aber, Herr Marquis, Sie sprechen eben wie ein Oberst der Dragoner; erlauben Sie mir dagegen, die Dinge als Mann der Robe zu betrachten, deren ehrwürdiger und dem Staate nützlicher Träger sich nicht leichtfertig einer Gefahr aussetzen sollte." „Deine dem Staate nützliche Robenträger-Person, Präsident! Schon lange habe ich nicht mehr so gelacht; aber ich sehe, daß du mich zu wahren Lachkrämpfen reizen willst; und aus welchem Grunde, zum Teufel, bildest du dir bitte ein, daß ein Mann, der gemeinhin von zweifelhafter Geburt ist, ein Individuum, das sich gegen alles Gute auflehnt, das sein Herrscher zu erreichen sucht, das ihm weder mit seinem Geldbeutel noch mit seiner Person dient, sondern das sich ständig gegen alle guten Absichten stellt, und dessen einzige Beschäftigung darin besteht, unter den einfachen Leuten Zwietracht zu stiften, die Zerstückelung des Reiches zu fördern und die Bürger zu quälen ... ich frage, wie kannst du dir vorstellen, daß ein solches Wesen jemals für den Staat wertvoll sein könnte?" „Ich antworte nicht mehr, da sich subjektive Launen in die Diskussion mischen." „Also gut, zur Sache, mein Freund, das meine ich auch, zur Sache; und solltest du sie in deiner Einfalt deinen gaunerhaften Kollegen zur Abstimmung vorlegen, so werde ich dir doch immer wieder sagen, daß es hier kein anderes Mittel gibt, als selbst zu jenen Leuten zu gehen, die uns Schwierigkeiten machen." Der Präsident opponierte noch einige Zeit und verteidigte sich mit tausend immer widersinnigeren Blödheiten, bei denen er sich in höchste Selbstgefälligkeiten verstieg, schließlich aber stimmte er dem Entschluß des Marquis zu, am nächsten Tage mit ihm und zwei Lakaien des Hauses aufzubrechen; der Präsident bat sich aus, daß La Brie mitreisen sollte; wir haben schon erwähnt, daß er aus unbegreiflichen Gründen ein großes Vertrauen zu diesem Burschen gefaßt hatte. D'Olincourt wußte natürlich, daß La Brie wegen sehr wichtiger Vorbereitungen während der Abwesenheit des Präsidenten im Schloß bleiben mußte; er antwortete daher, es sei unmöglich, ihn mitzunehmen. Am frühen Morgen des nächsten Tages schickte man sich zur Abreise an: die Damen, die besonders zeitig aufgestanden waren, legten dem Präsidenten eine alte Rüstung an, die man im Schloß gefunden hatte, seine junge Gattin drückte ihm den Helm auf, wünschte ihm guten Erfolg und bat ihn inständig, recht bald wiederzukehren, um aus ihrer Hand die Lorbeeren zu empfangen, die er sich nun zu verdienen auszog; er umarmte sie zärtlich, bestieg sein Pferd und folgte dem Marquis. Um jedes Aufsehen zu vermeiden, hatte man die Leute in der Umgebung schon im voraus über die Maskerade, die sich abspielen sollte, unterrichtet; doch der dünnleibige Präsident erschien unter seiner kriegerischen Ausstaffierung so lächerlich, daß er trotzdem von einem Schloß zum anderen mit großem Gelächter und spöttischem Geschrei verfolgt wurde. Zur Beschwichtigung näherte sich der Marquis, der immer tiefsten Ernst bewahrte, zuweilen dem Präsidenten und sagte zu ihm: „Hier sehen Sie es, mein Freund: diese Welt ist nur eine Komödie; bald sind wir die Schauspieler, bald das Publikum; entweder wir beurteilen das Spiel, oder wir treten selbst darin auf." „Mag sein, aber hier werden wir eindeutig ausgepfiffen", sagte der Präsident. „Glauben Sie das wirklich?" antwortete der Marquis gelassen. „Daran ist kein Zweifel", versetzte Fontanis, „und das ist sehr hart, wie Sie zugeben werden." „Aber wie?" sagte d'Olincourt, „sind Sie an dergleichen kleine Zwischenfälle nicht gewöhnt? Oder bilden Sie sich etwa ein, daß Sie bei jeder Dummheit, die Sie auf Ihren mit Lilien verzierten Bänken begehen, nicht auch vom Publikum ausgepfiffen werden? Ihr Beruf bringt es doch von selbst mit sich, daß Sie verhöhnt werden; Sie kleiden sich so grotesk, daß man einfach lachen muß, wenn man Ihresgleichen sieht; wie können Sie also bei so vielen ungünstigen Äußerlichkeiten auf der einen Seite glauben, daß man Ihnen auf der anderen Seite Ihre Dummheiten verzeiht?" „Sie haben wohl etwas gegen die Robe, Marquis." „Ich will Ihnen nicht verhehlen, Präsident, daß ich nur die nützlichen

Stände liebe: jedes Individuum, das keine anderen Fähigkeiten besitzt, als Götter zu erfinden und Menschen zu töten, erscheint mir der öffentlichen Verachtung würdig, und man sollte es entweder verhöhnen oder zwangsweise arbeiten lassen; glauben Sie nicht, mein Freund, daß Sie mit Ihren beiden Armen, die Ihnen die Natur gegeben hat, hinter einem Pflug unendlich viel nützlicher wären als im Gerichtssaal? Im ersten Falle würden Sie alle Eigenschaften, die Sie vom Himmel empfangen haben, zu Ehren kommen lassen, im zweiten Fall aber werden diese Eigenschaften von Ihnen entwürdigt." „Aber es muß doch auch Richter geben." „Besser wäre, es gäbe nur Tugenden, die man ohne die Richter erlangen kann und mit deren Hilfe man jene unter den Füßen zerstampfen könnte." „Und wie meinen Sie, daß ein Staat sich regieren könnte ..." „Durch drei oder vier einfache Gesetze, die im Palast des Herrschers niedergelegt werden und deren Befolgung in jedem Stand von den Ältesten eben dieses Standes überwacht wird: Auf diese Weise hätte jeder Stand die ihm angemessenen Richter, und einem verurteilten Edelmann bliebe nicht die schreckliche Schande, von einem niedrigen Schuft gerichtet worden zu sein, wie du einer bist, der du einem Edelmann bei weitem nicht gleichkommst." „Oh! Das löst wieder Streitigkeiten aus ..." „Die bald beendet sein werden", sagte der Marquis, „denn hier sind wir in Téroze." Tatsächlich gelangte man gerade vor das Schloß; der Pächter erschien und nahm den Herren die Pferde ab;

man begab sich in den Saal, wo man alsbald über die
besorgniserregenden Zustände des Ortes zu sprechen
begann.

Jeden Abend ließ sich in allen Teilen des Hauses
gleichzeitig ein furchtbarer Lärm hören, ohne daß man
den Grund dafür in Erfahrung bringen konnte; man
hatte sich auf die Lauer gelegt und ganze Nächte
im Hause verbracht; mehrere Bauern, die der Päch=
ter hierzu verpflichtet hatte, waren, wie man ver=
sicherte, völlig zusammengeschlagen worden und nun
sei niemand mehr bereit, sich dieser Gefahr auszu=
setzen. Welche Ursache man annehmen sollte, war
unmöglich zu sagen; allgemeine Gerüchte sprachen
davon, das Gespenst, das hier umging, sei der Geist
eines ehemaligen Pächters des Hauses, der das Un=
glück gehabt hatte, sein Leben ungerechterweise auf
dem Schafott zu verlieren, und der geschworen habe,
Nacht für Nacht in das Haus zurückzukehren und
einen fürchterlichen Lärm zu veranstalten, bis er
einmal die Genugtuung finden würde, dort einem
Mann der Justiz den Hals umzudrehen. „Mein lieber
Marquis", sagte der Präsident und eilte zur Tür, „es
scheint mir, daß meine Anwesenheit hier ziemlich
überflüssig ist; wir sind an diese Art der Rache nicht
gewöhnt, wir wollen ebenso wie die Ärzte töten kön=
nen, wann immer es uns angemessen erscheint, ohne
daß uns der Tote da irgendwie hineinredet." „Einen
Augenblick, mein Schwager, einen Augenblick", sag=
te d'Olincourt, indem er den Präsidenten festhielt,
der gerade entfliehen wollte, „wir müssen den Be=

richt dieses Mannes doch wohl zu Ende anhören." Dann wandte er sich an den Pächter: „Ist das alles, Meister Pierre? Haben Sie uns von diesen sonder=baren Ereignissen keine weiteren Einzelheiten mitzu=teilen? Hat es dieser Hausgeist ganz allgemein auf alle Männer der Robe abgesehen?" „Keineswegs, Monsieur", antwortete Pierre, „neulich hinterließ er auf einem Tisch einen Zettel, auf dem er sagte, er habe es nur auf die Pflichtvergessenen abgesehen, kein unbescholtener Richter habe etwas von ihm zu befürchten, aber er werde diejenigen nicht verscho=nen, die — nur von Gewalttätigkeit, Dummheit oder Rachsucht geleitet — seinesgleichen der Niederträch=tigkeit ihrer Leidenschaften geopfert hätten." „Nun also, Sie sehen, daß ich mich zurückziehen muß", sagte der Präsident bestürzt, „für mich gibt es nicht die geringste Sicherheit in diesem Hause." „Oh, du Schurke", sagte der Marquis, „nun beginnst du we=gen deiner Verbrechen zu zittern ... Nicht wahr, Entehrungen, zehnjährige Verbannungen wegen Mädchengeschichten, schändliche Machenschaften mit den Familienmitgliedern, Annahme von Bestechungs=geldern, um einen Edelmann und alle die anderen Unglücklichen, die deiner Wut oder Dummheit aus=geliefert sind, zu ruinieren: von der Art sind die Phantome, die deine Gedanken trüben, ist es nicht so? Was würdest du nun dafür geben, dein Leben lang ein ehrenwerter Mann gewesen zu sein? Möge diese grausame Situation dir eines Tages dienlich sein, mögest du im voraus fühlen, welch schreck=

liche Last die Gewissensbisse einen auferlegen und daß es kein einziges irdisches Glück gibt — wie wertvoll es uns auch erscheinen mag —, das die Seelenruhe und die Freuden der Tugend aufwiegt." „Mein lieber Marquis, ich bitte Sie um Verzeihung", sagte der Präsident mit Tränen in den Augen, „ich bin ein verlorener Mann, ich beschwöre Sie, geben Sie mich nicht preis und lassen Sie mich zu Ihrer liebenswerten Schwägerin zurückkehren, die wegen meiner Abwesenheit betrübt ist und Ihnen niemals das Mißgeschick verzeihen wird, dem Sie mich hier ausliefern wollen." „Du Memme! Wie recht hat man, wenn man behauptet, daß Feigheit immer mit Falschheit und Verrat zusammengeht ... Nein, du kommst hier nicht heraus; zum Entweichen ist es zu spät, meine Schwägerin hat keine andere Mitgift als dieses Schloß, wenn du deinen Nutzen daraus ziehen willst, mußt du es von dem Schurken befreien, der es wertlos macht. Siegen oder Sterben, einen Mittelweg gibt es nicht." „Ich bitte um Verzeihung, mein lieber Schwager, aber es gibt doch einen Ausweg, nämlich schnellstens zu entfliehen und auf jede Nutznießung zu verzichten." „Gemeiner Feigling, so also liebst du meine Schwägerin, du ziehst es vor, sie im Elend schmachten zu sehen, anstatt zu kämpfen, um ihr Erbe zu befreien ... Soll ich ihr also bei unserer Rückkehr berichten, wie die Gefühle beschaffen sind, die du für sie empfindest?" „Gerechter Himmel, in welch schreckliche Lage bin ich geraten!" „Auf, auf! Fasse wieder Mut und bereite dich auf das vor, was man von uns erwartet." Das Mahl wurde aufgetra=gen und der Marquis bestand darauf, daß der Präsi=dent in voller Rüstung speisen sollte; Meister Pierre aß mit ihnen; er sagte, daß man bis elf Uhr abends überhaupt nichts zu befürchten habe, daß aber von diesem Zeitpunkt an bis zum Tagesanbruch die Stel=lung nicht zu halten sei." „Wir werden sie dennoch halten", sagte der Marquis, „denn ich habe einen tapferen Kameraden bei mir, auf den ich mich ver=lassen kann wie auf mich selbst. Ich bin ganz si=cher, daß er mich nicht im Stiche lassen wird." „Bis zu dem Ereignis selbst kann ich für nichts garantie=ren", sagte Fontanis, „ich gebe zu: ich bin ein wenig wie Cäsar, mein Mut tritt nur zeitweilig in Erschei=nung." Die Zwischenzeit verbrachte man mit Erkun=dungen der Umgebung, mit Spaziergängen und mit Pachtabrechnungen und als die Nacht gekommen war, bezogen der Marquis, der Präsident und ihre beiden Bediensteten ihre Posten im Schloß.

Der Präsident bewachte ein großes Zimmer, das von zwei verteufelten Türmen eingeschlossen war, deren bloßer Anblick ihn im voraus erschaudern ließ; ge=rade von hier aus, so hatte man gesagt, begänne der Geist seine Runde; er würde ihm also als erster ge=genüberstehen, ein tapferer Mann hätte sich über diese schmeichelhafte Aussicht gefreut, aber der Prä=sident, der wie alle Präsidenten der Welt — und be=sonders wie die Präsidenten der Provence — nichts weniger als tapfer war, ließ sich, als er dies erfuhr, dermaßen gehen, daß ihn eine Schwäche überfiel und man ihn von Kopf bis Fuß neu kleiden mußte; niemals hat irgendein Medikament eine so prompte Wirkung gehabt. Man gab ihm also neue Kleider, legte ihm die Rüstung wieder an, hinterließ auf einem Tisch in seinem Zimmer zwei Pistolen, überreichte ihm eine mindestens zehn Fuß lange Lanze, zündete drei oder vier Kerzen an und überließ ihn seinen Gedanken.

„Oh, unglücklicher Fontanis“, rief er aus, sobald er sich allein sah, „welch schlechter Genius hat dich in diese Lage gebracht! Konntest du nicht in deiner Provinz irgendein Mädchen finden, das mehr wert gewesen wäre als dieses und das dir nicht solche Mühen bereitet hätte? Du hast es gewollt, armer Präsident, du hast es gewollt, mein Freund! Da bist du nun; eine Pariser Heirat hat dich gelockt, jetzt siehst du, wohin das geführt hat ... Verdammt, du wirst vielleicht hier sterben wie ein Hund, ohne die Sakramente zu empfangen und deine Seele in die Hände eines Priesters legen zu können ... Diese verfluchten Ungläubigen mit ihrem Gerechtigkeitssinn, mit ihren Naturgesetzen und ihrer Mildtätigkeit; es scheint, daß das Paradies sich ihnen öffnet, sobald sie nur diese drei großen Worte aussprechen ... Weniger Natur, weniger Gerechtigkeit und Milde, wir sollten lieber Verfügungen treffen, verbannen, verbrennen, rädern und zur Messe gehen, das ist mehr wert als alles andere. Dieser d'Olincourt spielt mit zäher Wut immer wieder auf den Prozeß jenes Edelmannes an, den wir im vergangenen Jahr verur=

teilt haben; gewiß steht er mit ihm in irgendeinem Zusammenhang... Und wie, war das nicht eine skandalöse Geschichte? Kam nicht ein dreizehnjähri=ger Diener, den wir bestochen hatten, und erzählte uns auf unser ausdrückliches Verlangen, daß dieser Mann in seinem Schloß Dirnen getötet habe? Kam er nicht, um uns ein rechtes Blaubart=Märchen vor=zutragen, das die Ammen auch heute noch ihren Kin=dern nicht vor dem Schlafengehen zu erzählen wagen würden? In einem so gewichtigen Verbrechen wie dem eines Mordes an H..., in einem Vergehen, das so authentisch bewiesen wurde wie dieses hier durch die gekaufte Aussage eines dreizehnjährigen Kindes, dem wir hundert Peitschenhiebe geben lie=ßen, als es nicht sogleich aussagen wollte, was wir verlangten, in einem solchen Fall scheint es mir nicht, als ob wir mit zu großer Härte gehandelt hätten... Sind denn hundert Zeugen nötig, um ein Verbrechen sicher zu beweisen? Genügt nicht eine einzige Aus=sage? Und haben es denn etwa unsere gelehrten Amtsbrüder in Toulouse mit den Nachforschungen so genau genommen, als sie den Calas rädern lie=ßen? Wenn wir nur die Verbrechen bestrafen wür=den, deren wir gewiß sind, hätten wir kaum viermal in einem Jahrhundert das Vergnügen, einen unserer Mitmenschen auf das Schafott zu bringen und das allein verschafft uns doch Respekt. Ich wüßte gern einmal, was das für ein Gerichtshof wäre, der seine Börse allezeit für die Bedürfnisse des Staates offen hielte, der niemals Zurechtweisungen erteilen, son=

dern nur alle Verordnungen registrieren und niemals jemanden töten würde ... Es wäre eine Versammlung von Toren, vor denen das Volk nicht die geringste Achtung haben würde. Mut, Präsident, Mut, du hast nur deine Pflicht getan, mein Freund: laß die Feinde der Magistratur ruhig schreien, sie werden sie nicht zerstören; unsere Macht, die ihre Grundlage in der Schwäche der Könige hat, wird ebenso lange dauern wie das Reich selbst. Möge Gott die Herrscher davor bewahren, nicht schließlich gar durch unsere Macht gestürzt zu werden; noch einige solcher Mißstände wie jene der Regierung Karls VII. und die Monarchie wird endlich untergraben sein und jener republikanischen Staatsform Platz machen, die wir schon seit langem anstreben. Dieselbe wird uns endlich zu der hohen Stellung des Senats von Venedig emporheben und uns zumindest die Ketten in die Hände legen, auf die wir sehnlichst warten, um mit denselben das Volk zu erdrücken."

Dergleichen überlegte der Präsident, als plötzlich ein erschreckender Lärm in allen Zimmern und Gängen des Schlosses zugleich zu hören war ... Ihn ergreift ein heftiges Zittern und er klammert sich an seinen Stuhl, kaum wagt er die Augen zu erheben. „Tor, der ich bin", ruft er aus, „steht es mir, einem Mitglied des Gerichtshofes von Aix, steht es mir etwa an, mich mit Gespenstern zu schlagen? Oh, ihr Geister, was hat es jemals zwischen Euch und dem Gerichtshof von Aix gegeben?" Unterdessen verstärkt sich der Lärm, die Türen der beiden Türme fliegen auf, er=

schreckende Figuren dringen in das Zimmer ein ... Fontanis wirft sich auf die Knie, fleht um Gnade und bittet um sein Leben. „Schurke", ruft eines der Gespenster mit fürchterlicher Stimme, „kannte dein Herz denn Mitleid, als du so viele Unglückliche zu Unrecht verurteiltest? Rührte dich ihr schreckliches Schicksal? Warst du weniger eitel, weniger stolz, weniger wüst und weniger ausschweifend an den Tagen, an denen deine ungerechten Urteile die Opfer deines dummen Rigorismus ins Verderben oder ins Grab stürzten? Und woher nahmst du dieses gefährliche Bewußtsein der Straflosigkeit deiner angenommenen Macht, jener illusorischen Stärke, die du selbst dir einen Moment lang einbilden magst, die aber die Philosophie alsbald zerstören muß ...? Du mußt es hinnehmen, daß wir nach deinen eigenen Grundsätzen handeln; ergib dich also, denn du bist der Schwächere." Bei diesen Worten bemächtigten sich vier der recht handfesten Geister unsanft des armen Fontanis und zogen ihn im Handumdrehen splitternackt aus, ohne bei ihm eine andere Reaktion hervorzurufen als Tränen, Geheul und stinkenden Schweiß, der ihn von Kopf bis Fuß bedeckte. „Was machen wir nun mit ihm?" fragte einer von ihnen. „Warte", antwortete derjenige, welcher der Chef zu sein schien, „ich habe hier die Liste der vier wichtigsten Justizmorde, die er begangen hat, lesen wir sie ihm vor.

Im Jahre 1750 verurteilte er einen Unglücklichen, aufs Rad geflochten zu werden, der niemals ein anderes Unrecht begangen hatte, als ihm seine Tochter zu verweigern, die dieser Schurke mißbrauchen wollte. Im Jahre 1754 bot er einem Manne an, ihm für 2000 Taler das Leben zu retten, da dieser sie ihm nicht zahlen konnte, ließ er ihn hängen.

Im Jahre 1760, als er hörte, daß ein Mann aus seiner Stadt einige Dinge über ihn in Erfahrung gebracht hatte, verurteilte er diesen ein Jahr später als Sodomiten zum Tode auf dem Scheiterhaufen, obwohl der Unglückliche eine Frau und eine Schar von Kindern hatte, wodurch das ihm vorgeworfene Verbrechen widerlegt wird.

Im Jahre 1772 wollte ein vornehmer Jüngling aus der Provinz sich an einer Kurtisane auf spaßhafte Weise rächen, sie hatte ihm ein schlechtes Geschenk gemacht; er ließ sie durchbleuen. Der würdelose Rohling hier machte aus diesem Scherz eine kriminelle Angelegenheit; er behandelte die Sache als einen Mord, sogar als einen Giftmord und überredete all seine Amtsbrüder, diese lächerliche Ansicht zu teilen; er stürzte den jungen Mann ins Verderben, ruinierte ihn und verurteilte ihn – da er seiner Person nicht habhaft werden konnte – in Abwesenheit zum Tode.

Dies sind seine hauptsächlichsten Verbrechen, entscheidet nun, meine Freunde!" Da erhob sich eine Stimme: „Auge um Auge, meine Herren, Zahn um Zahn; er hat ungerechterweise Leute verurteilt, gerädert zu werden; ich bin dafür, daß auch er gerädert wird."

„Ich stimme dafür, daß er gehängt wird", sagte ein

anderer, „und aus denselben Gründen, die mein Kol=lege angegeben hat."
„Er soll verbrannt werden", sagte der dritte, „sowohl weil er diese Strafe ungerechterweise zu verhängen wagte, als auch weil er sie schon mehrfach selbst ver=dient hat."
„Geben wir ihm ein Beispiel der Milde und Mäßi=gung, Kameraden", sagte der Chef, „und halten wir uns nur an seine vierte Untat auf unserer Liste: Das Auspeitschen einer Dirne ist in den Augen dieses Schwachkopfes ein todeswürdiges Verbrechen, darum bin ich dafür, daß er nun selbst ausgepeitscht werde."
Sofort ergreift man den unglücklichen Präsidenten, legt ihn über eine schmale Bank auf den Bauch und fesselt ihn von Kopf bis Fuß, jeder der närrischen Geister ergreift einen fünf Fuß langen Gurtriemen und gemeinsam schlagen sie im Takt mit aller Kraft ihrer Arme auf den bloßen Körper des unglücklichen Fontanis ein, der, nachdem er eine dreiviertel Stunde lang ununterbrochen von den kraftvollen Händen, die seine Erziehung übernommen haben, malträtiert worden ist, nur noch den Anblick einer einzigen Wunde bietet, aus der nach allen Seiten Blut rinnt.
„Nun ist es genug", sagte der Anführer, „ich habe schon gesagt, daß wir ihm nur ein Beispiel des Mit=leids und der Güte geben wollen, wenn der Schurke unserer habhaft werden könnte, würde er uns vier=teilen, lassen wir es bei dieser brüderlichen Züchti=gung bewenden! Er soll durch unser Beispiel lernen, daß man die Menschen nicht allein dadurch bessert,

daß man sie tötet; er hat nur fünfhundert Peitschenhiebe bekommen und ich wette gegen jedermann, daß er nunmehr von seiner Ungerechtigkeit geheilt ist und in Zukunft der rechtschaffenste Magistrat seines Standes sein wird; befreit ihn und fahren wir in unserer Arbeit fort."

„Ah", rief der Präsident aus, als seine Peiniger verschwunden waren, „ich sehe nun, daß man es uns bald heimzahlt, wenn wir die Taten anderer ans Licht zerren und danach trachten, sie aufzudecken, nur um das Vergnügen zu haben, diese Menschen zu bestrafen; wer hat den Leuten nur erzählt, was ich getan habe? Und wie kommt es, daß sie so gut über mein Verhalten unterrichtet sind?" Wie dem auch sein mochte, Fontanis brachte seine Kleider so gut wie möglich wieder in Ordnung, aber kaum hatte er sich angezogen, als er aus der Richtung, in der die Gespenster das Zimmer verlassen hatten, ein schreckliches Geschrei hörte. Er horchte und erkannte die Stimme des Marquis, der aus Leibeskräften um Hilfe rief.

„Der Teufel soll mich holen, wenn ich mich von der Stelle rühre", sagte der Präsident erschöpft, „sollen die Schurken, wenn sie wollen, ihn ruhig auspeitschen, wie sie es auch mit mir getan haben, ich mische mich nicht ein, man hat genug an seinen eigenen Streitigkeiten und braucht sich nicht auch noch in die der anderen Leute hineinziehen zu lassen." Unterdessen wurde der Lärm stärker und schließlich trat d'Olincourt in Fontanis' Zimmer, gefolgt von den

beiden Dienern, alle drei machten ein solches Ge=
schrei, als hätte man sie fast erwürgt: sie schienen blutüberströmt zu sein, der eine trug den Arm in einer Binde, der andere hatte einen Verband um den Kopf, und bleich, zerzaust und blutig, wie sie wa=
ren, hätte man darauf geschworen, daß sie sich mit einem Heer von Teufeln geschlagen hatten, die so=
eben der Hölle entwichen waren. „Oh, mein Freund, welch ein Überfall", rief d'Olincourt aus, „ich glaubte, man wolle uns alle drei erdrosseln." „Ich wette, man hat Ihnen nicht so übel mitgespielt wie mir", sagte der Präsident und zeigte seine blutunterlaufenen Lenden, „sehen Sie, wie man mich behandelt hat." „Oh, meiner Treu, mein Freund", sagte der Oberst, „hier haben Sie einen triftigen Grund für eine gute und schöne Klage; Sie wissen doch sehr wohl, welch mächtiges Interesse Ihre Amtsbrüder zu allen Zei=
ten an ausgepeitschten Gesäßpartien gehabt haben? Rufen Sie ein Gericht zusammen, mein Freund, ma=
chen Sie einen berühmten Rechtsanwalt ausfindig, der bereit ist, seine Beredsamkeit für Ihren geschun=
denen Hintern einzusetzen: Ihr Demostenes sollte sich des genialen Kunstgriffes bedienen, mit dessen Hilfe ein Redner der Antike den Areopag zu rüh=
ren verstand, indem er vor den Augen des Gerichts=
hofes den Hals der von ihm verteidigten Schönen entblößte; genauso sollte Ihr Anwalt auf dem pa=
thetischen Höhepunkt des Plädoyers diesen reizen=
den Hintern frei machen, um durch diesen Anblick die Zuhörerschaft günstig zu stimmen; versäumen

Sie vor allem nicht, die Pariser Richter, vor denen Sie wohl erscheinen müssen, an jenen berühmten Fall aus dem Jahre 1769 zu erinnern; die Herzen dieser Richter ließen sich eher durch den gegeißelten Hintern einer Gassendirne zu Mitleid rühren als durch das Volk, als dessen Väter sie sich bezeichnen und das sie dennoch Hungers sterben lassen; sie ließen sich durch ihr gerührtes Herz dazu bestimmen, einem jungen Offizier den Verbrecherprozeß zu machen, der seine besten Jahre im Dienste seines Herrschers geopfert hatte und bei seiner Rückkehr doch keinen anderen Lorbeer erntete als eine Demütigung, die von den Händen der größten Feinde des Vaterlandes, das er verteidigt hatte, vorbereitet worden war ... Auf, teurer Leidensgefährte, beeilen wir uns! Brechen wir auf! Wir sind in diesem verfluchten Schloß nicht mehr sicher, eilen wir, um unsere Rache vorzubereiten! Wir wollen die Gerechtigkeit der Beschützer der öffentlichen Ordnung, der Verteidiger der Unterdrückten und der Stützen des Staates um Hilfe anflehen." „Ich vermag kaum noch, mich aufrecht zu halten", sagte der Präsident, „und selbst auf die Gefahr hin, daß mich diese verdammten Schurken ein zweites Mal wie einen Apfel abschälen, bitte ich Sie trotzdem, mir ein Bett zu verschaffen und mich dort zumindest vierundzwanzig Stunden ruhen zu lassen." „Daran denken Sie lieber nicht, mein Freund! Sie würden unweigerlich erwürgt werden." „Sei's drum! Das wäre nur die gerechte Strafe, denn mein Gewissen erwacht nun mit solcher Kraft, daß ich alles Unglück, das der Himmel mir zu schicken bemerkte, daß der arme Provenzale ein wenig der beliebt, als eine Fügung ansehen werde.“ Da der Geisterspuk nun endlich vorüber war und d'Olincourt Ruhe bedurfte, ließ er Meister Pierre rufen und fragte ihn, ob in der folgenden Nacht mit der Rückkehr der Schurken zu rechnen sei. „Nein, gnädiger Herr“, antwortete der Pächter, „nun bleiben sie für acht oder zehn Tage still und Sie können sich in völliger Sicherheit ausruhen.“ Man führte den hinkenden Präsidenten in ein Zimmer, wo er sich zu Bett legte und sich so gut er konnte mehr als zwölf Stunden lang ausruhte; noch während er so dalag, fühlte er sich plötzlich in seinem Bett gänzlich durchnäßt, er blickte nach oben und sah an der Decke Tausende von Löchern; durch dieselben strömten wahre Sturzbäche von Wasser auf ihn herab und drohten ihn zu überschwemmen, wenn er sich nicht schnellstens davonmachte; augenblicklich stürzte er splitternackt in die unteren Gemächer, wo er den Oberst und Meister Pierre vorfand, die ihren Ärger bei einer Pastete und einem ganzen Wall von Flaschen vorzüglichsten Burgunders vergaßen; sie brachen in lautes Gelächter aus, als sie Fontanis in einem so anstößigen Aufzug erblickten; er berichtete ihnen sein neues Ungemach; ohne ihm erst Zeit zu lassen, seine Hose anzuziehen – die er noch immer nach Art des Volkes von Pégu unter dem Arm trug – forderte man ihn sogleich auf, sich zu Tische zu setzen. Der Präsident begann zu trinken und auf dem

Grunde der dritten Flasche Wein fand er Trost in seinem Unglück; da man noch zwei Stunden länger Zeit hatte, als man benötigen würde, um zum Schloß d'Olincourts zurückzukehren, ließ man satteln und brach auf. „Das war eine harte Lektion, Marquis, die Sie mir da erteilen ließen", sagte der Provenzale, sobald er im Sattel saß. „Es wird nicht die letzte sein, mein Freund", antwortete d'Olincourt, „der Mensch ist dazu geboren, durch mannigfaltige Schulen zu gehen und besonders die Richter; unter dem Hermelin hat sich die Dummheit ihren Tempel errichtet; sie fühlt sich nirgends so wohl wie in Ihren Tribunalen, aber was man schließlich auch darüber sagen mag ... Hätte man dieses Schloß verlassen sollen, ohne zu erkunden, was darin vorgeht?" „Hat es uns sehr viel weiter gebracht, daß wir es nun wissen?" „Aber gewiß, wir können jetzt unsere Klagen mit besserer Begründung vorbringen." „Der Teufel soll mich holen, wenn ich klagen gehe, ich werde für mich behalten, was ich weiß, und ich wäre Ihnen unendlich verbunden, wenn Sie zu niemandem darüber sprechen würden." „Sie sind nicht konsequent, mein Freund, wenn es lächerlich ist, Klage zu erheben, sobald man geschädigt worden ist, warum verlangen Sie dergleichen von anderen Leuten und warum fordern Sie unaufhörlich dazu auf? Und wie! Sie, einer der größten Feinde des Verbrechens, gedenken ein solches ungestraft zu lassen, wenn es derart eindeutig ist? Ist es nicht eine der vornehmsten Grundsätze der Juristerei, selbst wenn die geschädigte Partei von der Klage Abstand nimmt, die Gerechtigkeit dennoch ihren Lauf nehmen zu lassen? Und ist diese nicht offensichtlich durch das verletzt worden, was Ihnen zugestoßen ist? Und können Sie ihr das recht=mäßige Opfer verweigern, das sie fordert?" „Handeln Sie nach Ihrem Belieben, aber ich sage kein Wort." „Und die Mitgift Ihrer Frau?" „Darin werde ich mich ganz auf den Gerechtigkeitssinn des Barons verlassen und nur ihn allein mit der Sorge betrauen, diese Angelegenheit zu bereinigen." „Er wird sich da nicht einmischen." „Nun gut, dann werden wir an Brotkrusten nagen." „Der tapfere Mann! Sie wer=den selbst daran schuld sein, wenn Ihre Frau Sie verfluchen und ihr ganzes Leben lang bereuen wird, daß sie ihr Schicksal in die Hände eines Feiglings gelegt hat, wie Sie einer sind." „Oh, was die Reue angeht, so glaube ich, werden wir jeder unser Teil haben; aber warum wollen Sie, daß ich in diesem Augenblick eine Klage einreiche, während Sie doch noch vorher so weit davon entfernt waren?" „Da=mals wußte ich nicht, worum es sich wirklich handeln würde: als ich noch ohne jede Hilfe siegen zu kön=nen glaubte, hielt ich unser Vorgehen für das ange=messenste; da ich es inzwischen für wesentlich er=achte, die Unterstützung des Gesetzes anzurufen, schlage ich Ihnen nunmehr diesen Weg vor; welche Inkonsequenz liegt also in meinem Verhalten?" „Wunderbar, ausgezeichnet", sagte Fontanis und stieg von seinem Pferd, denn man war darüber am Schloß d'Olincourts angelangt, „aber ich bitte Sie, wir wol=

len über das Vorgefallene kein Wort verlieren; das ist der einzige Gefallen, um den ich Sie bitte."

Obgleich die beiden Männer nur zwei Tage lang ab=wesend gewesen waren, hatte sich bei der Marquise so manches geändert; Fräulein von Téroze lag im Bett; eine angebliche Unpäßlichkeit, die durch die Unruhe und den Kummer hervorgerufen war, ihren Gatten der Gefahr ausgesetzt zu wissen, ließ sie seit vierundzwanzig Stunden das Bett hüten: eine rei=zende Patientin mit zwanzig Ellen Mullbinden um Kopf und Hals ... Eine wirklich rührende Blässe ließ sie noch hundertmal schöner erscheinen und ent=fachte aufs neue alle Liebesglut des Präsidenten, dem die Auspeitschung, die er über sich hatte ergehen lassen müssen, den Körper ohnehin stark erhitzt hatte. Delgatz stand am Bett der Kranken und be=lehrte Fontanis flüsternd darüber, daß er sich ange=sichts des leidenden Zustandes, in dem er seine Frau vorfand, in keiner Weise seine Begierde anmerken lassen dürfe; der kritische Augenblick sei in der Zeit der Regel eingetreten und es handelte sich um nichts weniger als um einen Weißfluß. „Donnerwetter", sagte der Präsident, „ich muß wohl sehr viel Pech haben, für diese Frau habe ich mich soeben durch=bleuen lassen, und zwar meisterhaft durchbleuen las=sen, und doch verwehrt man mir noch immer das Vergnügen, mich bei ihr zu entschädigen." Im übri=gen hatte sich die Gesellschaft auf dem Schloß in=zwischen um drei Personen vermehrt, was unbedingt erwähnt werden muß. Herr und Frau von Totteville, wohlhabende Leute aus der Nachbarschaft, hatten Fräulein Lucile von Totteville, ihre Tochter, mitgebracht: eine aufgeweckte kleine Brünette von etwa achtzehn Jahren, die den schmachtenden Reizen des Fräuleins von Téroze in keiner Weise nachstand; um den Leser nicht lange im ungewissen zu lassen, sagen wir ihm sofort, wer die drei neuen Personen waren, die man bei dieser Gelegenheit in das Spiel eingeführt hatte, um so die endgültige Lösung hinauszuzögern und um so sicherer dem angestrebten Ziel zuzuführen. Totteville war einer jener verarmten Edelleute von St. Louis, die für einige Diners oder für ein paar Taler ihren Stand in den Schmutz ziehen und ohne Bedenken jede Rolle annehmen, die man sie spielen läßt; seine angebliche Frau war eine alte Abenteurerin auf einem ganz anderen Gebiet, die sich aber nicht mehr in dem Alter befand, mit ihren Reizen Geschäfte machen zu können, und die sich dafür schadlos hielt, indem sie mit den Reizen anderer handelte; da die kleine Prinzessin, die ihnen angeblich angehörte, aus einer entsprechenden Familie stammen sollte, kann man sich leicht vorstellen, aus welchen Reihen sie hervorgegangen war: seit ihrer Kindheit war sie eine Schülerin der Paphos; sie hatte bereits drei oder vier Generalpächter ruiniert und gerade wegen ihrer Geschicklichkeit in dieser Hinsicht und wegen ihrer Schönheit hatte man sie engagiert; dennoch waren alle diese Personen so ausgewählt worden, daß sie zu dem besten gehörten, was ihre Klassen zu bieten hatten; sie waren also ge=

wandt und gut gebildet und besaßen, was man den Schliff eines guten Tones nennt; was man von ihnen erwartete, führten sie ausgezeichnet aus; wenn man sie mit den Männern und Frauen der guten Gesellschaft beisammen sah, war es schwierig, sie nicht für Ebenbürtige zu halten.

Kaum war der Präsident angekommen, fragten ihn auch schon die Marquise und ihre Schwester nach dem Ausgang seines Unternehmens: „Das ist gar nichts", sagte der Marquis und folgte damit dem Wunsch seines Schwagers, „lediglich eine Bande von Strolchen, die man früher oder später beseitigen wird, treibt dort ihr Unwesen; wir müssen also nur noch erfahren, was der Präsident zu unternehmen gedenkt und jeder von uns wird sich ein Vergnügen daraus machen, seinem Wunsch zu folgen." Und da d'Olincourt sich zuvor schon beeilt hatte, von den wahren Erfolgen zu berichten und den Wunsch des Präsidenten mitzuteilen, daß darüber nicht gesprochen werden solle, brachte man die Unterhaltung auf ein anderes Thema und die Gespenster von Téroze wurden nicht mehr erwähnt.

Der Präsident widmete seine ganze Fürsorge seiner kleinen Frau und noch mehr seinem Kummer darüber, daß diese verwünschte Unpäßlichkeit wiederum den Augenblick seines Glückes aufschieben sollte. Und da es spät geworden war, aß man zu Abend und legte sich schlafen, ohne daß an diesem Tage noch etwas Ungewöhnliches geschah.

Als wahrer Mann der Robe vergrößerte Herr von

Fontanis die Anzahl seiner guten Eigenschaften durch eine äußerste Schwäche für die Frauen; und so kam es, daß er das junge Fräulein Lucile nicht ohne einige Lustanwandlung in der Gesellschaft der Marquise von Olincourt erblickte; zunächst informierte er sich bei seinem Vertrauten La Brie, wer diese junge Person sei; dieser antwortete ihm in einer Art, durch die er die Liebe, die er im Herzen des Magistraten hatte keimen sehen, kräftig schürte; er überredete ihn dazu, sein Glück zu versuchen. „Sie ist ein wohlgeborenes Mädchen", sagte der verräterische Vertraute, „das aber dennoch nicht gegen eine Liebeserklärung von einem Manne Ihrer Art gefeit ist, Herr Präsident", fuhr der kleine Schwindler fort, „Sie sind der Schrekken der Väter und das Grauen der Ehemänner, denn wie sehr sich auch ein weibliches Wesen äußerste Tugendhaftigkeit vorgenommen haben mag, so fällt es ihnen allen doch schwer, Ihnen zu widerstehen. Abgesehen von der Gestalt würde allein die Stellung genügen, und welche Frau könnte der Anziehungskraft eines Mannes der Justiz, dieser großen schwarzen Robe und dem viereckigen Hut widerstehen? Glauben Sie denn, daß alle diese Dinge nicht verführerisch wirken?" „Sicher ist es nicht leicht, sich unserer zu erwehren, wir haben einen gewissen Mann in unseren Diensten, der schon immer der Schrecken der Tugend gewesen ist ... Also, La Brie, du glaubst, wenn ich ein Wort sagen würde ..." „Man würde sich Ihrem Wort fügen, dessen können Sie sicher sein." „Aber man muß mir Verschwiegenheit bewahren; du fühlst sicherlich auch, daß es für mich in der Situation, in der ich mich befinde, sehr wichtig ist, bei meiner Frau nicht mit einer Treulosigkeit zu beginnen." „Oh, Monsieur, Sie würden Ihre Gattin in die größte Verzweiflung stürzen, denn sie ist Ihnen wahrhaft zärtlich zugetan." „Ja glaubst du wirklich, daß sie mich ein wenig liebt?" „Sie betet Sie an, Monsieur, und es wäre Mord, sie zu betrügen." „Dennoch glaubst du, daß von der anderen Seite ...?" „Ihr Vorgehen würde unfehlbaren Erfolg haben, sofern Sie es nur wollten; es müßte nur gehandelt werden." „Oh, mein lieber La Brie, du bereitest mir eine große Freude; was für ein Vergnügen, zwei Affären zu gleicher Zeit zu unterhalten und zwei Frauen auf einmal zu betrügen! Betrügen, mein Freund, betrügen! Was für eine Lust für einen Mann der Robe!"

Als Folge dieser Ermutigungen putzte sich Fontanis heraus, machte sich zurecht und vergaß die Peitschenhiebe, von denen er zerschunden war; indem er seine weiterhin das Bett hütende Frau gänzlich vernachlässigte, richtete er seine schweren Geschütze auf die listige Lucile, die ihn zunächst nur schamhaft anhörte, ihm dann aber unmerklich ein leichtes Spiel bereitete.

Dieses heimliche Treiben dauerte bereits ungefähr vier Tage, ohne daß jemand dasselbe zu bemerken schien, als man im Schloß durch die ‚Gazette' und den ‚Merkur' darauf hingewiesen wurde, daß alle Astronomen in der folgenden Nacht die Bahn der Venus unter dem Zeichen des Steinbocks beobachten sollten. „Oh, Donnerwetter, das Ereignis ist einzigartig", sagte der Präsident wie ein Fachmann, sobald er diese Neuigkeit gelesen hatte, „ich hätte diese Erscheinung nie erwartet: Ich besitze nämlich, wie Sie, meine Damen, sicher wissen, einige Kenntnis von dieser Wissenschaft; ich habe sogar ein sechsbändiges Werk über die „Satelliten des Mars" verfaßt." „Über die Satelliten des Mars?" fragte die Marquise lächelnd, „dennoch sind Sie dem Mars nicht sehr wohlgesonnen, Präsident, ich bin erstaunt, daß Sie diesen Gegenstand gewählt haben." „Sie spotten wie immer, bezaubernde Frau Marquise, ich sehe wohl, daß man mein Geheimnis nicht gewahrt hat, aber wie dem auch sei, ich bin auf das angekündigte Ereignis sehr gespannt ... Und haben Sie hier einen Ort, Marquis, von dem aus wir die Bahn dieses Planeten gut beobachten könnten?" „Natürlich", antwortet der Marquis, „habe ich über meinem Taubenschlag nicht ein gut ausgestattetes Observatorium? Sie werden dort ausgezeichnete Gläser finden, Quadranten, Kompasse, kurz, alles, was in den Arbeitsraum eines Astronomen gehört." „Sie sind also auch ein wenig vom Fach?" „Keineswegs, aber man hat eben Augen wie jeder andere und man findet immer Leute dieser Kunst und freut sich, von ihnen unterrichtet zu werden." „Also gut, ich werde mir ein Vergnügen daraus machen, Ihnen einigen Unterricht zu erteilen; in sechs Wochen werde ich Sie lehren, die Welt besser zu verstehen als Descartes oder Kopernikus." Inzwi=

schen wurde es Zeit, sich in das Observatorium zu begeben: dem Präsidenten tat es leid, daß die Unpäßlichkeit seiner Frau ihn der Freude berauben sollte, vor ihr den Gelehrten zu spielen, ohne daß der arme Teufel auch nur ahnte, daß sie es sein würde, die die Hauptrolle in dieser einzigartigen Komödie spielen sollte.

Obgleich die Erfindung des Ballons noch nicht öffentlich bekanntgeworden war, gab es sie um 1779 bereits; der geschickte Physiker, der den Ballon angefertigt hatte, von dem nun die Rede sein wird, war gelehrter als irgendeiner seiner Nachfolger und hatte den klugen Gedanken, später über die Neuerung ebenso erstaunt zu tun wie alle anderen und kein Wort darüber zu verlieren, daß Eindringlinge gekommen waren, um ihm seine Entdeckung zu stehlen; inmitten eines vollkommenen Luftschiffes sollte sich zur vorgeschriebenen Stunde Fräulein von Téroze in den Armen des Grafen von Elbène erheben und diese Szene, aus der Ferne gesehen und nur durch ein schwaches künstliches Licht beleuchtet, wurde geschickt genug dargeboten, um einen Dummkopf wie den Präsidenten zu täuschen, der in seinem ganzen Leben nicht ein einziges Werk über die Wissenschaft gelesen hatte, mit der er sich schmückte.

Die ganze Gesellschaft begab sich auf die Spitze des Turmes; man versah sich mit Gläsern und der Ballon stieg auf. „Sehen Sie?" fragte man sich gegenseitig. „Noch nicht." „Jetzt sehe ich es." „Nein, das ist es nicht." „Ich bitte um Verzeihung, links, links, wenden Sie sich dem Orient zu." „Ah! Ich habe es", rief der Präsident ganz begeistert, „ich hab's, meine Freunde, kommt her zu mir ... ein wenig näher zum Merkur, nicht so weit wie der Mars, dicht unter der Ellipse des Saturn, dort, ah, großer Gott, wie schön das ist!" „Ich sehe es auch", sagte der Marquis, „das ist wahrlich eine großartige Sache, sehen Sie die Vereinigung?" „Ich sehe sie am Ende meines Glases ..." Und der Ballon schwebte in diesem Augenblick über dem Turm vorüber. „Nun", sagte der Marquis, „war die Ankündigung, die wir erhalten haben, etwa falsch und ist dort etwa nicht Venus über dem Steinbock erschienen?" „Nichts ist sicherer als das", sagte der Präsident, „das ist das schönste Schauspiel, das ich in meinem Leben gesehen habe." „Wer weiß", sagte der Marquis, „ob es immer nötig sein wird, daß Sie so hoch hinaufsteigen, um es richtig zu sehen ..." „Ah! Marquis, Ihre Spötteleien sind wahrhaftig gänzlich fehl am Platze in einem so schönen Augenblick ..." Und der Ballon verlor sich nun in der Dunkelheit: alle stiegen wieder hinab und waren sehr zufrieden mit der allegorischen Erscheinung, die die Kunst der Natur geliehen hatte.

„In der Tat, ich bedaure, daß Sie die Freude nicht mit uns teilen konnten, die uns dieses Ereignis bereitet hat", sagte Herr von Fontanis zu seiner Gattin, die er, als er in ihr Zimmer trat, wieder im Bett vorfand; „es ist unmöglich, etwas Schöneres zu sehen." „Das glaube ich gern", sagte die junge Frau, „aber man hat mir gesagt, daß es dabei viele unbotmäßige Dinge gegeben hat, so daß es mir im Grunde gar nicht leid tut, sie nicht gesehen zu haben." „Unbotmäßig?" sagte der Präsident und grinste anmutig ... „Oh, keineswegs. Es handelt sich um eine Verbindung; und gibt es etwas Schöneres in der Natur? Ich möchte nur gern, daß sie auch zwischen uns endlich vollzogen würde; sie wird stattfinden, sobald Sie es wünschen; aber sagen Sie mir doch einmal ganz ehrlich, unumschränkte Beherrscherin meiner Gedanken ... Haben Sie Ihren Sklaven nicht lange genug schmachten lassen und werden Sie ihm nicht bald die Belohnung für all seine Mühen gewähren?" „Ach, mein Engel", antwortete ihm verliebt die junge Gattin, „glauben Sie mir, daß ich es wenigstens ebenso eilig damit habe wie Sie, aber Sie sehen meinen Zustand ... Und Sie sehen ihn, ohne ihn zu bedauern, Grausamer, obwohl das wirklich Ihre Pflicht wäre: Wenn ich weniger gequält worden wäre mit dem, wonach Sie verlangen, so würde ich mich jetzt weit besser fühlen." Der Präsident war außer sich vor Freude, als er hörte, wie sehr ihm geschmeichelt wurde; er warf sich in die Brust, richtete sich auf, und noch niemals hatte ein Gerichtsherr — nicht einmal einer, der gerade jemanden an den Galgen gebracht hatte — einen so steifen Hals gemacht. Da sich aber auf der Seite des Fräuleins von Téroze die Hindernisse noch immer vermehrten, während er bei Lucile das leichteste Spiel der Welt hatte, zögerte Fontanis keinen Augenblick, die blühenden Myrten der Liebe den verspäteten Rosen der Ehe vorzuziehen; „die eine kann mir nicht entfliehen", sagte er sich, „ich werde sie immer noch bekommen, wenn ich will; die andere aber ist vielleicht nur für diese kurze Zeit hier, darum muß man sich beeilen, um den Augenblick zu nutzen." Und diesem Grundsatz gemäß verfehlte Fontanis keine einzige Gelegenheit, die seine Sache vorantreiben konnte. „Ach, Monsieur", sagte diese junge Person eines Tages mit geheuchelter Unschuld, „werde ich nicht zu einem sehr unglücklichen Geschöpf werden, wenn ich Ihnen gewähre, was Sie verlangen ... Da Sie gebunden sind ... werden Sie da jemals den Schaden wiedergutmachen können, den Sie meinem guten Ruf zufügen?" „Was nennen Sie wiedergutmachen? In diesem Fall braucht nichts wiedergutgemacht zu werden; der eine wird nicht mehr wiedergutzumachen haben als der andere; das nennt man einen Schlag ins Wasser; mit einem verheirateten Mann gibt es niemals etwas zu befürchten, weil er als erster daran interessiert ist, das Geheimnis zu bewahren; so wird Sie diese Affäre ganz gewiß nicht daran hindern, einen Gatten zu finden." „Und die Religion und die Ehre, Monsieur ..." „Das sind nur Lappalien, mein Herz, ich sehe wohl, daß Sie eine Agnes sind und daß Sie ein wenig in meine Lehre kommen müssen; ach, wie schnell ich alle diese kindlichen Vorurteile beseitigen würde." „Aber ich habe angenommen, daß Ihr Stand Sie dazu verpflichtet. sie zu respektieren." „Aber natürlich, äußerlich; wir haben nur das Äußere für uns; wenigstens müssen wir diesen Schein bewahren; aber wenn wir erst ein=

mal von dieser eitlen Schale entblößt sind, die uns zur Vorsicht zwingt, unterscheiden wir uns in nichts von den anderen Sterblichen. Ach, wie können Sie glauben, daß wir gegen die Laster jener anderen Menschen gefeit wären? Unsere Leidenschaften werden durch die ständigen Berichte und Bilder dieser Laster noch besonders erhitzt, und darum unterscheiden sie sich von ihnen nur durch Übermäßigkeiten, die anderen Menschen unbekannt bleiben, aber unsere täglichen Freuden ausmachen; da wir die Gesetze, vor denen wir die anderen erzittern lassen, selbst fast nie zu fürchten haben, entflammt uns die Straflosigkeit und macht uns nur noch schurkischer ..."

Lucile lauschte diesem eitlen Geschwätz, und trotz des Abscheus, den ihr sowohl die Gestalt als auch die sittliche Auffassung dieses widerlichen Mannes einflößte, stellte sie sich ihm gegenüber auch weiterhin leicht zugänglich; denn die Belohnung, die ihr versprochen worden war, konnte sie nur unter dieser Bedingung erhalten. Je mehr die Verliebtheit des Präsidenten anwuchs, desto unerträglicher wurde seine Geckenhaftigkeit: Nichts in der Welt ist lächerlicher als ein verliebter Gerichtsherr; er bietet das vollkommenste Bild der Tölpelhaftigkeit, der Unverschämtheit und der Ungeschicklichkeit. Wenn der Leser einmal einen Puthahn gesehen hat, der bereit ist, seine Art zu vermehren, so hat er damit die genaueste Vorstellung von dem Anblick, den man ihm hier beschreiben möchte. Wie vorsichtig der Präsident auch war, wie

sehr er sich zu verstellen suchte, wurde seine Unverschämtheit eines Tages doch allzu offenkundig; der Marquis wollte ihn sich bei Tisch vorknöpfen und ihn vor seiner Göttin demütigen. „Präsident", sagte er zu ihm, „ich erhielt soeben eine für Sie bedauerliche Nachricht." „Was denn?" „Man behauptet, daß der Gerichtshof von Aix aufgelöst werden soll; die Öffentlichkeit hat vorgebracht, daß er unnütz sei; Aix braucht weit weniger einen Gerichtshof als Lyon; diese Stadt nämlich ist viel zu weit von Paris entfernt, als daß sie von Paris abhängig sein dürfte; sie soll die ganze Provence in ihren Bereich bekommen; sie beherrscht die Provence und ist günstig genug gelegen, in ihren Mauern die Richter einer so bedeutenden Provinz zu beherbergen."
„Diese Regelung zeugt von keiner Vernunft."
„Doch, sie ist weise; Aix liegt am Ende der Welt; wo immer ein Provenzale auch wohnen mag, er würde wegen seiner Angelegenheiten lieber nach Lyon gehen als in Eure Schlammgrube von Aix; furchtbare Wege, keine Brücken über diese Durance, die sich neun Monate des Jahres ebenso wild gebärdet wie Eure Köpfe, hinzu kommen noch einige besondere Nachteile, die ich Ihnen nicht verhehlen will: Zunächst tadelt man die Zusammensetzung Eures Gerichtshofes; man sagt, im ganzen Gerichtshof von Aix gäbe es nicht ein einziges Individuum, das einen Namen hat ... Fischhändler, Seeleute, Schmuggler, mit einem Wort ein Haufen von verächtlichen Strolchen, mit denen der Adel in keiner Weise zu tun haben möchte und die

das Volk quälen, um sich für den schlechten Ruf zu rächen, in dem sie stehen; Trottel, Dummköpfe ... Verzeihung, Präsident, ich sage Ihnen nur, was man mir geschrieben hat ... Ich werde Ihnen nach dem Essen den Brief zu lesen geben ... Also kurzgesagt, Schurken, die den Fanatismus und die Schändlichkeit so weit treiben, daß sie wie zum Beweis ihrer Rechtschaffenheit in ihrer Stadt immer ein Schafott bereitstehen haben, das nichts weiter als ein Denkmal ihrer einfältigen Strenge ist, aus dem das Volk die Steine herausreißen sollte, um mit denselben die Henkerinsignien zu steinigen, die in so unverschämter Weise wagen, den Menschen ständig mit Ketten zu drohen; man ist erstaunt, daß die Leute nicht längst dergleichen getan haben, und man behauptet, daß es nicht mehr lange damit dauern wird ... Eine Menge von ungerechtfertigten Verhaftungen, eine Vorliebe für strengste Härte, die darauf bedacht ist, alle Rechtsverbrechen gutzuheißen, die sie selbst begehen. Sodann einige noch viel schlimmere Dinge ... Sie sind verbitterte Feinde des Staates, seit jeher und durch alle Jahrhunderte hindurch; das wagt man öffentlich auszusprechen. Das allgemeine Grauen, das die von Euresgleichen begangenen Greueltaten von Mérindol eingeflößt haben, ist in den Herzen der Menschen noch nicht erloschen; haben Euresgleichen nicht zu allen Zeiten das schrecklichste Schauspiel, das man sich ausmalen könnte, gegeben? Kann man sich ohne zu erschaudern vorstellen, wie die Hüter der Ordnung, des Friedens und der Gerechtigkeit gleich Wahnsinnigen durch die Provinz eilen – die Fackel in der einen Hand und in der anderen den Dolch – und wie sie alles, was sich ihnen in den Weg stellt, niederbrennen, töten, überwältigen und abmetzeln, einer Herde von wütigen Tigern vergleichbar, die aus den Wäldern ausgebrochen ist; ist es den Magistraten geziemend, sich in dieser Weise aufzuführen? Man erinnert sich auch an mehrere Gelegenheiten, bei denen sich Euresgleichen hartnäckig geweigert haben, den König in seinen Schwierigkeiten zu unterstützen; zu verschiedenen Malen waren Sie eher bereit, die ganze Provinz zum Aufstand aufzurufen, als sich als Steuerpflichtige erfassen zu lassen; glauben Sie, man hätte jene unselige Epoche vergessen, da Ihr, ohne von einer Gefahr bedroht zu sein, an der Spitze der Bürger vorgetreten seid, um dem Konnetabel von Bourbon den Schlüssel Eurer Stadt zu übergeben? Jenem Mann, der seinen König verriet? Und jene Zeit, da Ihr beim bloßen Nahen Karls V. zu zittern begannt und Euch beeiltet, ihm Eure Huldigungen darzubringen und ihn in Eure Mauern einziehen zu lassen; weiß man nicht, daß im Schoße des Gerichtshofes von Aix die ersten Keime der Liga aufgeschossen sind und daß man, in einem Wort gesagt, zu allen Zeiten nur Aufwiegler und Rebellen, Mörder und Verräter unter Euresgleichen finden konnte? Sie wissen es besser als irgend jemand sonst, meine Herren Magistraten der Provence: wenn man jemanden ruinieren will, so sucht man alles zusammen, was er früher einmal getan haben könnte und erinnert sich sorgfältig an alle seine früheren Unrechtmäßigkeiten, um die Zahl seiner jüngsten Vergehen zu erhöhen: seien Sie also nicht erstaunt, wenn man sich jetzt Ihnen gegenüber ebenso verhält, wie Sie es den Unglücklichen gegenüber getan haben, die Sie wohlgefällig Ihrer Kleinkrämerei geopfert haben; erfahren Sie also, mein lieber Präsident, daß es einer Körperschaft ebensowenig wie einem Privatmann erlaubt ist, einen ehrenwerten und ruhigen Bürger zu verletzen; und wenn sich eine Körperschaft eine solche Ungerechtigkeit anmaßt, so darf sie sich nicht darüber wundern, wenn sich die Stimmen aller Welt gegen sie erheben und die Rechte des Schwächeren und des Tugendhaften gegen den Despotismus und die Ungerechtigkeit fordern."

Der Präsident konnte diese Anschuldigungen weder unterstützen noch widerlegen; er erhob sich wutschnaubend und schwor, daß er das Haus verlassen werde. Nächst dem Schauspiel eines verliebten Gerichtsherrn ist nichts lächerlicher als ein wütender Mann der Robe; die Muskeln seines Gesichtes, die gewöhnlich von der Scheinheiligkeit geglättet blieben, wurden plötzlich gezwungen, zu den Verkrampfungen des Zornes überzugehen, was ihnen nur über heftig zuckende Zwischenstufen gelang, die sehr komisch anzusehen waren; als man sich über seinen kleinen Verdruß genügend amüsiert hatte, und da man noch nicht bei der Szene angelangt war, die ihn, wie man hoffte, für immer vertreiben sollte, bemühte man sich schließlich, ihn zu beruhigen; man eilte ihm nach

und brachte ihn zurück; und da Fontanis am Abend nicht mehr an diese kleinen Quälereien des Morgens dachte, setzte er bald wieder seine gewohnte Miene auf, und alles wurde vergessen.
Fräulein von Téroze ging es besser; obgleich sie noch ein wenig abgespannt aussah, kam sie dennoch zu den Mahlzeiten herunter und ging sogar schon manchmal mit der Gesellschaft spazieren; der Präsident gab sich weniger zudringlich, weil ihn vor allem Lucile beschäftigte; dennoch erkannte er wohl, daß er sich bald nur noch um seine Gattin würde kümmern müssen. Folglich beschloß er, die andere Affäre nachdrücklicher voranzutreiben. Die Sache war an ihrem kritischen Punkt angelangt; Fräulein von Totteville machte keinerlei Schwierigkeiten mehr, es handelte sich nunmehr nur noch darum, einen sicheren Ort für das Rendezvous zu finden. Der Präsident schlug seine Knechtekammer vor; Lucile, die nicht im Zimmer ihrer Eltern schlief, nahm diesen Treffpunkt für die kommende Nacht gern an; sofort berichtete sie dem Marquis von der Übereinkunft; man teilte Lucile die Rolle zu, die sie zu spielen hätte, und der Rest des Tages verging ruhig. Gegen elf Uhr schützte Lucile Kopfschmerzen vor und ging hinaus, denn sie sollte sich als erste mittels eines Schlüssels, den er ihr anvertraut hatte, in die Kammer und das Bett des Präsidenten begeben. Eine Viertelstunde später wollte sich der liebestolle Fontanis ebenfalls zurückziehen; aber die Marquise gab vor, sie wolle ihm an diesem Abend das Ehrengeleit

bis in sein Zimmer geben: Die ganze Gesellschaft nahm den Scherz sogleich auf; Fräulein von Téroze war die erste, die sich darüber belustigte, und ohne auf den Präsidenten zu achten — der wie auf Dornen saß und gern gewollt hätte, sich entweder dieser lächerlichen Höflichkeit zu entziehen oder wenigstens diejenige warnen zu können, von der er glaubte, daß man sie überraschen würde — ohne auf seinen Zustand zu achten — umringten die Frauen Fontanis und reichten ihm die Hände, und in diesem lustigen Zug begab man sich vor die Tür seines Zimmers ... Unser unglückliche Galan konnte kaum atmen. „Ich will für nichts garantieren", stammelte er, „bedenken Sie die Unvorsichtigkeit, die Sie begehen; wer sagt Ihnen, daß nicht vielleicht der Gegenstand meiner Leidenschaften gerade in diesem Augenblick in meinem Bett auf mich wartet, und wenn das tatsächlich zutrifft, bedenken Sie dann auch genau, was aus Ihrem unlogischen Vorgehen entstehen kann?" „Wir sind auf jedes Ereignis eingestellt", sagte der Marquis und öffnete eilig die Tür. „Vorwärts! Schönheit, die, wie man sagt, den Präsidenten im Bett erwartet, erscheine und fürchte dich nicht." Aber welche allgemeine Überraschung, als das Licht am Kopfende des Bettes einen monströsen Esel beleuchtete, der weich in den Laken ruhte und sich noch dazu sehr wohl fühlte in der Rolle, die man ihn spielen ließ, der auf dem magistralen Lager friedlich eingeschlummert war und genüßlich schnarchte. „Oh! Donnerwetter!" rief d'Olincourt aus und hielt sich vor Lachen die

Seiten, „Präsident, betrachte die glückliche Kaltblütig=keit dieses Tieres ein wenig; könnte man nicht glau=ben, es sei einer deiner Kollegen während einer Ver=handlung?“ Immerhin fühlte sich der Präsident bei diesem Scherz sehr erleichtert; er glaubte, daß der Streich einen Schleier über die eigentliche Angelegen=heit werfen würde und daß Lucile, sobald sie als erste die Sache bemerkt hatte, die Klugheit besessen hätte, in keiner Weise ihre Intrige vermuten zu lassen; der Präsident lachte also mit den anderen; man befreite das Grautier so sanft wie möglich; die Unterbrechung seines Schlummers behagte demselben wenig; man breitete neue weiße Laken aus, und Fontanis nahm würdig den Platz des stattlichsten Esels ein, den man im ganzen Land hätte finden können. „Wahrlich, da hat sich nichts geändert“, sagte die Marquise, als sie den Präsidenten so hatte daliegen sehen; „ich hätte niemals geglaubt, daß zwischen einem Esel und einem Präsidenten des Gerichtshofes von Aix eine so voll=kommene Ähnlichkeit besteht.“ „Sie befanden sich also in einem großen Irrtum, Madame“, antwortete der Marquis. „Wußten Sie gar nicht, daß dieser Ge=richtshof sich schon immer seine Mitglieder aus den Reihen jener Doktoren erwählt hat? Ich möchte wet=ten, daß derjenige, den Sie das Lager haben verlassen sehen, der frühere Präsident gewesen ist.“

Am folgenden Morgen war Fontanis' erste Sorge, Lucile zu fragen, wie sie sich aus der Affäre gezogen hatte; das Fräulein folgte ihren Weisungen und sagte, daß sie sich sofort zurückgezogen habe, als sie den

Scherz bemerkte, allerdings in der Unruhe, daß sie verraten worden sei, weshalb sie eine schreckliche Nacht verbracht und den Zeitpunkt sehnlichst herbeigewünscht habe, an dem sie sich Gewißheit verschaffen könnte; der Präsident beruhigte sie und erhielt von ihr eine Zusage für die nächste Nacht; die spröde Lucile ließ sich ein wenig bitten; Fontanis wurde dadurch nur noch eifriger, und alles arrangierte sich nach seinen Wünschen. Aber wenn das erste Rendezvous durch eine komische Szene vereitelt worden war, welch fatales Ereignis sollte nun das zweite verhindern! Die Dinge liefen wie am Vorabend ab, Lucile zog sich als erste zurück, der Präsident folgte ihr kurze Zeit später, ohne daß irgend jemand etwas dagegen eingewendet hätte; er fand sie an dem gegebenen Ort des Rendezvous vor, zog sie in seine Arme und schickte sich bereits an, ihr unmißverständliche Beweise seiner Leidenschaft zu liefern . . . , als sich ganz unversehens die Türen öffneten. Herr und Frau Totteville, die Marquise und sogar Fräulein von Teroze traten ein. „Ungeheuer!" rief letztere aus und warf sich wutentbrannt auf ihren Gatten, „auf diese Weise also machst du dich über meine Unschuld und meine Liebe lustig!" „Unmenschliches Mädchen", sagte Herr von Totteville zu Lucile, die sich vor ihrem Vater auf die Knie geworfen hatte, „derart also mißbrauchst du die großzügige Freiheit, die wir dir lassen! . . ." Die Marquise und Frau von Totteville warfen ihrerseits erzürnte Blicke auf die beiden Schuldigen, und Frau von Olincourt wurde von dieser

ersten Reaktion nur dadurch abgelenkt, daß sie ihre Schwester, die in Ohnmacht gefallen war, in ihren Armen auffing. Kaum zu beschreiben war die Gestalt des armen Fontanis inmitten dieser Szene: die Überraschung, die Scham, die Angst und der Schrecken, alle diese verschie= denen Gefühle bestürmten ihn gleichzeitig und ließen ihn zu einer unbeweglichen Statue erstarren; inzwischen kam der Marquis hinzu, informierte sich, und man berichtete ihm voller Entrüstung, was vor= gefallen war. „Monsieur", sagte Luciles Vater mit ernstem Nachdruck zu dem Marquis, „ich hätte nie=

mals erwartet, daß ein ehrbares Mädchen in Ihrem Hause eine derartige Schmach zu befürchten hat; Sie werden nichts dagegen haben, daß ich augenblicklich aufbreche, um dort Gerechtigkeit zu fordern, wo ich sie erwarten darf." „In der Tat, Monsieur", sagte der Marquis daraufhin in trockenem Ton zu dem Präsidenten, „Sie werden zugeben, daß auch ich solche Szenen wenig erwarten durfte; haben Sie sich mit uns verbunden, nur um meine Schwägerin und mein Haus zu entehren?" Dann wandte er sich an Totteville: „Nichts wäre mehr gerechtfertigt, Monsieur, als die Genugtuung, die Sie fordern; aber ich wage es, Sie dringlich zu beschwören, jeden Skandal zu vermeiden; ich bitte darum nicht für diesen Menschen hier, denn er ist nur der Verachtung und der Bestrafung würdig, sondern ich bitte für meine Familie und für meinen armen Schwiegervater, der sein ganzes Vertrauen in diesen Gaukler gesetzt hat und der nun vor Kummer sterben wird, da er sich dermaßen getäuscht hat." „Ich würde Ihnen gerne verbindlich sein, Monsieur", sagte Totteville stolz und zog seine Frau und seine Tochter mit sich fort, „aber Sie werden mir erlauben, meine Ehre über diese Einwände zu stellen; in der Klage, die ich vorbringen werde, Monsieur, werden Sie keineswegs kompromittiert; nur dieser ehrlose Mann wird davon betroffen werden ... Erlauben Sie mir, daß ich keine weiteren Überlegungen anhöre und daß ich augenblicklich dorthin eile, wohin die Rache mich ruft." Mit diesen Worten zogen sich die drei Personen zurück, ohne daß irgendeine menschliche Kraft sie hätte aufhalten können; sie eilten, wie sie versicherten, nach Paris, um gegen die Schmach, die der Präsident von Fontanis ihnen angetan hatte, beim Gerichtshof Klage einzureichen ... Inzwischen herrschte in dem unglücklichen Schloß nur Unruhe und Verzweiflung; Fräulein von Téroze, die kaum erst genesen war, legte sich mit einem Fieber, dessen Gefährlichkeit man nachdrücklich betonte, wieder ins Bett; Herr und Frau von Olincourt wetterten gegen den Präsidenten, der bei aller Bedrohung kein anderes Asyl hatte als dieses Haus und der sich darum gegen die Vorhaltungen nicht aufzulehnen wagte, die ihm gerechterweise gemacht wurden; in diesem Zustand blieben die Dinge drei Tage lang; nun schließlich ließ eine geheime Botschaft den Präsidenten wissen, daß die Sache sehr ernst stünde, daß sie als Verbrechen behandelt würde und daß in Kürze eine Verfügung gegen Fontanis zu erwarten sei. „Wie denn, ohne mich anzuhören", sagte der Präsident erschrocken. „Wäre denn das die Regel?" antwortete ihm d'Olincourt, „erlaubt man denn demjenigen, über den das Gesetz verfügt, sich irgendwie zu verteidigen? Und ist es nicht eine der bewährtesten Gepflogenheiten von Euresgleichen, das Urteil zu fällen, ohne den Angeklagten anzuhören? Nun gebraucht man gegen Sie nichts als die Waffe, die Sie selbst gegen andere angewendet haben; ist es nicht recht und billig, daß auch Sie wenigstens einmal in Ihrem Leben der Ungerechtigkeit zum Opfer fallen, die Sie selbst dreißig

Jahre lang ausgeübt haben?" „Aber wegen einer Mädchengeschichte?" „Wieso wegen einer Mädchengeschichte? Wissen Sie denn nicht, daß gerade diese Dinge die gefährlichsten sind? War jene unglückliche Affäre, deren Andenken Ihnen im Schloß der Gespenster fünfhundert Peitschenhiebe eingebracht hat, etwas anderes als eine Mädchengeschichte? Und haben Sie nicht geglaubt, daß es Ihnen erlaubt wäre, einem Edelmann wegen einer Mädchengeschichte die Ehre abzusprechen? Das ist die Rache, Präsident, das Talionsrecht; das ist nun also Ihr Schicksal; Sie sollten sich ihm zuversichtlich unterwerfen." „Gerechter Himmel", sagte Fontanis, „in Gottes Namen, Schwager, lassen Sie mich nicht im Stich." „Seien Sie versichert, daß wir Ihnen helfen werden", antwortete d'Olincourt, „wie sehr Sie uns auch mit Schande bedeckt haben und welche Vorwürfe wir Ihnen auch machen könnten; aber es ist schwierig ... Das wissen Sie." „Wie denn?" „Die Güte des Königs, ein Haftbrief; darin sehe ich die einzige Möglichkeit." „Was für eine schreckliche Lage!" „Das gebe ich zu; aber suchen Sie nach einem anderen Weg; wollen Sie aus Frankreich fliehen und sich für immer ins Unglück stürzen, während doch einige Jahre Gefängnis vielleicht alles wieder in Ordnung bringen? Haben Sie übrigens diesen Weg, der Ihnen jetzt so unmöglich erscheint, nicht selbst gelegentlich empfohlen, Sie und die Ihrigen? Haben Sie diesen barbarischen Rat nicht jenem Edelmann gegeben, den Sie dann schließlich umgebracht haben und für den die Gespenster so kräftig Rache nahmen? Haben Sie nicht, durch ein ebenso gefährliches wie sträfliches Amtsvergehen, diesen unglücklichen Offizier vor die Wahl zwischen Gefängnis oder Ehrlosigkeit gestellt und wurde Ihr verächtlicher Blitzschlag nicht nur unter der Bedingung zurückgehalten, daß der Unglückliche von seinem König zermalmt werden würde? Folglich, mein Lieber, ist das, was ich Ihnen vorschlage, nichts Ungewöhnliches; dieser Weg ist Ihnen nicht nur bekannt, Sie sollten ihn auch willig beschreiten." „Oh, welch schreckliche Erinnerungen", sagte der Präsident und vergoß viele Tränen; „wer hätte mir gesagt, daß die Rache des Himmels fast genau in dem Augenblick über mein Haupt hereinbrechen würde, in dem ich meine Verbrechen beging! Man zahlt mir heim, was ich getan habe; darum muß ich es erdulden und darüber schweigen."

Da jedoch eilige Hilfe nötig war, rief die Marquise ihrem Gatten dringend, sich nach Fontainebleau zu begeben, wo sich damals der Gerichtshof befand; Fräulein von Téroze dagegen versagte sich jedem Rat; die Schmach und die unruhevollen Sorgen außerhalb ihres Zimmers, der Comte d'Elbène dagegen, der sich in demselben befand, das alles hielt sie ständig in ihrem Gemach zurück, dessen Türen für den Präsidenten fest verschlossen blieben; er hatte sich dort mehrmals an die Tür ihres Zimmers begeben, um zu versuchen, sie sich durch seine Reue und seine Tränen zu öffnen; aber immer war es vergeblich gewesen.

Der Marquis brach also auf. Die Reise war kurz, und

am übernächsten Tage kam er zurück, begleitet von zwei Polizeibeamten und versehen mit einer angeblichen Order, deren bloßer Anblick den Präsidenten an allen Gliedern erzittern ließ. „Sie konnten in keinem günstigeren Augenblick kommen", sagte die Marquise und tat, als hätte sie, während ihr Gatte am Gerichtshof war, eine Nachricht aus Paris erhalten; „der Prozeß nimmt einen außergewöhnlichen Verlauf, und meine Freunde schreiben mir, man solle dem Präsidenten so schnell wie möglich zur Flucht verhelfen; mein Vater ist benachrichtigt worden; er ist völlig verzweifelt und bittet uns, seinen Freund in jeder Weise zu unterstützen und ihm den schmerzlichen Kummer zu vergegenwärtigen, den ihm diese Angelegenheit bereitet habe ... Seine Gesundheit erlaube ihm nicht, dem Präsidenten anders als mit den besten Wünschen zur Seite zu stehen, die übrigens aufrichtiger wären, wenn Fontanis sich besser aufgeführt hätte ... Hier ist der Brief." Der Marquis las ihn eilig durch, und nachdem er einige Zeit auf Fontanis eingeredet hatte, dem es schwerfiel, sich für das Gefängnis zu entscheiden, übergab er ihn seinen beiden Wächtern, die nichts anderes als zwei Unteroffiziere seines Regiments waren; er sagte ihm, er könne sich mit gutem Grund trösten, denn er werde ihn nicht aus den Augen verlieren. „Mit größter Mühe", sagte er zu ihm, „habe ich eine Festung für Sie erhalten, die nur sechs oder sieben Meilen von hier entfernt ist; dort werden Sie unter der Aufsicht eines meiner alten Freunde stehen, der Sie behandeln wird, als wäre ich selbst sein Gefangener; ich werde ihm durch Ihre Wächter einen Brief übermitteln lassen, um Sie gebührend zu empfehlen; Sie dürfen also völlig beruhigt sein."

Der Präsident weinte wie ein Kind; nichts ist bitterer als die Reue eines Verbrechers, der alle die Geißeln auf sein Haupt zurückfallen sieht, deren er sich selbst bedient hatte ... Aber nichtsdestoweniger mußte man ihn loswerden; er bat inständig um die Erlaubnis, seine Gattin umarmen zu dürfen. „Ihre Gattin?" sagte ihm der Marquis schroff, „glücklicherweise ist sie es noch nicht, und das ist in unserem Unglück der einzige Trost, der uns bleibt." „Es sei", sagte der Präsident, „ich werde den Mut haben, auch noch diese Pein auszuhalten", und damit stieg er in den Wagen der Schergen.

Das Schloß, auf das man den armen Fontanis brachte, gehörte zur Mitgift der Frau von Olincourt; es war dort alles darauf vorbereitet, den Präsidenten aufzunehmen; ein Hauptmann aus dem Regiment d'Olincourts, ein derber und rauher Mann, sollte die Rolle des Gouverneurs spielen. Er empfing Fontanis, beurlaubte die Wächter und sagte in hartem Ton zu seinem Gefangenen — wobei er ihn in einen sehr schlechten Raum führte —, daß er für ihn höchste Order habe, und zwar von einer solchen Strenge, daß er unmöglich von ihr abweichen könne. In dieser grausamen Lage ließ man den Präsidenten fast einen Monat lang; niemand suchte ihn auf, man brachte ihm nur Suppe, Wasser und Brot; er schlief in seinem schrecklich feuchten Zimmer auf einem Strohbündel, und man betrat seinen Raum nur, wie man es in der Bastille tut, nämlich wie bei den Tieren in einer Menagerie: einzig, um ihm sein Essen zu bringen. Der unglückliche Gerichtsherr gab sich während dieser furchtbaren Tage grausamen Betrachtungen hin, und man störte ihn dabei nicht; schließlich erschien der falsche Gouverneur, und nachdem er ihn recht mäßig getröstet hatte, sprach er folgendermaßen zu ihm:

„Sie dürfen nicht daran zweifeln, Monsieur", sagte er, „daß es Ihr erstes Unrecht gewesen ist, sich mit einer Familie verbinden zu wollen, die in jeder Hinsicht weit über Ihnen steht; der Baron von Téroze und der Marquis von Olincourt gehören dem obersten Adel Frankreichs an; Sie dagegen sind nur ein armseliger provenzalischer Gerichtsherr, ohne Namen und Ansehen, ohne Rang und Bedeutung; einige Einsicht hätte Sie also dazu verpflichten müssen, den Baron von Téroze, der in bezug auf Sie wie verblendet war, davon zu unterrichten, daß Sie in keiner Weise für seine Tochter geeignet sind; wie haben Sie übrigens auch nur für einen Augenblick glauben können, daß dieses Mädchen, das schön ist wie die Liebe, daß dieses Mädchen die Frau eines so garstigen alten Affen werden könnte wie Sie es sind; es ist wohl erlaubt, sich zu täuschen, aber nicht bis zu diesem Punkt; die Überlegungen, die Sie sicherlich während Ihres hiesigen Aufenthaltes angestellt haben, sollten Sie davon überzeugt haben, daß Sie während der vier Monate, die Sie bei dem Marquis d'Olin=

court gewesen sind, nur als Spielzeug und Gegenstand des Hohns gedient haben: Leute von Ihrem Stand und Ihrem Aussehen, von Ihrem Beruf und Ihrer Dummheit, von Ihrer Böswilligkeit und Ihrer Falschheit dürfen keine andere Behandlung erwarten; durch tausend Listen, eine immer scherzhafter als die andere, hat man Sie daran gehindert, sich an der Frau zu erfreuen, auf die Sie es abgesehen hatten; man hat Ihnen fünfhundert Peitschenhiebe in einem Gespensterschloß geben lassen, man hat Ihnen Ihre Frau in den Armen eines anderen gezeigt, den sie liebt — was Sie in Ihrer Einfältigkeit für eine Himmelserscheinung gehalten haben —, man hat Sie mit einer gekauften Dirne überrascht, die sich über Sie lustig machte, kurz, man hat Sie in dieses Schloß eingesperrt, wo es in der Macht des Herrn Marquis von Olincourt, meines Obersten, steht, Sie hier bis an Ihr Lebensende festzuhalten, was auch sicher geschehen wird, wenn Sie sich weigern sollten, diese Urkunde zu unterschreiben; bevor Sie lesen, bedenken Sie, Monsieur", fuhr der angebliche Gouverneur fort, „daß Sie hier nur als ein Mann herauskommen, der zwar Fräulein von Téroze zu heiraten die Absicht hatte, aber niemals ihr Gatte gewesen ist; Ihre Hochzeit ist so heimlich wie möglich vollzogen worden, und die wenigen Zeugen haben sich bereit erklärt, von einer Bestätigung der Ehe abzusehen; der Geistliche hat die Akte ausgehändigt, und hier ist sie; der Notar hat den Vertrag gelöst, wie Sie selbst nachlesen können; außerdem haben Sie niemals bei Ihrer Frau geschlafen; also ist Ihre Ehe nichtig; sie ist stillschweigend und in vollem Einvernehmen aller beteiligten Parteien aufgehoben, was der Scheidung ebensoviel Gültigkeit verleiht, als wäre sie nach den bürgerlichen oder religiösen Gesetzen ausgesprochen worden; hier ist ebenfalls die Verzichterklärung des Barons von Téroze und seiner Tochter; es fehlt nur noch die Ihrige; wählen Sie also, Monsieur, zwischen der freiwilligen Unterschrift unter dieses Schriftstück oder der Gewißheit, hier Ihr Leben zu beschließen ... Antworten Sie nun; ich habe alles Nötige gesagt."

Nach einiger Überlegung nahm der Präsident das Papier zur Hand und las folgende Worte:

„Ich tue allen denen kund, die dieses lesen werden, daß ich niemals der Gatte von Fräulein von Téroze gewesen bin; durch dieses Schreiben gebe ich ihr alle Rechte zurück, die man mir zu überantworten einige Zeit die Absicht hatte, und ich versichere, daß ich sie niemals in meinem Leben wieder beanspruchen werde. Im übrigen kann ich mich nur lobend über die Zuvorkommenheit äußern, die sie und ihre Familie mir während des Sommers entgegengebracht haben, den ich in ihrem Haus verbrachte; aus gegenseitiger Übereinkunft und freiem Willen verzichten wir beide auf den Plan unserer Vereinigung, die man für uns vorgesehen hatte; wir geben uns gegenseitig alle Freiheiten zurück, über unsere Personen zu verfügen, als ob niemals die Absicht bestanden hätte, uns zu vereinigen. In voller Freiheit des Körpers und des Geistes unterschreibe ich diese Erklärung auf dem

Schloß von Valnord, welches der Frau Marquise von Olincourt gehört."
„Sie haben mir mitgeteilt, Monsieur", sagte der Präsident nach der Lektüre dieser Zeilen, „was mich erwartet, wenn ich nicht unterzeichne; aber Sie haben mir noch nicht gesagt, was mit mir geschehen wird, wenn ich mich mit allem einverstanden erkläre." „Die Belohnung dafür wird Ihre augenblickliche Freilassung sein, Monsieur", antwortete der falsche Gouverneur, „verbunden mit der Bitte, diesen Edelstein im Werte von zweihundert Louis von der Frau Marquise von Olincourt anzunehmen; darüber hinaus können Sie die Gewißheit haben, beim Verlassen dieses Schlosses vor dem Tor Ihren Diener und zwei ausgezeichnete Pferde vorzufinden, die Sie erwarten, um Sie nach Aix zu bringen." „Ich unterzeichne und reise ab, Monsieur; es liegt mir zu viel daran, diese Leute loszuwerden, als daß ich auch nur eine Sekunde lang zögern möchte." „Das ist sehr gut, Präsident", sagte der Hauptmann, nahm das unterzeichnete Schreiben und überreichte ihm den Edelstein, „aber achten Sie auf Ihr Verhalten; wenn Sie erst einmal draußen sind und der Wahnsinn der Rachsucht sich Ihrer gelegentlich bemächtigen sollte, so überlegen Sie sich gut, daß Sie es mit einer starken Gegenpartei zu tun haben, daß diese mächtige Familie, die Sie durch Ihr Vorgehen beleidigen würden, Sie für einen Geisteskranken ausgeben könnte und daß damit die Heilanstalt dieser Unglücklichen für immer Ihre letzte Bleibe sein würde." „Fürchten Sie

nichts, Monsieur“, sagte der Präsident, „ich bin als erster daran interessiert, mit solchen Menschen nichts mehr zu tun zu haben; ich verbürge mich dafür, daß ich sie zu meiden wissen werde.“ „Das rate ich Ihnen auch, Präsident“, sagte der Hauptmann und öffnete ihm endlich sein Gefängnis, „ziehen Sie hin in Frieden, und möge dieses Land Sie nie wiedersehen.“ „Verlassen Sie sich auf mein Wort“, sagte der Gerichtsherr und bestieg sein Pferd, „diese kleine Begebenheit hat mich von allen meinen Lastern befreit; und selbst wenn ich tausend Jahre alt werden sollte, würde ich mir niemals eine Frau in Paris suchen; ich habe gelegentlich den Kummer beobachten können, der einen ankommt, wenn man nach der Hochzeit zum Hahnrei wird; aber daß man es schon vorher werden kann, hatte ich noch niemals gehört ... Eine entsprechende Weisheit und Zurückhaltung soll in meinen künftigen Beurteilungen liegen; ich werde mich niemals mehr zum Mittelsmann zwischen Dirnen und solchen Leuten erheben, die über mir stehen; denn es zahlt sich schlecht aus, die Partei dieser Mädchen zu ergreifen, und ich will nicht mehr mit Leuten zu tun haben, die bereit sind, sich für sie zu rächen.“ Der Präsident verschwand und war durch seinen Schaden klug geworden; man hörte nie wieder von ihm reden. Die käuflichen Dirnen beklagten sich allerdings, denn sie wurden nun in der Provence nicht länger unterstützt; dadurch aber gewannen die Sitten; denn die jungen Mädchen, die sich dieser schamlosen Unterstützung beraubt sahen, zogen nun den Weg der Tugend den Gefahren vor, denen sie auf dem Wege des Lasters begegnen konnten, nachdem der Magistrat weise genug war, die schrecklichen Nachteile, die durch seine Protektion erwachsen konnten, zu erkennen. Man darf wohl annehmen, daß der Marquis von Olincourt während der Haft des Präsidenten, nachdem er den Baron von Téroze von seinem für Fontanis allzu günstigen Vorurteil abgebracht hatte, schwer daran gearbeitet hat, daß alle Voraussetzungen, die man soeben kennengelernt hat, auch mit Sicherheit ausgeführt wurden; seiner Geschicklichkeit und seinem Ansehen gelang alles so gut, daß Fräulein von Téroze schon drei Monate später den Comte d'Elbène öffentlich heiraten konnte, mit dem sie in der Folge vollkommen glücklich zusammenlebte.

„Manchmal bedaure ich ein wenig, daß ich den armen Kerl so malträtiert habe", sagte der Marquis eines Tages zu seiner liebenswürdigen Schwägerin, „aber wenn ich einerseits das Glück betrachte, das durch mein Vorgehen zustande gekommen ist, und wenn ich mir auf der anderen Seite vorstelle, daß ich nur einen dem Staate unnützen und komischen Kauz gequält habe, einen Störenfried der öffentlichen Ruhe und Ordnung, den Henker einer ehrenwerten und achtbaren Familie, den Erz-Verleumder eines von mir hochgeschätzten Edelmannes, dessen Freund zu sein ich die Ehre habe, wenn ich all das bedenke, so tröste ich mich und stimme in den Ruf der Philosophen ein: ‚Oh, allmächtige Vorsehung, warum sind die

Möglichkeiten des Menschen so beschränkt, daß er nur durch etwas Böses zum Guten gelangen kann!'"

Die Erzählung wurde am 16. Juli 1787 um 10 Uhr abends beendet.

„Vergnügen, Wohlergehen und Gesundheit!" pflegten unsere Vorfahren ehemals dem Leser zuzurufen, bevor sie ihre Erzählung abschlossen. Warum sollten wir uns scheuen, ihre Höflichkeit und ihre Offenheit nachzuahmen? Wie sie rufe ich dem Leser zu: „Gesundheit, Reichtum und Vergnügen! Wenn Dir meine Plaudereien gefallen haben, so stelle mich in eine gefällige Nische Deines Schreibzimmers; wenn ich Dich gelangweilt habe, so nimm meine Entschuldigung entgegen und wirf mich ins Feuer!"

Titel des französischen Originals: CONTES ET FABLIAUX DU XVIIIe SIÈCLE, PAR UN TROUBADOUR PROVENÇAL, mit Ausnahme der Erzählungen: L'ÉVÊQUE EMBOURBÉ, SOIT FAIT AINSI QU'IL EST REQUIS, LA MARQUISE DE TÉLÊME und LA CHÂTELAINE DE LONGEVILLE

ÜBERSETZUNGEN:

Gisela Ahrens: DIE BLÜTEN DER KASTANIE, DIE GEGLÜCKTE TÄUSCHUNG, DER LEBENSKLUGE LEHRER, DAS GESPENST, AUGUSTINE DE VILLBLANCHE, DIE SCHLANGE, DER GEFÄLLIGE GATTE

Katarina Hock: DER BESTRAFTE KUPPLER, DIE REDEKÜNSTLER DER PROVENCE, DIE PRÜDE, DIE SCHELME, DIE VERGELTUNG, DER HAHNREI SEINER SELBST, EMILIE DE TOURVILLE, DER ZURECHTGEWIESENE EHEMANN, PLATZ FÜR ZWEI

Manfred Unruh: DER GASKOGNISCHE WITZ, BETRÜGT MICH RUHIG WEITER SO, DAS UNBEZWEIFELBARE EREIGNIS, DER EHEMANN ALS PRIESTER, DER GEFOPPTE PRÄSIDENT

Druck: Druckhaus Münster, Kornwestheim
Einband: Paderborner Druck Centrum, Paderborn
2. Auflage, Gifkendorf 1990
ISBN 3-87536-142-3